Gesang der Zi[illegible]den

Heike Fra[illegible]

Montlake Romance

Das Buch

Die junge Architektin Feline erbt von ihrem Vater eine Finca-Pension auf Mallorca. Eine Überraschung für die temperamentvolle Berlinerin, denn sie hatte keine Ahnung, dass er etwas von Wert besaß. Ohnehin kann Feline sich kaum an ihn erinnern, denn er verschwand aus ihrem Leben, als sie noch ein kleines Kind war. Vermisst hat sie ihn nicht – zumindest glaubt sie das – und sie will auch mit seinem Haus so wenig wie möglich zu tun haben. Entschlossen das Anwesen schnell zu verkaufen, reist sie auf die Sonneninsel.

Was die toughe Feline nicht erwartet hat: Ihr Erbe erweist sich als charmanter alter Bau auf einem magisch schönen Stückchen Erde. In einem Ansturm der Gefühle fühlt sie sich hier zum ersten Mal in ihrem Leben dem Vater nahe, den sie nie richtig gekannt hat. Auch wenn sie kein Geld hat und das Haus dringend renoviert werden müsste – ist ein Verkauf wirklich der richtige Weg? Und dann wäre da noch der amerikanische Musiker Steven Taylor. Der einzige Gast in der Pension bringt ihr Herz zum Schwingen, auch wenn sie mit dem Thema Liebe so ihre Probleme hat …

Die Autorin

Heike Franke wurde 1966 in Berlin geboren. Schon als Kind erfand sie Figuren und erzählte Geschichten, noch bevor sie schreiben konnte.

Sie studierte Politische Wissenschaften am Otto-Suhr-Institut der Freien Universität Berlin und arbeitet heute in einer Interaktivagentur in ihrer Heimatstadt.

Die Inspirationen für ihre Romane sammelt sie auf ihren Reisen in nahe sowie auch ferne Regionen dieser Erde. Ihr erster Roman »Eine Liebe in der Bourgogne« erschien 2015 im Aufbau Taschenbuchverlag.

Heike Franke

GESANG DER ZIKADEN

ROMAN

Montlake
Romance

Deutsche Erstveröffentlichung bei
Montlake Romance, Amazon Media EU S.à r.l.
5 Rue Plaetis, L-2338 Luxembourg
September 2017

Umschlaggestaltung: semper smile, München, www.sempersmile.de
Umschlagmotiv: © ANCH / Shutterstock; © canbedone / Shutterstock;
© Maya Kruchankova / Shutterstock; © Candus Camera / Shutterstock
Lektorat: Cathérine Fischer
Korrektorat: Manuela Tiller/DRSVS
Printed in Germany
By Amazon Distribution GmbH
Amazonstraße 1
04347 Leipzig, Germany

ISBN: 978-1-542-04871-2

www.montlake-romance.de

Für meine Mutter, die Mallorca liebte wie keinen anderen Ort auf dieser Welt

1

»Und dann behauptet dieser Herr Vorsitzende tatsächlich, ›das Vertrauensverhältnis ist gestört‹«, sagte Feline, wobei sie das Kinn auf die Brust drückte und den Bariton des Richters nachäffte.

»Aber du hast doch gewonnen«, gab ihre beste Freundin Alina zu bedenken und schob die schwere Eichentür auf. »Du bekommst jetzt diese gigantische Abfindung.«

»Ich wollte aber meinen Job zurück.« Feline blieb mitten im Hausflur stehen und verschränkte die Arme vor der Brust. »Was nutzt mir die Abfindung? Die rechnen die eh aufs Arbeitslosengeld an. Und was heißt hier überhaupt gestörtes Vertrauensverhältnis?«

»Irre ich mich, oder hast du deinem Chef die Kaffeetasse an den Kopf geworfen?« Alina nahm Post aus dem Briefkasten und blätterte die Briefe durch.

»Die war aus Plastik! Und leer. Außerdem, wer konnte bitte ahnen, dass ich einmal in meinem Leben zielsicher werfe?« Sie sah durch die offen stehende Tür auf den Hinterhof. Der Achtjährige aus dem dritten Stock turnte schon wieder auf der alten Parkbank herum und versuchte, den untersten Ast der Kastanie zu erreichen. Offenbar war ihm der gebrochene Arm keine Lehre gewesen, den ihm der letzte Versuch dieser Art eingebracht hatte. »Und ich war unzurechnungsfähig. Zumindest vorübergehend.«

»Aha?« Alina schien nicht beeindruckt.

»Also wirklich. Wie hättest du denn reagiert, wenn dir dein Chef am letzten Tag vor Weihnachten die unbegründete fristlose Kündigung vor die Nase hält mit den Worten ›aber einen Champagner trinken Sie doch dann gleich noch mit uns allen‹?«

Alina hob beide Hände. »Ich versteh dich ja. Das war perfide und genau genommen hättest du diesem Widerling noch etwas ganz anderes an den Kopf werfen können. Aber trotzdem, ist doch klar, dass ein Richter da nicht sagen kann, du kannst dort wieder arbeiten, oder?«

»Wieso nicht?« Feline ging hinter Alina die Treppe hinauf. Die alten Holzstufen knarrten. An den Wänden blätterte die Farbe ab. »Man streitet sich, man verträgt sich.«

»Feli!« Alina warf ihr einen vielsagenden Blick über die Schulter zu. »Das war dein Job, nicht deine Familie.«

»Ach komm schon. Mein Exchef hätte es ruhig sportlicher aufnehmen können.«

»Wieso wollte er dich überhaupt loswerden?« Alina schloss auf.

»Weil er seiner Tochter meinen Job geben will.« Feline drückte die Tür hinter sich ins Schloss und hängte ihren Mantel auf.

»Du musst einfach so schnell wie möglich eine neue Arbeit finden. Dann kannst du dir von der Abfindung irgendetwas richtig Tolles leisten.«

»Leichter gesagt als getan.«

»Hast du nicht neulich erst erzählt, es gäbe im Moment einen Haufen offener Stellen für Architekten?« Alina zog umständlich ihre Stiefel aus.

»Nur wenn man Luxuseigentumswohnungen bauen will oder Mietwohnblocks, die alle gleich aussehen. So ein Projekt wie die Staatsoper, das bekomme ich nicht noch einmal.« Feline folgte Alina in die Küche. »Es gibt keine Gerechtigkeit mehr in diesem Land.« Sie seufzte. Vor dem Fenster fuhr die U-Bahn auf der Kreuzberger Hochtrasse vorbei. »Erst verliere ich meinen Job wegen Sippengemauschel, dann meine Wohnung aufgrund einer zweifelhaften Eigenbedarf-Masche.«

»Ich glaube, ich koch uns mal einen Kaffee«, schlug Alina vor und schaltete den Wasserkocher an.

»Zum Glück habe ich noch dich.« Feline umarmte die Freundin und schmiegte sich an ihren Rücken. »Sonst müsste ich unter den Yorkbrücken wohnen.« Sie kicherte. »Stell dir mich da mal vor.«

»Lieber nicht. Außerdem könntest du zur Not auch bei deiner Mutter bleiben.«

»Das fehlte noch!« Feline ließ sie los. »Es ist schon schlimm genug, dass in meinem Alter meine drei Habseligkeiten noch mal bei ihr unterschlüpfen mussten, aber ich auch noch? Nee.«

»Jetzt tu mal nicht, als wärst du eine Greisin.« Im Wasserkocher brodelte es, und Alina löffelte Kaffeepulver in den Filter.

»Zählt man nicht mit dreißig schon zu den Senioren?« Die ersten Töne von Beethovens Neunter kamen gedämpft aus Felines Tasche. »Wenn man vom Teufel spricht.« Sie kramte hektisch auf der Suche nach dem Handy.

»Beethoven?«

»Mein Klingelton für Mama.« Feline warf eine Packung Taschentücher, ihr Portemonnaie, drei Lippenstifte und eine Bürste auf den Küchentisch.

»Beethoven? Für Kathrin?« Alina klang sogar noch verwirrter, als sie dreinblickte.

»Weil Mama nur auf dem Handy anruft, wenn die Welt untergeht.« Ein Notizbuch, eine Packung Pflaster, ein Schraubenzieher und ein Schweizer Messer kamen aus Felines Tasche zum Vorschein, während die Neunte in Fahrt kam. »Und Wagners Götterdämmerung konnte ich nirgendwo als Klingelton finden.« Endlich bekam sie das Handy zu fassen. »Hallo Mama.«

Alina rollte die Augen und schüttelte gleichzeitig den Kopf.

Feline drehte ihr den Rücken zu.

»Du hast Post.«

»Ja, und?« Feline war nicht klar, worauf ihre Mutter hinauswollte. Seit sie auf dem Berliner Wohnungsmarkt zum Club der Verzweifelten gehörte, kam all ihre Post bei ihr an. Irgendwie fand sie, die Lasten sollten wenigstens halbwegs verteilt sein. Wenn sie sich schon bei Alina eingenistet hatte, konnte ihre Mutter wenigstens die Post entgegennehmen und ihre Wäsche waschen. Das war nur gerecht, oder?

»Von einem Abogado Manuel Alvarez aus Palma de Mallorca.«

»Kenne ich nicht.«

»Ich auch nicht.« Ihre Mutter klang ganz ungewöhnlich schnippisch.

»Kann nicht wichtig sein.«

»Feline?« Ihre Mutter atmete deutlich hörbar aus. »Das ist ein Brief von einem Anwalt. Aus Mallorca.«

»Von Anwälten hab ich eh genug. Für den Rest meines Lebens. Aber ehe du dich aufregst, ich komme vorbei.«

»Gut.« Einen Moment lang hing zwischen ihnen nur die Stille in der Leitung. »Dir ist schon klar, dass das nur mit deinem Vater zusammenhängen kann?«

»Ich wüsste jedenfalls nicht, mit wem sonst. Und ich schätze, es kann nichts Gutes sein, oder?«

»Wir werden sehen.« Jetzt klang ihre Mutter sanft. »Soll ich etwas für uns kochen?«

Feline sah auf die Uhr. »Das wäre toll. Ist es okay, wenn ich so um sieben bei dir bin?«

»Perfekt. Ich hab die letzte Patientin um fünf. Bring doch ein Ciabatta von dem Italiener bei Alina um die Ecke mit, ja? Ich mach uns Pasta.«

»Mach ich. Bis nachher, Mama.«

»Ach, und Feli, kommt Alina mit?«

»Sie hat heute Spätschicht.«

»Schade. Aber dann machen wir uns eben zu zweit einen schönen Abend. Bis nachher.«

»Schlechte Nachrichten?« Alina stellte einen Becher Kaffee vor sie auf den Tisch.

»Ich weiß nicht.« Feline nahm die Tasse und blies vorsichtig hinein. Der Dampf tanzte im blassen Sonnenlicht. »Was für einen Grund kann es schon geben, dass ein Anwalt aus Mallorca mir schreibt?«

»Du meinst, es ist etwas mit deinem Vater? Vielleicht ist er gar gestorben?«

Feline zuckte die Schultern. Es war ein bedrückender Gedanke.

2

Steven Taylor stand auf und sah auf den Ozean. Man konnte das Rauschen durch die halb geöffnete Balkontür hören. In einem perfekten Dreivierteltakt rollte das Wasser gen Strand, türmte sich und brach. Eine gleichmäßige Untermalung seiner trägen Gedanken, der Filmmusik gleich, die er nicht mehr in der Lage war zu komponieren.

Inzwischen hatte sich der Himmel blutrot gefärbt. Das goldene Licht der letzten halben Stunde, das Meer und Strand in Sepia getüncht hatte, war zunächst einem feurigen Orange gewichen und nun dem satten Rot, das eine Viertelstunde später vom Schwarz der Nacht ausgelöscht sein würde. Ein Schwarz, in dem Meer und Himmel ineinanderflossen und den Horizont dabei fraßen, bis nichts mehr von ihm übrig blieb, bis Anfang und Ende alles eins waren.

Er sah auf den Ozean, das Meer seine Muse, die ihn auf einmal nicht mehr küssen wollte.

Steven hatte dieses Haus vom Honorar seines ersten großen Erfolgs gekauft. Ein Überraschungserfolg. Der Titelsong zu einer Low-Budget-Kinoproduktion, den die bis dahin völlig unbekannte Wynona Spencer gesungen hatte, die heute ein international gefeierter Star war.

Genau dieses Haus, nicht irgendeines. Weil es zum Ozean hin nichts als Glasfronten hatte und eine Terrasse, von der eine Holztreppe auf den Strand führte. Weil es klein genug für ihn, aber groß genug für seine Arbeit als Filmmusik-Komponist war. Weil es hinter hohen Büschen versteckt und weit genug vom Pacific Coast Highway entfernt lag, um außer dem Ozean nichts zu hören. Weil es einfach perfekt war.

Er brauchte den Blick aufs Meer, unverstellt, sodass seine Gedanken ungehemmt reisen konnten. In diesen Weiten tanzten Töne und Melodien. Man konnte sie greifen, mit ihnen spielen. Das hatte ihm, dem Mann ohne Schulabschluss, ohne Berufsausbildung, in den letzten fünfzehn Jahren eine Menge Geld eingebracht.

Und jetzt, nachdem Rachel ihn wegen diesem Witz von einem Drummer irgendeiner Indie-Band, deren Namen er sich nicht merken konnte, verlassen hatte, war die Weite eine schallschluckende Öde. Und hier am Strand von Malibu lag Hollywood nicht nur in seinem Rücken, nein, es saß ihm plötzlich im Nacken.

Steven senkte den Blick und sah auf die beiden Monitore. Auf einem standen die Amplituden der letzten Bassline eingefroren, die er eingespielt hatte, auf dem anderen das Standbild der Liebesszene, für die er den Song schreiben musste. Die Bassline, das war immerhin ein Fundament. Aber eben nur das.

Ein Segelschiff glitt majestätisch Richtung Santa Monica. Es hatte keine Segel gesetzt, und an den Masten leuchteten lauter kleine Lämpchen, sodass sich die Silhouette als Lichtlinie gegen den Abendhimmel abzeichnete.

Was war nur los mit ihm? Er war an genau dem romantischen Ort, dessen Ausblick ihn seit Jahren inspirierte. Alles stimmte. Warum fiel ihm nicht eine einzige Melodie ein, mit der er der Liebesszene jene Atmosphäre verleihen konnte, die der Regisseur wollte?

Er drückte auf die Enter-Taste. Die Bassline lief in einem Loop. Tam-tarantam-taaam. Wieder und wieder.

Das konnte doch nicht so schwer sein.

Steven sah sich die Liebesszene zum x-ten Mal an. Tam-tarantam-taaam. Tam-tarantam-taaam. Tam-tarantam-taaam. So knutschte kein Mensch, oder? Tam-tarantam-taaam.

Er stoppte Film und Bassline, ging hinunter in die Küche, mixte sich einen Gin Tonic und trat damit auf die Terrasse. Die Luft war seidig und schmeckte salzig, das Holz unter seinen Fußsohlen noch immer warm von der Sonne, die inzwischen untergegangen war. In diesem Winter war es in Los Angeles ungewöhnlich heiß.

Am Strand ging eine kleine Frau mit ihrem Hund spazieren. Hin und wieder blieb sie stehen und sah auf den Ozean.

Steven fühlte seinen Kopf nach nur wenigen Schlucken Gin Tonic leicht werden. Wann hatte er zum letzten Mal etwas gegessen? Heute Morgen? Oder doch am Mittag? Er konnte sich nicht mehr erinnern. Das passierte ihm oft, wenn er arbeitete. Zeit und Raum, alles floss dann ineinander, vermischte sich, und er konnte nicht einmal mehr die Tage auseinanderhalten.

Was hatte Candice, seine langjährige Managerin, letztens gesagt? So etwas wie »du brauchst jemanden, der auf dich aufpasst«? Vielleicht hatte sie recht. Schließlich hatte Candice meistens recht, auch wenn er das ungern zugab, und schon gar nicht in ihrer Anwesenheit, aber es nützte nichts. Rachel war weg, und wenn er ehrlich war, hatte die ganz gern auf sein Geld aufgepasst, aber nicht auf ihn.

»Tam-tarantam-taaam«, brummte er mehr als dass er sang. Vielleicht war es die Bassline? Vielleicht war die einfach ungeeignet.

»Tam-tarantam-taaam.« Quatsch. Das war eine rhythmische Aneinanderreihung von vier Tönen, die er genau auf das Geschmatze der Küsse in der Liebesszene gesetzt hatte. Alles, was fehlte, war eine Melodie. Ein bisschen Kitsch, ein bisschen Drama. Immerhin ging es in dem Film um eine verhängnisvolle Verbindung zweier Menschen.

Heute wurde das auf jeden Fall nichts mehr mit ihm und dem Song. Steven trat ans Geländer und stützte sich auf die Unterarme.

Das Segelschiff war inzwischen nur noch ein Lichtpunkt in der Ferne. Die Frau mit ihrem Hund war verschwunden, der nächtliche Strand menschenleer. Ein paar Sterne funkelten zwischen zerfetzten Wolken hervor, die sich über den Hollywood Hills auftürmen würden.

Es war Zeit, Feierabend zu machen. Der Ozean war schließlich morgen auch noch da.

3

Die Tür des Altbaus in der Meinekestraße, einer Querstraße des Kurfürstendamms, fiel hinter Feline ins Schloss und sperrte die Geräusche der Stadt aus. Hier war sie groß geworden, eine heute unbezahlbare Lage in einem hochherrschaftlichen Haus, das aus allen Winkeln Geschichte atmete.

Ihre Mutter thronte stur auf einem alten Mietvertrag zwischen Neureichen, die sich in diesem wunderbaren Haus eingenistet hatten. Die Wohnung im vierten Stock war so etwas wie ein Hafen, in dem man vor jedem Sturm Schutz suchen konnte.

Der Fußboden im Foyer war aus Marmor. Darüber führte der typische harte Teppich, den man selbst heute noch in vielen Berliner Altbauhäusern fand. Von der hohen Decke hing ein großer Kronleuchter und spendete warmes Licht. Das hatte sie immer schon gemocht. Es gab einem das Gefühl, willkommen und gleichzeitig erwartet worden zu sein. Wo sonst konnte man schon über einen roten Teppich gehen, wenn man keine Berühmtheit war?

Feline stieg in den Fahrstuhl und zog die schmiedeeiserne Tür zu. Nahezu lautlos glitt der Lift aufwärts, mitten durch die ihn umzingelnde Treppe, vorbei an Absätzen, an denen die Fenster Kunstwerke aus buntem Glas waren und die Türen dunkle Barrieren, hinter denen sich Wohnungen befanden, wie man sie aus Filmen kannte.

Im vierten Stock glänzte das Parkett wie frisch gebohnert. Der rote Teppich war hier etwas heller als unten im Eingang. Feline zog den Schlüssel aus der Tasche und musste wieder daran denken, wie sie nach dem Abitur ausgezogen war. Damals hatte sie ihrer Mutter den Schlüssel geben wollen, doch die hatte gesagt, sie solle ihn behalten. »Das hier wird immer dein Zuhause sein«, waren ihre Worte gewesen, »egal, was passiert.«

»Mama?«

»Ich bin in der Küche!«

Es roch nach Tomaten und Basilikum. Das Parkett knarrte vertraut unter ihren Schritten. Ihr Blick fiel im Vorbeigehen auf einen weißen Briefumschlag mit einer besonders bunten Briefmarke darauf, der ungeöffnet auf der Kommode lag.

»Der Brief in der Diele, ist er das?« Feline ließ sich von ihrer Mutter umarmen und küsste sie auf die Wange.

»Allerdings, Sherlock.« Kathrin nahm Feline das Ciabatta ab. »Willst du ihn vor oder nach dem Essen lesen?«

»Am liebsten überhaupt nicht. Kann ich dir noch irgendetwas helfen?«

Kathrin nickte zum Tisch hinüber, der unter dem Fenster stand. »Mach schon mal den Rotwein auf und schenk uns ruhig gleich ein Glas ein. Ich kann das heute gebrauchen.«

»Anstrengende Patienten?« Feline nahm den Korkenzieher aus der Schublade.

»Eine Neue.« Kathrin hielt Feline einen Löffel mit Tomatensoße hin. »Hier, koste mal. Schreckliche Lebensgeschichte. Mehrfach traumatisiert. Das wird ein hartes Stück Arbeit.«

»Schmeckt gut.«

»Was meinst du, Feli, sollen wir noch Thunfisch dazugeben oder es bei einfachem Tomatensugo belassen?«

»Lieber keinen Thunfisch.« Sie reichte ihrer Mutter ein Glas Rotwein. »Der macht immer so pappsatt.«

Während des Essens erzählte Feline ausgiebig von der Verhandlung vor dem Arbeitsgericht. Es tat gut, sich über all die Ungerechtigkeit der Welt beschweren zu können, ohne einen Haufen Abers, flankiert von schlagenden Argumenten einstecken zu müssen. Ihre Mutter hörte einfach zu und das mit einer Präsenz, durch die man sich selbst dann noch ernst genommen fühlte, wenn man den größten Blödsinn von sich gab. Das war eine ihrer größten Qualitäten.

»Das Leben ist leider nicht fair.« Kathrin stand auf und begann abzuräumen. »Ich lasse es mir zwar selten anmerken, aber glaub mir, Feli, damit hadere ich auch ständig.«

»Wieso habt ihr nur ein Kind bekommen?« Diese Frage hatte sie ihrer Mutter noch nie gestellt, nicht einmal sich selbst, und sie konnte nicht sagen, wo sie auf einmal herkam.

Kathrin blickte erstaunt drein und hielt einen Moment inne, ehe sie antwortete. »Ich dachte, ich kann nur für ein Kind eine gute Mutter sein.«

»Wieso?«

»Ich hatte immer ein schlechtes Gewissen, dass du mich mit all den Patienten teilen musstest. Ich hab mich oft gefragt, ob du nicht eifersüchtig auf die bist. Und ich habe unzählige Bücher darüber gelesen, wie Psychoanalytiker mit ihren Kindern diesen Konflikt lösen können. Du hast doch bestimmt eine Menge Fantasien gehabt, was ich mit den Patienten wohl hinter den verschlossenen Türen spreche und ob ich die lieber hab als dich, oder?«

Feline sah ihre Mutter verwundert an. Die schmale Gestalt, die blonden, halblangen Haare, das zarte Gesicht, all das war vertraut, aber der Zweifel in den Augen, den kannte sie nur von sich selbst. Es war auf einmal, als blickte sie in ihr eigenes Gesicht, auf ein um knapp dreißig Jahre gealtertes Selbst, mit dem die Zeit gnädig umgegangen war. »Nein. Ja. Ich weiß gar nicht.« Irgendwie hatte sie nie darüber nachgedacht. »Ich glaube, ich war viel mehr damit beschäftigt, dass Papa mich einfach verlassen hat. Wenn ich deine Liebe da noch in Zweifel gezogen hätte, dann wäre ich untergegangen. Und du warst ja auch immer für mich da.«

»Ich hätte deinen Vater damals umbringen können.« Kathrins Augen leuchteten auf, feurig und voller Leidenschaft. »Wie konnte er dir so etwas nur antun?« Sie warf mit Wucht die Tür des Geschirrspülers zu.

»Na ja, ihr habt euch scheiden lassen.«

»Das ist doch kein Grund, sein eigenes Kind zu verlassen!«

»Und er ist nach Mallorca gegangen.«

»Ja, um sich selbst zu verwirklichen.« Kathrin trank ihr Glas leer und schenkte nach. »Alles schön und gut, aber er hätte dir schreiben können. Ab und zu telefonieren. Und dich in den Ferien zu ihm kommen lassen.«

»Ich wusste gar nicht, dass du meinetwegen so wütend auf ihn bist, Mama.«

»Und das wundert dich?« Kathrin nahm das Glas und die halb leere Flasche. »Du warst so verletzt, so traurig. Ich hab nächtelang wach gelegen und darüber nachgedacht, was ich alles tun kann, damit mein kleines Mädchen nicht denkt, sie sei nicht liebenswert.«

Feline folgte ihrer Mutter ins Wohnzimmer, setzte sich auf die bequeme Couch und zog die Füße an.

»Hätte es dir geholfen, wenn ich dir gezeigt hätte, wie wütend ich war?«

»Ich weiß nicht. Das ist so schwer zu sagen, von heute aus betrachtet.« Feline stellte ihr Glas auf dem Couchtisch ab. »Ich war noch so klein, gerade erst fünf geworden. Mallorca, das klang für mich damals, als wäre es unendlich weit weg. Ich hab gedacht, Papa kann mich von da gar nicht anrufen. Und hinfahren geht erst recht nicht.«

»Aber später?« Kathrin legte den Brief auf den Tisch. »Später muss dir doch klar geworden sein, dass er gerade mal zweieinhalb Flugstunden entfernt ist.«

»Da hatte ich ihn irgendwie schon fast vergessen.« Feline starrte auf den Brief. Sie war neugierig und ängstlich zugleich. Ihr Leben war im Moment eine einzige Baustelle. Das Letzte, was sie gebrauchen konnte, war, dass die Vergangenheit wie ein Wassereinbruch alles lahmlegte und sie nicht hinterherkam, Ordnung zu schaffen. »Ich kann mich eigentlich gar nicht an ihn erinnern. Auf wen hätte ich wütend werden sollen? Auf einen Geist?«

»Wut wäre auf jeden Fall gesünder gewesen.« Kathrin setzte sich in den alten Schaukelstuhl und sah Feline stirnrunzelnd an.

»Mag sein. Aber für Wut braucht es ein Gesicht, etwas Dreidimensionales. An einer flachen und vor allem blassen Erinnerung kann man sich nicht stoßen.« Sie langte nach dem Brief. »Er hat mir irgendwann mal geschrieben, als ich schon studiert habe. Keine Ahnung, von wem er meine Adresse überhaupt hatte.«

»Von mir.«

»Ich hab nicht geantwortet. Zu dem Zeitpunkt war ich irgendwie schon fertig mit ihm.«

»Und? Bereust du das jetzt?«

»Ich schätze, das werde ich gleich wissen.« Feline riss den Brief auf und nahm das einzelne Blatt Papier heraus. Es waren nur ein paar Zeilen, aber sie las sie ein paar Mal. Dann reichte sie den Brief wortlos ihrer Mutter.

Im Zimmer war es still, so still wie in Felines Herz. Sie tastete nach einem Gefühl, etwas, an das sie sich halten konnte, das ihr sagen würde, wie es ihr ging. Aber da war nichts.

Kathrin beugte sich vor. Die Kufen des Schaukelstuhls knarrten leise auf dem Parkett. Sie stellte ihr Glas ab und stützte die Arme auf ihren Oberschenkeln ab. »Alles okay?« Ihre Stimme war leise und so samtig wie der Wein.

Feline nickte vorsichtig und war nicht sicher, ob sie sich davon erst noch selbst überzeugen musste. »Ich hab ihn gar nicht gekannt.« Die Worte kamen nur langsam über ihre Lippen. »Und jetzt gibt es keine Chance mehr, dass sich das ändern wird.«

»Ja und nein.«

»Wie meinst du das?«

»Wenn du nach Mallorca fährst, dann kannst du sehen, wo und wie er gelebt hat. Was er getan hat, mit wem er befreundet war. Du kannst deinem Vater nachspüren, wenn du das willst. Das ist auch eine Art, ihn kennenzulernen. Ein bisschen zumindest.«

»Aber ich kann nicht mehr mit ihm reden.«

»Nein, das nicht.«

»Ich soll entscheiden, ob ich das Erbe antreten will.« Feline starrte auf den Brief auf dem Tisch. Nichts als ein Blatt Papier, und doch änderte es plötzlich so viel. Oder nicht? »Bei allem, was du von Papa erzählt hast, kann es da kaum was zu erben geben, oder? Eher Schulden vielleicht.«

Kathrin zuckte die Schultern. »Keine Ahnung, Feli. Vielleicht hat er sich geändert. Oder irgendwann im Lotto gewonnen. Was weiß ich? Ich hatte genauso wenig Kontakt zu ihm wie du.«

»Ich kann mir nicht vorstellen, dass aus dem Hippie-Aussteiger plötzlich ein wohlhabender Mann geworden ist.«

»Ach, wer weiß.« Kathrin stand schwungvoll auf, nahm die Weinflasche und hielt sie gegen das Licht. »In meinem Beruf habe ich schon die unglaublichsten Entwicklungen bei

Menschen beobachtet. Wieso sollte dein Vater nicht auch dazu fähig gewesen sein? Soll ich noch eine Flasche aufmachen?«

Feline winkte ab. »Lieber nicht. Ich hab so schon genug zu verdauen für heute.«

»Und was machst du jetzt?«, fragte Alina, nachdem Feline ihr die Neuigkeiten beim Frühstück am nächsten Tag erzählt hatte.

»Ich weiß es ehrlich gesagt nicht. Ich hab erst mal diesem Abogado Alvarez eine E-Mail geschrieben und gefragt, ob er mir etwas zum Erbe sagen kann. Hier in Deutschland hat man ein Auskunftsrecht, damit man verweigern kann, das Erbe anzutreten, falls man nur einen Haufen Schulden bekäme. Aber ob das in Spanien auch so ist, hat Google nicht ausgespuckt.«

»Vielleicht solltest du hinfliegen und dir vor Ort ein Bild machen?«

»Warum wundert es mich nicht, dass das von dir kommt?«

»Weil ich für meine Reiselust berüchtigt bin?« Alina griff nach dem Mohnhörnchen. »Kann ich das haben?«

Feline nickte. »Ich warte erst mal ab, was der Anwalt antwortet. Du kannst ja mitkommen, wenn ich nach Mallorca muss.«

Alinas Augen leuchteten auf. »Wenn ich es irgendwie einrichten kann.« Sie strich Butter auf das Hörnchen und biss herzhaft hinein. »Ich könnte vielleicht ein paar Dienste tauschen oder so«, sagte sie mit vollem Mund. »Mein Kollege Jan ist mir noch was schuldig.«

»Ist das der, für den du eingesprungen bist, als sich seine Mutter das Bein gebrochen hat?«

Alina nickte. »Das Problem ist diese Zicke von einer Oberärztin. Wenn es nach der geht, sind einmal aufgestellte Dienstpläne in Beton gegossen. Du kannst dir gar nicht vorstellen, wie froh ich bin, wenn ich von der Station wegkomme.«

»Wenn ich dich so höre, bin ich erleichtert, dass ich nicht Medizin studiert hab. Diese Hierarchien, das wäre nichts für mich.«

»Ach«, Alina winkte ab, »nur noch sechs Wochen, dann kann ich zurück auf die Chirurgie, wo ich meinen Facharzt mache.« Sie schob sich noch ein Stück Hörnchen in den Mund. »Der Oberarzt dort ist super, der Chefarzt erst recht.«

»Dafür musst du dann wieder Menschen aufschneiden.« Feline schüttelte sich. Allein der Gedanke war schlimmer als jeder Horrorfilm.

»Ich mache das ganz gern.«

»Ich glaube, ich sollte dich mal zu meiner Mama auf die Couch schicken.« Sie tippte sich mit dem Finger gegen die Stirn. »Irgendwas kann hier oben nicht stimmen, wenn man Spaß daran hat, Leuten mit einem Skalpell auf die Pelle zu rücken und in ihrem Innern herumzuwühlen. Allein das ganze Blut …« Feline schüttelte sich.

»Darüber sprechen wir noch mal, wenn dein Blinddarm verrücktspielt, Schatz«, sagte Alina und tunkte das Hörnchen in die Kirschmarmelade.

4

»Lass uns ein Stück gehen.« Candice Jackson wartete Stevens Zustimmung gar nicht erst ab, sondern machte sich gleich daran, die Treppe hinabzusteigen. »Ich komme so selten an den Strand.«

Er schloss die Terrassentür und folgte ihr.

»Der Produzent hat mich angerufen. Er findet den Song okay.« Sie schob die Sonnenbrille in ihre weißblonden Haare und sah ihn mit einem Blick an, der schwer zu deuten war.

»Ich geb's zu, ich hab mich schwergetan.« Der Sand unter seinen Fußsohlen war warm und trocken. »Sei übrigens vorsichtig, Candice«, sagte er und wies auf ihre nackten Füße, »ich hab in letzter Zeit von einigen Leuten gehört, dass Bienen im Sand sitzen, und wenn man drauftritt, wird man gestochen.«

»Bienen im Sand? Noch nie gehört.«

»Der Produzent hat aber nicht angedeutet, dass er eine Alternative von mir will?«, fragte er zur Sicherheit nach.

Candice schüttelte den Kopf. »Woran lag es denn?«

»Ich weiß es nicht so genau. Vielleicht bin ich einfach müde. Oder es sitzt mir noch zu sehr in den Knochen, dass Rachel mich verlassen hat. Ich meine, wie soll man romantische Lovesongs mit gebrochenem Herzen schreiben?«

»Und ich dachte immer, das geht in diesem Zustand besonders gut.«

Steven lachte auf. »Nein, Candice, wie kommst du denn darauf?«

Sie zuckte die Schultern. Ihre langen Haare flatterten im Wind.

»Traurige Balladen, die könnte ich am laufenden Band schreiben, aber einen beschwingten Lovesong?« Er blieb stehen und sog die Luft tief ein. Ein paar Surfer saßen auf ihren Brettern und schaukelten in den Wellen, den Blick starr über ihre Schultern gerichtet.

»Blöd.« Candice hob eine besonders schöne Muschel hoch und betrachtete sie lange. »Es gibt da so eine Anfrage.«

Steven schwieg. Er kannte das. Wenn Candice diesen Tonfall hatte, dann ging es um etwas Großes.

»Es geht um die komplette Filmmusik.« Sie ließ die Muschel in ihre Hosentasche gleiten. »Ganz großes Kino. Aber einer der Handlungsstränge ist eben auch eine Liebesgeschichte.«

»Und der Rest?« Einer der Surfer sprang hoch, kam auf dem Brett zum Stehen und breitete die Arme genau in dem Moment aus, als eine große Welle sich unter ihm auftürmte.

»Action. Ein Thriller, aber einer mit Anspruch. Tolle Besetzung im Übrigen.«

Der Surfer ritt auf der Welle, als hätte er nie etwas anderes getan. »Klingt spannend.«

Candice hakte sich bei ihm ein. »Meinst du, du könntest das hinkriegen? Trotz gebrochenem Herzen?«

»Wann müsste ich denn anfangen?«

»Der Dreh beginnt erst in zwei Monaten. Ich könnte dir aber schon mal das Drehbuch geben.«

»Wer ist denn der Regisseur?« Die Welle gewann doch noch, und der Surfer fiel ins Wasser. Sein Brett richtete sich einen Moment lang kerzengerade auf, bohrte die Spitze in den milchigen Himmel und wurde dann weggerissen.

»Scorsese.«

»Wow.« Steven war baff. »*Der* Scorsese?«

»Gibt es zwei davon?«

Das war ein Ritterschlag. Wenn Martin Scorsese mit einem arbeiten wollte, sagte niemand Nein.

»Wenn du zusagst, darfst du dir keinen Hänger mehr erlauben. Das ist dir klar, Steven, oder?«

Er nickte. Ihm fehlten die Worte.

»Dann kannst du nicht etwas abliefern, was irgendwie okay ist. Jede einzelne verdammte Note muss Gold sein.«

»Ich weiß, Candice«, fand er seine Sprache wieder.

»Gut, dann sind wir uns ja einig. So eine Chance kommt schließlich nicht zweimal im Leben.«

»Vielleicht sollte ich ein paar alte Kontakte bemühen. Wäre doch ein Ding, mal wieder mit Wynona zusammenzuarbeiten.«

»Ich denke, du solltest erst mal das Drehbuch lesen. Und am besten ein paar Wochen in den Urlaub fahren. Irgendwohin, wo du Rachel vergisst und wieder zu dir kommst, damit wir mit Scorsese kein Fiasko erleben.«

»Seit wann bist du so pessimistisch?«

»Ich bin realistisch, Steven, einfach nur realistisch. Wenn der letzte Film nicht eine kleine Produktion eines unbekannten Regisseurs gewesen wäre, hättest du richtig Ärger bekommen. Du hast deine Deadline nicht gehalten und mittelmäßige Songs abgeliefert. Wenn wir also mit Scorsese arbeiten, musst du vorher wieder der alte Steven werden.«

Der Surfer saß inzwischen wieder auf seinem Brett und beobachtete die Wellen. Er war noch ein Stück weiter hinausgeschwommen als zuvor. »Ich denk drüber nach.«

Steven klickte sich durch die Bildergalerie einer Internetseite mit Reisetipps. Alles schön und gut, aber die Lösung war das nicht. Candice hatte recht, er musste raus hier, brauchte dringend eine

Veränderung, irgendetwas, das ihn wieder erdete, aber das war leichter gesagt als getan.

Wohin fuhr man mit einem gebrochenen Herzen? In die Karibik? Auf die Bahamas? Nach Florida? Ganz sicher nicht. Es käme einem emotionalen Selbstmord nahe, sich an einen der vielen wunderschönen Orte dieser Welt zu begeben, an denen er dann den lieben langen Tag glücklichen Paaren beim Turteln zusehen durfte.

Und was war mit Abenteuerurlaub? Endlich mal einen Tauchkurs machen? Den ersten Bungee Jump, am besten von dieser Talsperre, von der sich James Bond in die Tiefe gestürzt hatte? Oder ein Survivaltraining im brasilianischen Dschungel? Und dabei kläglich scheitern, mindestens eine gebrochene Hand davontragen, nebst aufs Äußerste gestutzte Eitelkeit? Nein, das war so ziemlich die schlechteste Idee, die er je gehabt hatte.

Aber was blieb dann übrig?

Steven ging in die Küche und kochte sich einen Kaffee. Er musste das anders angehen. Nur wie?

Mit der Kaffeetasse in der Hand setzte er sich wieder an den Schreibtisch und gab im Google-Suchfeld die Wörter Reise und Blog ein. Die Suchmaschine spuckte endlose Seiten mit Treffern aus. Steven hätte nicht gedacht, dass es so viele Leute gab, die über das Reisen schrieben. Konnte man davon leben?

Er las hier und da ein paar Artikel, klickte sich wahllos durch die Treffer. Bis er auf einer Seite hängen blieb.

Die Bilder zeigten eine Art Pension, die in einer wildromantischen Landschaft stand. Rote Erde, ein paar knorrige Olivenbäume, ein alter Brunnen, hier und da ein paar Kakteen mit großen, ovalen Blättern, das war alles, was es dort zu geben schien. Vom Haus aus schaute man über Klippen, die ins tiefdunkle Meer fielen.

Steven konnte nicht sagen, was es war, er wusste nur, er musste dorthin. Etwas zog ihn. Und das, obwohl er nicht einmal wusste, in welchem Land, auf welchem Kontinent dieses Haus überhaupt stand.

Schnell überflog er den Artikel. Die Pension befand sich auf der Mittelmeerinsel Mallorca. Bisher hatte er gedacht, dort gab es nur Sangria getränkte Partys und Bettenburgen, die jeden Strand verschandelten. Offenbar stimmte das nicht ganz. Obwohl …

Am Ende des Artikels fand er eine E-Mail-Adresse, unter der man angeblich Zimmer buchen konnte, sowie Angaben zum genauen Standort. Ein schneller Blick auf Google Earth bestätigte, dass die Fotos auf dem Blog kein Wunderwerk von Photoshop waren. Was konnte also schon schiefgehen?

Steven überlegte nicht lange, sondern schrieb eine E-Mail.

5

Feline ließ das Fenster ein wenig herunter. Salzige Luft strömte ins Taxi, feucht und deutlich kühler als sie gedacht hätte. Aber was sollte man schon im Februar auf Mallorca erwarten?

Auf der mehrspurigen Straße Richtung Palma standen sie mehr, als dass sie fuhren. Auf der rechten Seite thronte die Kathedrale und blickte wolkenverhangen auf den Berufsverkehr herab, zur Linken krachten die sturmgepeitschten Wellen auf den Strand, und die Gischt schaffte es bis hoch auf den Paseo Maritimo.

Kurz vor dem Hafen bog der Fahrer rechts ab und wand sich dann durch enge Gassen, bis er vor einem Haus zum Stehen kam. Feline zahlte und stieg aus.

Ein wenig unschlüssig stand sie vor verschlossenen Türen. Eine Frau hastete an ihr vorbei, ein Moped knatterte um die Ecke und verschwand in der nächsten Gasse. Von irgendwoher plärrte Musik.

Ihr war flau im Magen. Kein Wunder. Sie hatte schlecht und mit unzähligen Unterbrechungen geschlafen. Teils weil sie nicht wusste, was hier heute auf sie zukam, teils weil es schier unmöglich war, süß zu schlummern, wenn der Wecker auf drei Uhr dreißig nachts gestellt war, weil man um sechs Uhr morgens abflog. Und als ob das nicht reichte, hatte sie für den Preis eines normalen Linienfliegers auch noch den miesesten Billigservice aushalten müssen, den man sich nur vorstellen konnte: eine alte laute Boeing, enge Bestuhlung, harte Sitze, miese Luft und eine schlecht gelaunte Stewardess. Allein schon die Bitte um einen Orangensaft zum Kaffee hatte zu hochgezogenen Augenbrauen geführt. Ganz zu schweigen davon, dass der angekündigte »Snack« ihr die Entscheidung zwischen einer Laugenbrezel und einem lappigen Croissant abgerungen hatte.

Verzweifelt hatte Feline sich ein Tomaten-Mozzarella-Sandwich für satte fünf Euro geleistet. Das war zwar warm serviert worden – in einer Pappschachtel, als säße man bei McDonald's –, hatte allerdings wohl beim Erhitzen seinen Aggregatzustand von fest zu gummiartig bis flüssig geändert. Es war ein Wunder, dass sie nicht vollkommen bekleckert war.

Sie gab sich einen Ruck und ging die Gasse bis zur nächsten Ecke. Ein paar Meter weiter entdeckte sie ein kleines Café, das bereits geöffnet hatte.

Feline ergatterte einen Platz an der Bar. Es war voll und roch herrlich nach Kaffee. Männer lasen Zeitung oder tippten auf ihren Tablets herum. Eine Frau saß allein an einem Tisch, telefonierte und sah dabei sehr ernst aus. Aus den Lautsprechern über der Bar kam die Stimme eines Radiomoderators, der so schnell sprach, dass es unmöglich schien, dass er auch nur ein einziges Mal zwischen den Wörtern Luft holen konnte.

»Señora?« Der Mann hinter der Bar lächelte sie an. Seine Augen waren so dunkel wie sein lockiges Haar.

»Un café solo grande, por favor.« Feline fielen die paar lebensnotwendigen Brocken Spanisch wieder ein, die sie auf der Abitur-Abschlussreise an der Costa Brava gelernt hatte.

»Café Americano.« Der Barmann nickte. »Auch etwas zu essen?« Sein Akzent gab den deutschen Worten etwas Weiches. Er zeigte auf eine Vitrine, in der allerlei Gebäckstücke lagen.

So war das also, dachte Feline, nur einige Jahre waren vergangen und schon war aus dem großen schwarzen Kaffee ein Amerikaner geworden. War das die berühmte Globalisierung oder der Massentourismus? »Una ensaimada, por favor«, beharrte sie stur auf ihr Spanisch und griff nach einer Zeitung, die jemand auf dem Tresen liegen gelassen hatte.

Die Kanzlei von Abogado Manuel Alvarez lag im zweiten Stock eines für die Altstadt von Palma typischen Hauses. Die Wände waren maisgelb gestrichen, die schweren Möbel aus schwarzbraunem Holz. Durch das Fenster konnte man einen Blick auf ein Stück Kathedrale erhaschen.

Der Anwalt selbst war ein kleiner Mann, der hinter seinem riesigen Schreibtisch verloren wirkte.

»Ich habe Ihnen eine Liste aufgestellt, in der das Erbe in seiner Gesamtheit verzeichnet ist.« Sein Deutsch war exzellent, wenn es auch etwas gestelzt klang. »Sehen Sie alles genau durch, ehe Sie Ihre Entscheidung treffen.«

Feline nahm die Liste entgegen. Der Vater hatte offenbar nicht allzu viel besessen. »Das Haus ist schuldenfrei?«

Alvarez nickte. »Wenn Sie wünschen, werde ich Ihnen die kompletten Unterlagen zur Verfügung stellen. Dann sehen Sie, dass Ihr Vater vor zehn Jahren einen Kredit auf das Haus aufgenommen hatte, den er allerdings im letzten Jahr komplett abgelöst hat.«

Ein Haus mit sämtlicher darin befindlicher Einrichtung, das Land dazu, ein Auto, ein nicht weiter nennenswerter Betrag auf einem Konto bei einer Bank in einem Ort namens Santanyi und ein Fahrrad – das also war ihr Erbe. Feline sah auf. »Das mit dem Wohnrecht, wie habe ich das zu verstehen?«

Abogado Alvarez faltete die Hände vor seinem Bauch wie zum Gebet. »Im spanischen Erbrecht verhält es sich so, dass Kinder alles erben und die Witwe oder der Witwer lediglich ein lebenslanges Wohnrecht für das Haus erhält. Erst im letzten Jahr ist das Recht geändert worden, sodass dies nun auch für Ausländer zutrifft.«

»Witwe?« Feline war nicht sicher, ob sie richtig gehört hatte.

Alvarez zog beide Augenbrauen hoch. Seine Augen wurden dadurch ganz rund. »Sofía Marquez Schwarz. Ihre, wie sagt man, Stiefmutter?«

Feline wusste nicht, was sie sagen sollte. Genau genommen wusste sie nicht einmal, was sie denken sollte. Ihr Vater, der Mann, der ihre Mutter verlassen hatte, um sich in einer Kommune selbst zu finden, der sie, seine eigene Tochter, ohne mit der Wimper zu zucken zurückgelassen hatte, dieser Alt-Hippie hatte noch einmal geheiratet, ein Haus gekauft und ganz bürgerlich eine Pension darin geführt? Was kam als Nächstes? Geschwister?

»Sie wussten nichts von der Heirat?« Alvarez sah sie inzwischen an, als wäre etwas mit ihr nicht in Ordnung.

»Nein.« Feline stand auf und begann, auf und ab zu gehen. »Wann hat mein Vater geheiratet?«

»Vor siebenundzwanzig Jahren.«

»WAS?« Feline blieb regungslos stehen, als hätte jemand auf Stopp gedrückt. »Gibt es noch mehr, was ich wissen muss? Von Geschwistern zum Beispiel?«

Alvarez sah irritiert drein. »Wenn Sie Geschwister hätten, würden Sie nicht allein hier sein. Ich dachte, wir hatten das Erbrecht hinlänglich erörtert?«

Siebenundzwanzig Jahre. Das hieß, er hatte kurz nach der Scheidung wieder geheiratet. Wow. So schnell hatte er also seine Selbstfindungskrise überwunden.

Sie holte tief Luft und atmete geräuschvoll aus. Was konnte ihr Vater froh sein, dass sie all das erst nach seinem Tod erfuhr. Er war nicht einmal Mann genug gewesen, ihr davon in jenem

Brief zu berichten, den er ihr vor sechs Jahren geschrieben hatte. Feigling.

»Gut«, wandte sie sich wieder an Alvarez, »dann gehe ich davon aus, dass meine … Stiefmutter … in diesem Haus wohnt, ja?«

Der Abogado nickte bedächtig.

»Und wie komme ich jetzt dorthin?«

Alvarez lächelte erleichtert. Vielleicht war er froh, sie loszuwerden. Vielleicht dachte er aber auch einfach nur, sie hätte endlich alles verstanden. Was auch immer, was kümmerten sie seine Befindlichkeiten?

»Das Auto steht im Parkhaus.« Er nahm einen Schlüssel und eine Art Scheckkarte aus einer Schachtel und reichte Feline beides. »Die Parkgebühr ist bis heute Mittag bezahlt. Der Wagen hat ein Navigationssystem. Die Adresse habe ich mir erlaubt bereits einzugeben. Ihre Stiefmutter weiß, dass Sie kommen.« Er stand auf. »Soll ich Ihnen ein Taxi rufen, das Sie zum Parkhaus bringt?«

Feline fühlte sich plötzlich erschöpft. Es war von Alvarez offenbar durchgeplant, als hätte er genau gewusst, was passieren würde. Aber vielleicht war es eben für einen Spanier unvorstellbar, dass eine Tochter unverrichteter Dinge wieder verschwand, auch wenn sie den Vater nicht gekannt hatte.

Im Grunde war es egal. Was hatte sie zu verlieren? Zu Hause warteten weder ein Job noch ein Mann auf sie. Sie hatte ja nicht einmal ein Haustier. Da konnte sie sich das Ganze ja einfach einmal ansehen, oder?

Wenn der Rest des Erbes sich in einem ähnlichen Zustand befand, dann sollte sie versuchen, die Entscheidung rückgängig zu machen, dachte Feline, als sie vor dem Auto stand. Man konnte in solch einem Fall doch bestimmt auf geistige Umnachtung pochen.

Immerhin hatte sie gerade erst erfahren, dass sie eine Stiefmutter besaß. Und falls das nicht reichte, fiele ihr sicher noch etwas anderes ein.

Die Heckklappe des uralten Ford Fiesta knarrte beachtlich. Feline musste sie mit Gewalt heruntergedrückt halten und abschließen, damit sie überhaupt zublieb. Skeptisch ging sie um das Auto herum.

»Ich glaube kaum, dass wir Freunde werden«, sagte sie zur Beifahrertür, die eine lange Schmarre zierte. »Wer hat sich nur solch eine Farbe für ein Auto ausgedacht? Metallic Gold und dazu eine hellblaue Tür. Na ja, dafür kannst du natürlich nichts. Ich hoffe nur, du schaffst es überhaupt noch bis zu diesem Kaff.«

Als sie Sitz und Spiegel eingestellt hatte, riss sie das Duftbäumchen vom Rückspiegel und warf es aus dem Fenster. Das versprochene Navigationsgerät fand sie im Handschuhfach. Zumindest das Radio schien ziemlich neu zu sein und hatte einen annehmbaren Klang.

Die mehrspurige Straße, die aus Palma herausführte, wurde zur Autobahn. Can Pastilla, Platja de Palma, S'Arenal – die ersten Ausfahrten klangen wie die Ansagen zu Kurzbeiträgen in Fernsehsendungen wie Explosiv oder Taff.

Feline überholte einen Bus mit rotem TUI-Logo, der blauer war als die Wolkenlücken im milchigen Himmel. Die Landschaft war eine Postkarte. In der Ferne erhoben sich grüne Berge, links und rechts der Autobahn tauchten immer wieder sandsteinfarbene Fincas auf, dann und wann eine jener typischen Mühlen.

Kurz hinter Llucmajor wurde die Autobahn zu einer gewöhnlichen Landstraße. Am Ortsausgang von Campos schickte das Navigationssystem Feline auf eine Nebenstraße Richtung Colònia de Sant Jordi. Und langsam wurde sie nervös. Nicht etwa, weil weit und breit kein Mensch zu sehen oder die Straße eng war, nicht weil außer ein paar Olivenbäumen nur Steppe bis in die Salinen führte, nein. Feline war nervös, weil sie in wenigen Minuten sehen würde, wo ihr Vater gelebt hatte. Und mit wem.

Hinter Ses Salines, einem verschlafenen Ort mit ein paar Bars und Cafés, durch den sich die Straße schlängelte, und noch vor Es Llombards folgte sie dem Hinweisschild zur Cala S'Almunia und bog Richtung Küste ab.

So hatte sie sich Mallorca nicht vorgestellt. Keine Bettenburgen, keine Kneipen, keine Promenade, nicht einmal ein Supermarkt. Stattdessen standen Häuser im mallorquinischen Baustil in großen Abständen auf Land, das von Mäuerchen aus Stein umzäunt war, über die hier und da Büsche mit unzähligen Blütenknospen wucherten.

Die schmale Straße schlängelte sich langsam aufwärts. Feline kurbelte das Fenster herunter. Die Luft schmeckte salzig und kitzelte in der Nase.

Der Ort hatte keinen Namen, zumindest stand kein Ortseingangsschild an der Straße, und zählte lediglich eine Handvoll Häuser. Hinter dem letzten, dort, wo die Straße eine Kehre machte und wieder zurückführte, hing ein verwittertes Holzschild nur noch an einem Nagel an einem Pfeiler, der schief im Boden steckte. »Casa del Alma Silenciosa« konnte man gerade noch lesen.

Feline blieb einen langen Moment stehen und starrte auf das Schild. Hier also war es, das Zuhause ihres Vaters, irgendwo am Ende des staubigen Weges, nicht einsehbar von der Straße aus. Casa del Alma Silenciosa, das Haus der stillen Seele. Hatte er seine Finca so genannt oder den Namen vom Vorbesitzer übernommen? Sie wusste es nicht. So wie sie fast nichts über ihn wusste.

Es war ein komisches Gefühl, das sie nicht einordnen konnte. Irgendwo zwischen Neugier und Angst, Aufregung und Fluchtinstinkt. Flau und flattrig im Magen.

Würde sie hier etwas über ihn lernen? Und wollte sie das überhaupt? Wollte sie ihn kennen? Jetzt, da er gestorben war?

Sie schloss kurz die Augen, sog die feuchte Luft ein und ließ sie ganz langsam wieder entweichen. Dann legte sie den ersten Gang ein.

Die Casa del Alma Silenciosa war ein zweigeschossiges Haus mit flachem Dach, weißer Fassade und dunkelgrünen Fensterläden. Es schien größer zu sein, als sie es sich vorgestellt hatte.

Feline parkte unter einem der knorrigen Olivenbäume, die kaum Schatten spendeten. Im Sommer wurde es hier bestimmt sehr heiß. Großohrige Kakteen standen wie Büsche hier und da längs des Sandweges. Die Erde war rot, keine Menschenseele zu sehen.

»Okay, bringen wir es hinter uns«, sagte sie zu sich selbst und stieg aus.

6

»Europa?« Candice klang nicht sonderlich begeistert. »Noch weiter weg ging es wohl nicht?«

»Die Bilder haben es mir einfach angetan.« Steven trat an das bodentiefe Fenster und blinzelte in die Sonne. »Immer wenn ich hier in deinem Büro aus dem Fenster sehe, verstehe ich erst wirklich, wie groß Los Angeles ist.«

»Unglaublich, oder?« Candice trat neben ihn. »Ich finde, noch klarer wird es, wenn man per Flugzeug von Osten kommt. Ich kann nie fassen, wie lange man über die Stadt fliegt.«

»Oder wenn man mit dem Auto von Santa Monica nach Pasadena fährt.«

»Da steht man mehr im Stau als alles andere.« Candice zog ihre Jacke über. »Also, wieso ausgerechnet Europa?«

»Müssen wir los?«

»Weich nicht aus, Steven.«

»Ich weiß es nicht. Es hätte genauso gut die Südsee sein können. Oder Australien. Ich muss einfach irgendwohin, wo ich noch nie war. An einen Ort, der mich hoffentlich inspiriert, zumindest aber wieder erdet. Und es ist ja nicht für immer.«

»Das will ich hoffen.« Candice nahm ihre Tasche und öffnete die Tür. »Dann bringen wir jetzt erst einmal den Vertrag mit Scorsese unter Dach und Fach.«

Steven holte den Koffer aus der Abstellkammer. Er fühlte sich gut, richtig gut. So wie seit Langem nicht mehr.

Scorsese war ein lockerer, lustiger Typ. Das hatte er nicht vermutet gehabt. Sie hatten sich auf Anhieb verstanden. Und das Projekt klang wirklich vielversprechend.

Das würde ein neuer Anfang werden, beschloss er, in jeder Hinsicht. Und der bevorstehende Urlaub war das Sahnehäubchen.

Er kochte sich einen Kaffee und googelte das Wetter auf Mallorca. Ein wenig skeptisch schaute er auf das Suchergebnis. Vielleicht hatte er sich doch für die falsche Region entschieden? Selbst in Los Angeles war es um vieles wärmer als auf der Baleareninsel. Das Vorhaben, im Mittelmeer schwimmen zu gehen, konnte er wohl gleich einmotten.

Trotzdem. Jene innere Stimme, die sich beim Anblick der ersten Bilder der Insel lautstark gemeldet hatte, versicherte ihm auch jetzt, dass er die richtige Wahl getroffen hatte. Wie hatte seine Mutter sich immer ausgedrückt? Es gab kein schlechtes Wetter, nur falsche Kleidung.

Er trank den Kaffee aus und klappte den Laptop zu. Vielleicht nahm er doch lieber einen größeren Koffer. Schließlich musste er ein paar dicke Pullis einpacken.

7

Es gab keine Klingel. Feline klopfte mehrmals, ehe sie Schritte vernahm, die sich der Tür zu nähern schienen. Sie schluckte, straffte die Schultern.

Sofía musterte sie mit kühler Miene und sagte kein Wort.

Feline stellte sich vor und streckte der Frau die Hand entgegen. »Buenas días.« Sie wusste nicht, was sie von ihr halten sollte. Sie stand so gerade, so aufrecht. Stolz, reserviert, vielleicht auch einfach nur abweisend. In diesem nahezu unbewegten Gesicht konnte man einfach nicht lesen. War sie denn gar nicht nervös? Obwohl die Tochter des Mannes, mit dem sie ihr Leben geteilt hatte, zum ersten Mal vor ihr stand? Was für ein Herz schlug in dieser Brust? Ein kaltes?

Die Spanierin trat etwas zur Seite. »Komm rein.«

Feline folgte ihr durch die Diele. Alle Türen waren geschlossen, sodass kaum Licht hineinfiel. »Die Saison hat noch nicht wieder begonnen«, erklärte Sofía und trat in eine große Küche, »wir haben noch keine Gäste.« Ihr Deutsch war nahezu akzentfrei.

In der Mitte der Küche stand ein großer schwerer Holztisch, darauf eine bunt gemusterte Keramikschale mit etwas Obst darin. Die Schränke waren gemauert und hatten

Türen aus Pinienholz, aus dem auch die Arbeitsfläche war. Hängeschränke gab es nicht, stattdessen Bretter, auf denen Geschirr und Gläser standen. Unter dem Fenster befand sich ein alter Spülstein aus Keramik. Die Wände waren weiß gestrichen und über den Arbeitsflächen mit weißen Mosaikfliesen versehen. Hier und da war immer mal ein kleines dunkelblaues Element eingestreut.

Sofía öffnete die Terrassentüren und stieß die Läden auf. Sonne flutete den Raum, die Terrakotta-Bodenfliesen leuchteten auf. Staubkörnchen tanzten in der Luft.

»Das ist wunderschön.« Feline trat auf die Terrasse und konnte sich kaum sattsehen. Der Himmel war aufgerissen und nur noch Wolkenfetzen trieben im satten Blau. Ein paar Mandelbäumchen blühten. Man konnte das Meer nicht nur sehen, man hörte es von hier aus sogar.

Sie ging langsam über die vertrocknete Wiese. Es knackte und knirschte unter jedem ihrer Schritte. Dort, wo es ihr noch sicher schien, jedoch nah genug am Rand, blieb sie stehen.

Die Klippen fielen fast senkrecht ins Meer, das so dunkelblau war, als wäre es unendlich tief. Wellen peitschten in einem unergründlichen Rhythmus gegen Stein. Gischt spritzte auf.

»Da hinten führt ein Pfad hinab in die Cala.« Sofía war neben sie getreten und wies mit der Hand auf eine Stelle weiter vorn. »Es ist ziemlich steil, und unten gibt es keinen Strand, aber man kann auf den Steinen in der Sonne liegen. Dein Vater hat ein paar Badeleitern dort angebracht.«

»Ist das nicht gefährlich? Bei dem Wellengang?«

Sofía schüttelte den Kopf. »Die Klippen haben die Cala wie einen Naturhafen geformt, dadurch ist sie vor den Strömungen geschützt. Und da dort kein Strand ist, ist das Wasser glasklar.«

Feline ging so weit vor, bis sie den Pfad erreichte. Tatsächlich, dort unten schien das Meer still und leuchtete in allen erdenklichen Blau- und Türkistönen.

»Du hast sicher Hunger, nicht wahr?« Sofía lächelte und sah auf einmal viel weicher aus. »Ich habe etwas gekocht. Und nach dem Essen zeige ich dir das ganze Haus. Einverstanden?«

»Zwanzig Zimmer und nicht eins hat ein eigenes Bad?« Feline stand in einem der Pensionszimmer und kratzte sich am Kopf. »Kaum zu glauben, dass hier heutzutage überhaupt jemand seinen Urlaub verbracht hat.« Immerhin, die Einrichtung der Zimmer hatte Charme. In allen standen alte spanische Holzbetten mit hohen Pfosten und schönen Verzierungen. Dazu passende Schränke, Kommoden und Nachttische, außerdem jeweils ein Tisch mit zwei Stühlen. Balkone gab es keine.

»Unsere Gäste haben die Lage sehr geschätzt«, sagte Sofía reserviert und verschränkte die Arme vor der Brust. »Wer das wahre, alte Mallorca sucht, findet zu uns.«

Eher zu einer der noblen Fincas im Inselinneren, verkniff sich Feline zurückzugeben. Sie wollte die Gefühle der zweiten Frau ihres Vaters nicht verletzen.

»Bisher waren wir immer ausgebucht.«

Feline trat zurück in den Flur. »Und sonst gibt es nur noch die privaten Wohnräume?«

Sofía ging vor ihr die Treppe hinab, öffnete eine Tür und durchschritt den an die Küche angrenzenden großen Raum, in dem Tische und Stühle standen. »Das Frühstückszimmer verbindet die Gasträume mit dem Privatbereich.« Sie öffnete eine weitere Tür. »Die hier halten wir meist verschlossen, wenn Gäste da sind.«

Feline stand in einer kleinen Diele, von der zwei Zimmer abgingen. Eine schmale Treppe führte nach oben.

»Oben sind das Bad und zwei Schlafzimmer. Zu einem steht die Tür offen. Das habe ich für dich hergerichtet.« Sie wies mit der Hand auf eine der Türen. »Dort ist ein kleines Büro.« Dann öffnete sie die andere. »Und hier unser Wohnzimmer.«

Der Raum war recht groß. Eine Couch mit vielen Kissen stand vor dem offenen Kamin, links und rechts neben ihr jeweils ein kleiner Tisch. Außerdem gab es einen Esstisch mit acht Stühlen und ein gut gefülltes Bücherregal. Schmale Türen führten auf die Terrasse heraus.

»Ich fahre jetzt zum Supermarkt.« Sofía sah sie forschend an. »Weißt du schon, wie lange du bleiben wirst?«

»Nein. Aber mach dir keine Mühe. Ich kann selbst für mich sorgen.«

Sofía zog eine Augenbraue hoch. »Es ist keine Mühe.« Dann drehte sie sich um und verschwand aus der Tür.

Feline wusste nicht so recht, was sie jetzt tun sollte. Sie fühlte sich fremd in diesem Haus, das ihr gehörte. Ihr Blick wanderte über die Bücher. Tolstoi stand neben Thomas Mann, eine Reihe weiter mehrere Bücher von Patricia Cornwell im englischen Original, außerdem Sebastian Fitzek neben Schopenhauer und der Autobiografie von Keith Richards. Was war ihr Vater nur für ein Mann gewesen? Waren das überhaupt seine Bücher?

Sie entdeckte ein paar Fotos auf einer Kommode, die unter dem Fenster stand, und trat näher, um sie sich genauer anzusehen. Da waren ein Hochzeitsbild von Sofía und ihrem Vater sowie Fotos von Menschen, die sie nicht einordnen konnte und von denen sie vermutete, dass es sich um Sofías Verwandtschaft handelte. Dann fiel ihr Blick auf ein kleines Foto in einem unscheinbaren Rahmen, das hinten auf der Ecke stand. Darauf war sie, als Baby, in den Armen ihres Vaters, der stolz lächelte.

Feline nahm das Foto vorsichtig in beide Hände. Sie hatte es noch nie gesehen. Und in diesem Moment fragte sie sich zum ersten Mal, ob es ein Fehler gewesen war, dass sie ihrem Vater damals nicht auf den Brief geantwortet hatte.

So stolz sah er aus. Und glücklich. Warum nur hatte er sich so viele Jahre nicht bei ihr gemeldet? Sie nie hierher eingeladen? Sie nicht in Deutschland besucht?

Das würde für immer ein Rätsel bleiben, wurde ihr plötzlich bewusst, und das Bild verschwamm vor ihren Augen. Die Konturen wurden blass, die Farben liefen ineinander, bis sie nichts mehr sah, außer Schemen der Vergangenheit.

Feline stellte das Bild zurück. Sanft fuhr sie mit einer Fingerspitze über das Gesicht ihres Vaters. Nachher würde sie Sofía fragen, wo er beerdigt war.

Vom Fenster des Schlafzimmers aus, das genauso eingerichtet war wie die Gästezimmer im anderen Flügel des Hauses, sah man das Meer.

Feline ließ sich auf das Bett fallen und sank in weiche Kissen. Sie sog den feinen Geruch nach einem fremden Waschmittel ein und fühlte die gestärkte Baumwolle an ihrer Haut.

Wie lange sie vorhatte zu bleiben, hatte Sofía vorhin gefragt. Darauf gab es viele Antworten und jede bedeutete einen anderen Fortgang dieser eigenartigen Geschichte, die sie auf einmal mit ihrem Vater verband.

Es war schwer zu entscheiden, wie es weitergehen sollte. Im Moment wollte sie einfach nur hier liegen. Sie wusste nicht einmal, ob sie die paar Sachen, die sie mitgebracht hatte, auspacken sollte. Genau genommen wusste sie gar nichts.

Feline saß auf der Couch und starrte ins Feuer. Die Flammen züngelten an den kunstvoll gestapelten Holzscheiten, fanden ihren Weg durch die Lücken und reckten sich kühn in die Höhe. Es knackte, ein Scheit barst und Funken flogen auf. Glühwürmchen, die explodierten, um sogleich für immer zu erlöschen.

Sie zog die Füße an und wickelte die Decke enger um sich. »Wieso habt ihr keine Heizung einbauen lassen?«

Sofía setzte sich in den Schaukelstuhl und sah sie verständnislos an. »Frierst du etwa?«

»Allerdings.«

»Uns hat das Feuer immer gereicht. Und falls es wirklich einmal ungewöhnlich kalt im Winter wurde, hatten wir zur Not einen Heizlüfter.« Sofía trank einen Schluck Wein und stellte das Glas auf dem Boden ab. »Soll ich dir den in dein Zimmer stellen?«

Wie ihre Mutter. Sofía saß da wie ihre Mutter und war doch eine ganz andere Frau. Es fühlte sich an, als hielt man zwei Puzzleteile in den Händen, die zwar ein Bild ergaben, aber von der Form her nicht ineinanderpassten. »Lieber ins Bad.« Feline wandte den Blick ab. Es war leichter, sicherer, ins Feuer zu schauen. »Ich würde gern morgen zum Grab meines Vaters fahren.«

»Er ist auf dem Friedhof von Santanyi begraben. Du wirst allein hinfahren müssen. Morgen kommt ein Gast.«

»Ein Gast? Wer macht denn zu dieser Jahreszeit hier Urlaub?«

»Das werden wir dann sehen.« Sofía legte Holz nach. »Hast du schon entschieden, wie es weitergeht?«

»Ich denke, ich werde wohl verkaufen.« Eine sonderbare Frage, dachte Feline.

»Dir ist klar, dass mein Wohnrecht davon nicht berührt ist?«

Das war es ihr nicht, aber Feline zog es vor zu schweigen. Irgendwie hatte sie das ungute Gefühl, dass das Gespräch auf einer Klippe stand und jedes unbedachte Wort von ihr einem Absturz gleichkommen würde.

»Niemand wird die Casa del Alma Silenciosa kaufen, solange ich das Wohnrecht habe. Und das kann mir keiner nehmen. Auch du nicht.« Sofía stand vor dem Kamin, eine bedrohliche dunkle Silhouette, die das spärliche Licht verdeckte.

»Ich habe nicht gesagt, dass ich das tun will oder werde.« Feline stand auf. Es war besser, mit der Frau auf Augenhöhe zu sein. »Aber wie stellst du dir das vor? Ich werde nicht plötzlich hierherziehen und eine Pension führen, schon gar nicht eine, die nicht einmal in Ansätzen den heutigen Standards entspricht. Ich bin Architektin und habe nicht vor, meinen Beruf aufzugeben, weil mein Vater mir das hier vererbt hat.«

»Ich habe diese Pension die letzten siebenundzwanzig Jahre geführt. Ich kann es weiter tun.«

»Wie stellst du dir das vor? Dass ich dir ein Gehalt dafür zahle? Von was?«

»Bisher hat sich die Pension immer getragen. Dein Vater und ich haben gut davon gelebt.«

»Gut?« Feline versuchte die Wut zu schlucken, die aus den Tiefen ihrer Seele heranrollte.

»Natürlich. Oder siehst du etwa, dass es hier an irgendetwas fehlt?«

Was zu viel war, war zu viel. »Allerdings, Sofía. Keines der Gästezimmer hat ein eigenes Bad. Es gibt keine Heizung. Die Fenster sind undicht. Die Fassade ist rissig und seit weiß ich wann nicht gestrichen worden. Den Lichtschaltern zufolge sind die elektrischen Leitungen uralt, und vermutlich gibt es keine Sicherungen, die den heutigen Vorschriften genügen, geschweige denn der Nutzung gerecht werden. Ich möchte gar nicht erst anfangen darüber nachzudenken, was wohl mit den Wasserleitungen ist. Alles in allem ist das hier ein altes Haus, das sicher Charme hat, aber mindestens genauso viel Sanierungs- und Modernisierungsbedarf. Und wenn du tatsächlich gedacht hast, ich binde mir das ans Bein, dann tut es mir leid, aber ich muss dich enttäuschen.« Feline warf mit Schwung die Decke auf die Couch. »Gute Nacht.«

Der Mond schien ins Fenster. Feline saß im Bett, immer noch aufgewühlt und wütend wegen des unangenehmen Gesprächs, und starrte auf das Display ihres Handys. Nicht einmal WLAN gab es in dieser Rotte. Sie sollte einfach schlafen und morgen einen der vielen Immobilienmakler aufsuchen.

Beethovens Neunte hob an und das Display leuchtete auf. Ihrer Mutter strahlte ihr von einem Foto entgegen, das sie im letzten Sommer bei einer Dampferfahrt auf dem Wannsee aufgenommen hatte.

»Hallo Mama.«

»Und, Maus, hast du einen Palast geerbt oder doch eher eine Hundehütte?« Sie klang vergnügt.

»Hütte.«

»Oh, so schlimm?«

»Geht so.« Feline schluckte.

»Klingt aber nicht nach ›geht so‹, Maus?«

»Man müsste ganz viel Geld reinstecken. Und es ist furchtbar kalt.« Sie schilderte ihrer Mutter die Mängel in Kurzform.

»Aber du kannst es verkaufen, oder?«, fragte Kathrin, nachdem sie sich die Schilderungen kommentarlos angehört hatte.

»Das ist eine gute Frage.« Feline erklärte ihrer Mutter das Problem mit dem Wohnrecht. »Ich glaube wirklich, Sofía denkt, sie kann hier weitermachen wie bisher, und ich bleibe so etwas wie die Schattenfrau, die sie schalten und walten lässt.«

»Und das ist keine Alternative? Ich meine, wenn du unter diesen Umständen keinen Käufer finden solltest?«

»Keine Ahnung.« Feline sah aus dem Fenster. Der Mond warf sein fahles Licht auf das Meer. »Die Lage ist Gold wert, glaub mir. Das Land allein würde einem jeder aus den Händen reißen, aber mit Sofía als Hausdrachen?«

»Ist sie wirklich so schlimm? Ich kann mir gar nicht vorstellen, dass ausgerechnet dein Vater eine Tyrannin geheiratet hat.«

»Ich weiß nicht, Mama. Vielleicht denkt sie auch nur, sie muss mir gegenüber den starken Mann markieren. Immerhin ist das hier ihr Zuhause, und dann komme ich und will es ihr wegnehmen.«

»Warum bleibst du nicht ein bisschen dort? Ein oder zwei Wochen. Und ihr lernt euch kennen und findet eine Lösung. Hier versäumst du nichts außer Schneeregen.«

»Ich hab kaum Sachen mitgenommen.«

»Na und? Dann kaufst du dir halt zwei Pullis und eine Jeans. Oder ich schick dir was. Ein Care-Paket sozusagen.«

Feline musste lachen, auch wenn ihr eigentlich nicht danach zumute war. »Ach Mama. Ehe hier mal ein Paketbote herfindet … ich weiß ja nicht.«

»Trotzdem. Ich kann mir vorstellen, dass ihr eher zu einem Kompromiss findet, wenn du ein bisschen dortbleibst. Meinst du nicht?«

»Ehrlich gesagt, ich weiß es wirklich nicht. Wir hatten keinen guten Start. Und Sofía macht mir nicht den Eindruck, als wollte sie Freundschaft mit mir schließen. Sie war vom ersten Moment an sehr reserviert.«

»Sie ist eine Spanierin.«

»Was soll das denn heißen?«

»Man redet zwar gern vom Stolz italienischer Frauen, aber wenn du mich fragst, haben die Spanierinnen eine größere Portion davon. Gib ihr ein bisschen Zeit, dich kennenzulernen, Feli. Dann wird sie schon auftauen.«

»Mal sehen.« Vielleicht war die Idee ihrer Mutter tatsächlich nicht so schlecht. »Morgen kommt jedenfalls wohl ein Gast hier an. Unglaublich. Wer weiß, was das für einer ist. Bestimmt irgendein armer Schlucker, der sich kein ordentliches Hotel leisten kann.«

»Na, das klingt doch gut«, sagte Kathrin und klang ausgesprochen vergnügt.

»Wieso?«

»Hm, dann hat Sofía etwas anderes, auf das sie sich konzentrieren kann.«

»Hoffentlich.«

8

Steven konnte sich nicht erinnern, wann er zum letzten Mal Economy geflogen war. Aber von Madrid nach Palma hatte es keine Business Class gegeben, und so hatte er eingezwängt neben einem jungen Pärchen gesessen, das die ganze Zeit geknutscht hatte. Entsprechend war seine Laune, als er nun in der Schlange der Autovermietung stand.

Konnte es ernsthaft so lange dauern? Oder hatte das Methode? Seine Geduld war nach dem Flug von Los Angeles ein hauchdünner Faden. Er war müde, hatte Hunger und brauchte dringend eine Dusche und ein paar frische Klamotten. So lang war die verdammte Schlange doch gar nicht. Was machten die Mädels hinter dem Counter da eigentlich?

Steven trat ein paar Schritte aus der Schlange heraus, um sich einen besseren Überblick zu verschaffen. Hinter dem Counter lief eine junge Dame hektisch hin und her, eine andere sprach mit einem Paar, eine dritte saß am Rand und tat nichts. Über ihr hing ein Schild, auf dem »Express« stand.

Er ließ seinen Blick über die Schlange schweifen. Wie lange stand er hier bereits? Über eine halbe Stunde. Und wie viele Menschen waren in der Zeit abgefertigt worden? Zwei. Wie lange würde es also noch dauern, ehe er an der Reihe war? Zu lange. Nachrechnen war nicht nötig.

Beherzt schob Steven den vollen Gepäckwagen an den »Express«-Schalter und lächelte die junge Frau an, die ihn gelangweilt anblickte. »Buenas días, do you speak English?«

»Sí«, antwortete sie teilnahmslos.

Immerhin etwas, dachte er, entschlossen, sich nicht entmutigen zu lassen. »Ich habe einen Wagen reserviert.«

Die junge Dame betrachtete ihre Fingernägel. »Dieser Schalter ist nur für Kunden ohne Reservierung.«

»Okay. Aber wenn doch niemand ohne Reservierung hier ist …«

»Express«, ließ sie ihn nicht ausreden und wies mit der Hand nach oben.

Das war ein Geschäftsmodell, oder? Egal, er war kaputt von der Reise. Außerdem machte die junge Dame nicht gerade den Eindruck, als ob man mit ihr diskutieren konnte. Vertraulich lehnte er sich ein Stück zu ihr vor. »Und wie viel kostet die Express-Abfertigung für jemanden, der einen Wagen reserviert hat?«

Sie musterte ihn und verzog den Mund. »Fünfzig Euro«, sagte sie schließlich.

Steven grinste und zückte sein Portemonnaie.

»Für hundert Euro können Sie ein Upgrade auf einen großen SUV haben«, sagte sie gelangweilt und nahm seinen Pass.

»Nicht nötig, danke.«

Sie zuckte die Schultern. »Ich meine ja nur. Bei der Menge an Gepäck.«

Ein bisschen irritiert war er jetzt schon. »Wieso? Ich habe eine Mittelklasse gebucht. Da sollte das doch reingehen, oder?«

»Ich hab nur noch einen Fiat Bambino da.«

Er atmete tief durch. »Außerhalb jeder Saison? Und obwohl ich reserviert habe?«

Sie neigte den Kopf und zuckte die Schultern. »Sie können gern in den nächsten Tagen anrufen. Vielleicht können wir Ihnen einen Austausch anbieten.«

»Ein Bambino, ja?«

Sie tippte auf der Tastatur herum und schob seinen Pass über den Tresen zurück zu ihm. »Sag ich doch.«

Niemals bekam er die beiden Koffer, die Gitarre und die Tasche mit dem Laptop in einen Fiat Bambino. Er hatte also genau zwei Möglichkeiten: Entweder er machte jetzt hier einen mittelschweren Aufstand, der vermutlich zu nicht allzu viel führte, oder er zahlte hundert Euro extra. »Gut«, sagte er mit einem Stoßseufzer, »dann den SUV.«

Nach etwas über einer Stunde Fahrt stand Steven schließlich an einer Stelle, wo die Straße eine Kurve machte und das Navigationssystem ihm erzählte, er hätte sein Ziel erreicht. Aber hier war keine Pension, nur ein paar Häuser und sonst nichts. Ratlos sah er sich um.

Dann sah er den Sandweg, nämlich genau in dem Moment, in dem ein alter Ford Fiesta in albernem Metallic Gold herausgeschossen kam, hinter sich eine rote Staubwolke herziehend. Konnte es dort zu dieser Pension gehen?

Als der Staub sich langsam legte, fiel ihm der schiefe Pfosten mit dem verwitterten Schild auf. Erst als er direkt davorstand, konnte er die Buchstaben ausmachen, die von Wind und Wetter angefressen waren. Casa del Alma Silenciosa. Tatsächlich.

Kurze Zeit später parkte Steven vor dem Haus, das tatsächlich wie auf den Fotos im Internet aussah. Er war noch nicht ganz ausgestiegen, da öffnete sich bereits die Tür und eine Spanierin kam ihm entgegen. Er schätzte die Frau auf Mitte fünfzig. »Señora Marquez?«

»Willkommen, Mister Taylor«, wurde er auf Englisch begrüßt. Sie streckte ihm ihre Hand entgegen. Ihr Lächeln war entwaffnend. »Ich hoffe, Sie hatten eine gute Anreise?«

Steven hängte sich die Tasche mit dem Laptop über die Schulter und schlug die Wagentür zu. Den Rest konnte er getrost später ausladen. »Eine Dusche, ein Spaziergang an der guten Luft hier, und ich bin wieder ganz der Alte.«

»Dann bringe ich Sie am besten gleich zu Ihrem Zimmer. Sie sind übrigens unser einziger Gast.«

Er folgte ihr ins Haus und war sofort begeistert. Alles war so herrlich alt. Jede Wand atmete Geschichte. Und von seinem Zimmer aus führten Flügeltüren direkt auf die Terrasse, von der aus man das Meer sah.

»Oder möchten Sie lieber oben wohnen?«

Steven schüttelte vehement den Kopf. »Mich wird wohl kaum jemand klauen. Und wenn doch, bringen die mich sofort zurück.« Er legte die Tasche mit dem Laptop auf den Tisch.

»Das Bad ist gleich gegenüber. Handtücher nehmen Sie einfach aus dem Regal.« Sie stand in der Tür, die Hand auf der Klinke. »Ich koche Ihnen gern einen Kaffee, wenn Sie mögen.«

»Später gern. Erst mal die Dusche.« Er folgte ihr in den Flur. »Aber vorher hole ich mal mein Gepäck.«

»Hier ist das Frühstückszimmer.« Sie öffnete eine andere Tür und blieb stehen. »Die Küche liegt gleich dahinter. Kommen Sie nachher einfach zu mir.«

Nach der Dusche fühlte sich Steven schon deutlich besser. Das Zimmer war wunderbar. Die alten Möbel erinnerten ihn an Mexiko und hatten doch ihren ganz eigenen Charme. Aber das war nicht alles. Das Haus hatte eine ganz spezielle Atmosphäre. Man fühlte sich sofort zu Hause. Als ob gute Geister darin wohnten und jedem Schutz anboten, der es betrat.

Er strich mit der Hand über den Bettpfosten. Das Holz war glatt und warm. Dann trat er hinaus auf die Terrasse, lauschte dem Rauschen des Meeres und ließ den Blick in die endlose Weite schweifen.

Das hier war ein guter Ort. Ein Ort mit heilenden Energien, ein Ort der Stille. Es war gut, dass er hier war.

9

Auf dem Friedhof von Santanyi war kein Mensch. Feline ging an den Grabreihen entlang bis zum Brunnen. Kreuze aus Stein wechselten sich mit großen Engelsskulpturen ab. Stille, von Wind und Salz gezeichnete Totenwächter.

Sofía hatte ihr den Weg beschrieben und versichert, dass sie sich schon zurechtfinden würde. Feline hoffte, dass die Spanierin recht behielt.

Am Brunnen bog sie nach links, zwei Wege danach nach rechts ab. Und tatsächlich, nur wenige Schritte weiter stand sie vor dem Mausoleum.

Die Urnengräber befanden sich in einer weißen Wand. Selbst die an den einzelnen Fächern angebrachten flachen Platten mit den Namen der Verstorbenen waren weiß. Manche zierte ein Foto, an anderen standen Vasen mit Blumen oder auch eine brennende Grabkerze auf kleinen Vorsprüngen. Die bunten Farben schienen eigenartig deplatziert an diesem monochromen Ort, an dem selbst der Boden mit weißen Steinen gefliest war.

Feline ging langsam an den Urnengräbern entlang und las die Namen, bis sie den ihres Vaters entdeckte. Matthias

Schwarz. Die Buchstaben waren ebenso weiß wie das Schild, nur etwas erhaben.

Sie trat dicht heran und ließ ihre Finger darübergleiten. Kühl war der Stein, ein wenig rau und nur die Oberflächen der Buchstaben ganz ebenmäßig. Als hieße es, den Namen in all der Klarheit darzustellen, die ein vergangenes Leben hinterlassen sollte.

Der Vater, den sie nie wirklich kennengelernt hatte. Seine Asche war hier hinter diesem Stein. Und um all das Unfassbare zu begreifen, das in diesem Moment in ihrem Herzen zu kauern schien, blieben ihr nur die Buchstaben, über die ihre Fingerkuppen fuhren, auf denen sie nach etwas tastete, das sie zu fassen bekommen hoffte, an das sie sich halten könnte, um die Reue über die verpasste Chance ertragen zu können.

»Wer warst du?«, fragte sie in die Stille und erschrak über den fremden Klang ihrer Stimme. »Wer warst du nur?«

Der kühle Stein blieb tot und stumm. Hier gab es nichts, das ihr half. Nur Leere, die in sie kroch und sich ausbreiten wollte. Feline schob die Hände in die Jackentaschen. Ihr war plötzlich kalt, und ein Windstoß zauste ihr Haar.

Auf diesem Friedhof gab es keine Antworten auf ihre Fragen. Und vielleicht würde sie diese nirgendwo finden. Vielleicht hatten sie und ihr Vater einfach ihren Moment verpasst.

Feline straffte die Schultern. »Adíos, Papa.«

Das Büro der Maklerin war in einem ehemaligen Ladengeschäft in einer Gasse gleich hinter der Kathedrale von Santanyi. Die moderne Einrichtung stand im Kontrast zu den Räumen und den Häusern gegenüber, passte jedoch hervorragend zu der großen blonden Frau.

»Ich kenne die Casa del Alma Silenciosa, seit ich hier bin«, sagte Frau Bernhard und wies mit der Hand auf den Stuhl vor ihrem Schreibtisch, »aber nehmen Sie doch Platz, Frau Schwarz. Kaffee?«

»Ja, gern.« Feline war immer noch kalt.

»Die Lage ist einmalig.« Frau Bernhard verschwand kurz um die Ecke. Es blubberte und zischte und der Duft von frischem Kaffee breitete sich aus. »Ich kenne einen Hotelier, der dort gern ein kleines Boutiquehotel bauen würde.« Sie reichte Feline eine Tasse und setzte sich. »Aber um den besten Preis zu erzielen, schlage ich vor, ich hole weitere Angebote ein.«

»Es gibt da allerdings ein Problem«, sah sich Feline genötigt, den Eifer der Maklerin zu bremsen.

»So?«

»Die Witwe meines Vaters hat ein lebenslanges Wohnrecht.«

»Ach, wenn es nur das ist.« Frau Bernhard winkte ab. »Für Ihr Stück Land sind mindestens zwei Millionen Euro drin.«

Feline verschluckte sich fast. »So viel?«

»Aber sicher doch! Unverbaubarer Meerblick, keine Hotels weit und breit, kein weiteres Bauland in der Urbanisation, also ich bitte Sie, das ist ein Filetstück.«

»Ja, mag sein, aber was ist mit dem Wohnrecht?«

Frau Bernhard lehnte sich zurück und wippte in ihrem Chefsessel. »Mein Gott, bieten Sie der Witwe eine kapitale Summe Geld, von der sie sich eine schmucke Eigentumswohnung kaufen kann. Wieso sollte sie dazu Nein sagen?«

Feline war da nicht so sicher. »Immerhin ist es seit fast siebenundzwanzig Jahren ihr Zuhause.«

Frau Bernhard rollte die Augen. »Glauben Sie mir, am Ende des Tages ist alles nur eine Frage des Geldes. Und mal ehrlich: Haben Sie eine Alternative, Frau Schwarz? Wollen Sie den Rest Ihres Lebens diese Bruchbude und Ihre Stiefmutter am Hals haben?« Die Maklerin lachte kehlig. »Vertrauen Sie mir. Ich regle das für Sie.« Sie streckte ihr die Hand entgegen.

Feline zögerte. Dennoch, irgendwie hatte Frau Bernhard schon recht. Was blieb ihr übrig? Ein Leben als Pensionsbesitzerin auf Mallorca? Zumindest einen Versuch, aus dieser Nummer herauszukommen, konnte sie wohl wagen, oder? Wenn es nicht funktionierte und Sofía sich auf solch einen Handel nicht einließ, war immer noch Zeit, über einen Plan B nachzudenken.

Mit leicht flauem Gefühl im Magen schlug Feline ein. »Was denken Sie, wie lange es dauert, ein paar Angebote zu bekommen?«

»Das geht sicher schnell. Am besten, Sie geben mir Ihre Mobilnummer, dann halte ich Sie auf dem Laufenden.«

10

Steven ging durch den Frühstücksraum und klopfte an die offen stehende Küchentür. »Sorry, wenn ich störe.« Er blieb in der Tür stehen. »Ich wollte nur kurz fragen, ob es in der Nähe ein Restaurant gibt, wo ich zu Abend essen kann?«

Sofía legte das Handtuch weg, mit dem sie sich gerade die Hände abgetrocknet hatte, und kam um den Tisch herum auf ihn zu. »Warum essen Sie nicht einfach mit uns? Ich habe einen Fischauflauf im Ofen, davon ist mehr als genug für drei da. Sie essen doch Fisch?«

»Ja, schon, aber ich will wirklich nicht stören.«

»Ach Unsinn.« Sie klopfte mit der Hand auf den Tisch. »Kommen Sie, setzen Sie sich. Ein Glas Wein vielleicht?«

»Also wenn Sie darauf bestehen …« Die Aussicht, nicht noch einmal aus dem Haus zu müssen, war verlockend. »Kann ich Ihnen irgendwie helfen? Vielleicht die Flasche öffnen?«

»Warum nicht.« Sofía begann, den Tisch zu decken.

»Sie sind also der Gast.«

Steven sah auf und in dunkelgrüne Augen.

»Feline Schwarz.«

Er stand auf. »Steven Taylor.« Ihr Händedruck war fest, der Handschlag einer, die zu ihrem Wort stand. Nur widerwillig ließ er sie los. Sie hatte etwas Leichtes, Beschwingtes, die Aura einer Frau, die das Leben tanzend nahm. Und doch wohnte in ihren Augen Tiefe. Irrte er sich, oder sah sie belustigt drein?

»Feline ist die Besitzerin der Casa«, mischte sich Sofía ein, »seit Neuestem.« Ihr Englisch war kantig, hart. Ihre Sprachmelodie erinnerte ihn an Montserrat Caballé.

Die junge Frau mit den langen blonden Haaren und der zarten Statur nahm Gläser vom Regal. »Mein Vater ist vor Kurzem gestorben. Und hier in Spanien erben die Kinder, wie ich gelernt habe.« Sie sprach mit einem putzigen deutschen Akzent.

Er sah von einer Frau zur anderen. »Sie sehen sich gar nicht ähnlich.«

Feline lächelte. »Sofía war die zweite Frau meines Vaters.« Sie stellte drei Gläser vor ihm ab. »Ich lebe in Berlin. Und Sie sind aus …?«

»Los Angeles.« Er schenkte Rotwein ein. »Also geboren und aufgewachsen bin ich in New York City, aber jetzt lebe ich schon eine ganze Weile in L.A.« Wie geschmeidig ihre Bewegungen waren.

»Sieht aus, als wäre der Auflauf gelungen.« Sofía stellte eine große rechteckige Form in der Mitte des Tisches ab. Es dampfte, und ein herzhafter Duft von Käse und Fisch breitete sich in der Küche aus. »Ich hoffe, ihr habt ordentlich Hunger.«

»Das sieht toll aus.« Feline hielt Sofía einen Teller hin.

»Das ist wirklich mehr als freundlich, dass Sie mich zum Essen eingeladen haben«, sagte Steven, als alle einen Teller vor sich stehen hatten, und hob sein Glas, »vielen Dank.«

»Jetzt übertreiben Sie mal nicht«, sagte Sofía, doch man sah ihr an, wie sehr sie sich über den Dank freute.

»Was treibt Sie zu dieser Zeit an diesen Ort hier?«, wollte Feline wissen.

»Ich bin Musiker. Und im Moment leider mit einem kreativen Hänger geschlagen.«

»Und dann dachten Sie, ein Ortswechsel vollbringt ein kleines Wunder?«

»Na ja, ich hoffe es zumindest.« Er schob sich eine Gabel voll Auflauf in den Mund und kaute genüsslich. »Señora Marquez, das schmeckt wunderbar.«

Sofías Gesicht leuchtete auf.

»Wirklich, Sofía, er hat recht. Das ist köstlich. Was ist da alles drin?«

»Fisch, Kartoffeln, Paprika, Tomaten, Auberginen, Zucchini, Mandeln, Sahne und jede Menge Kräuter aus dem Garten. Freut mich, dass es euch schmeckt.«

»Haben denn um diese Jahreszeit überhaupt Restaurants geöffnet?«, wollte Steven nun wissen.

»Ja, sicher«, beschwichtigte Sofía ihn sofort. »Auf Mallorca ist im Grunde immer Saison. Im Winter geht es zwar deutlich ruhiger zu, aber die Leute kommen schon. Selbst wir hier haben immer wieder Gäste, auch wenn wir über den Winter nie ausgebucht sind.«

Täuschte er sich oder sah Sofía Feline eigenartig an, fast herausfordernd?

»Aber zu dieser Jahreszeit kommen doch eher Rentner zum Überwintern auf die Insel«, wandte die Jüngere ein.

»Dein Vater und ich konnten uns nie beschweren.«

»Haben Sie denn vor, die Pension weiterzuführen?«

Die Frauen sahen sich an. Plötzlich war es ganz still in der Küche. Die Temperatur schien um einige Grad gefallen zu sein.

»Entschuldigen Sie, ich wollte nicht …«

Feline legte die Gabel ab und stand so langsam auf, als musste sie sich zusammenreißen. »Machen Sie sich keine Sorgen, Mister Taylor. Das ist ein heikles Thema, aber das konnten Sie nicht ahnen.« Sie schob den Stuhl zurück an den

Tisch und nahm ihr Glas. »Ich glaube, ich mache lieber noch einen kleinen Spaziergang.«

»Das tut mir wirklich leid«, sagte Steven, nachdem hinter Feline die Tür ins Schloss gefallen war. »Ich hätte nichts sagen sollen.«

Sofía schüttelte den Kopf und lächelte ihn an. »Machen Sie sich keine Gedanken. Sie ist …« Sie sah auf einmal müde aus. »Ach, lassen Sie uns das Thema wechseln.«

Der Wind war ein wenig abgeflaut. Obwohl es bereits nach neun Uhr abends war, fühlte sich die Luft noch warm auf der Haut an. Der Mond stand stumm und kreisrund über dem Meer, als hätte ihn jemand dort vergessen.

Feline schlang sich das Tuch um die Schultern und ging langsam über das verdorrte Gras. Weit genug von der Kante des Kliffs blieb sie stehen. Die Wellen peitschten gegen den Felsen. Fast klang es wie Regen.

Von hier aus sah das Haus gar nicht so alt aus. Die weiße Fassade reflektierte den Mondschein, warmes Licht fiel aus den Fenstern. Der knorrige Olivenbaum davor erzählte von vergangenen Jahrzehnten. Ein Mahnmal dafür, dass man Wind, Wetter und jedem Sturm trotzen konnte.

Sie schlang die Arme um sich, fühlte den Wind über ihre Wangen streichen, wie er nach den Haaren griff und Schabernack mit ihnen trieb. Für einen langen Moment schloss sie die Augen.

Ob ihr Vater hier jemals so gestanden hatte? Und was hatte er wohl gedacht? Was gefühlt?

Sie hätte den Brief beantworten sollen. Ihm eine Chance geben, ihm und sich selbst. Aber damals hatte sie nicht eine einzige Sekunde mit dieser Idee gespielt. Warum eigentlich nicht?

Es war wohl das Privileg der Jugend, immer zu meinen, man hätte für alles alle Zeit der Welt. Aber das stimmte nicht.

Ehe man sich versah, war eine Chance verpasst, eine Tür für immer zugefallen. Und dann? Dann konnte man nur bereuen, daraus lernen und weitergehen.

Daraus lernen. Das war ein gutes Stichwort. Was hatte ihre Mutter gesagt? Sie solle sich ein wenig Zeit geben. Das klang nach einem Plan. Nicht schon wieder eine Chance in den Wind schlagen, nicht davonrennen.

Aber wie sollte das gehen? Sie war Architektin, keine Hotelfachfrau. Ihr Leben war in Berlin, nicht hier auf diesem Stück Land auf den Klippen.

Nein, sie konnte das Haus nicht behalten, die Pension nicht weiterführen. Und sie konnte das auch nicht Sofía machen lassen. Es würde vielleicht noch gehen, ihr ein Gehalt zu zahlen, aber was, wenn Reparaturen auf sie zukamen? Und beim Zustand des Hauses waren die bereits jetzt abzusehen.

»Nicht erschrecken.«

Feline fuhr herum. »Zu spät.«

»Vielleicht kann ich es mit einem Glas Wein wiedergutmachen?« Steven hob die Hände vor seine Brust. In einer hielt er eine Flasche, in der anderen zwei Gläser.

»Woher wussten Sie, dass ich hier bin?« Feline nahm die Gläser und ließ ihn einschenken.

»Sie sind nicht zu übersehen im Mondlicht. Und so viele Menschen rennen hier nachts nicht herum, oder?«

»Na dann.« Sie reichte ihm eins der Gläser.

»Sollen wir noch einmal von vorn beginnen? Ich bin Steven«, sagte er und stieß mit ihr an.

»Feline.« Wenn er so lächelte wie jetzt, sah er ein bisschen wie ein kleiner Junge aus. Genau Alinas Beuteschema. Zum Glück war sie nicht hier, denn Feline hatte so schon genug Probleme am Hals. Eine liebeskranke beste Freundin hätte ihr gerade noch gefehlt.

»Es tut mir wirklich leid, dass ich vorhin so treffsicher einen wunden Punkt gefunden habe.«

»Ach, das konntest du doch nicht wissen.« Am Horizont tauchte ein großes Schiff auf, die Silhouette eine Lichtlinie wie ein Versprechen auf Zuversicht. »Das spanische Erbrecht ist offenbar wie dafür geschaffen, Zwietracht zu säen.«

»Wieso das?«

Feline erklärte es ihm. »Es ist Sofías Zuhause seit so langer Zeit. Sie hat gerade ihren Mann verloren, und jetzt nehme ich ihr das auch noch. Natürlich ist sie sauer, und ich habe ein schlechtes Gewissen. Aber was soll ich denn tun? Ich hab doch gar keine Wahl.«

»Wirklich nicht?«

»Wie meinst du das?«

»Sieh dich hier um.« Steven breitete die Arme aus, als wollte er das Meer einfangen. »Das ist ein magischer Ort. Ich kann mir nicht vorstellen, dass es keine Alternativen gibt. Höchstens, dass sie sich noch nicht gezeigt haben.«

»Ja klar.« Sie lachte. »Ich werfe meine Karriere über den Haufen, mein Leben, ziehe in diese Bruchbude und bewirte Feriengäste bis ans Ende aller Tage. Und mit ein bisschen Glück heiratet mich ein Spanier.« Sie hielt das Glas hoch. »Prost Mahlzeit, Mond!«

»Wo machst du Karriere?«

»Ich bin Architektin. Im Moment zwar ohne Job, aber das ist nur die leere Seite zwischen zwei Kapiteln.«

»Architektin? Ist doch super.«

»So?« Sie hielt ihm das Glas hin, damit er nachschenkte.

»Jetzt mal im Ernst, Feline, ich will dir ja nicht zu nahe treten, aber du bist Architektin, und dann fällt dir zu dieser Casa hier gar nichts ein?«

Sie drehte sich um und betrachtete das Haus. »Ich gebe zu, es hat eine gute Substanz. Aber man müsste so viel dran machen.« Sie zählte die Posten des Modernisierungsbedarfs an den Fingern ab. »Hast du eine Ahnung, was das kosten würde?«

»Nein.« Er stieß sein Glas gegen das ihre. Der warme Ton wurde vom Wind weggeweht. »Aber ich finde, du könntest dir erlauben, ein paar Tage darüber nachzudenken und währenddessen einfach mal ein wenig in dich hineinfühlen. Wer weiß, was du entdeckst.«

»Soso. Das sollte ich also deiner Meinung nach tun, Steven Taylor?«

»Allerdings.«

»Und was bringt dich zu diesem Vorschlag? Du kennst mich doch überhaupt nicht.«

»Nein, das stimmt. Aber ich kann mich noch gut erinnern, als ich vor vielen Jahren die Chance bekam, nach Los Angeles zu gehen und die Musik für einen absoluten Low-Budget-Film zu schreiben. Ich dachte auch, das geht nicht. Ich kann doch nicht die Schule hinschmeißen, um in einer Abstellkammer auf dem Boden zu schlafen und für ein warmes Essen am Tag Musik zu schreiben.«

»Aber du hast es gemacht?«

»Klar. Obwohl alle gesagt haben, ich sei verrückt. Aber weißt du was? Es fühlte sich verdammt danach an, genau das Richtige zu tun. Und daran habe ich geglaubt. Nicht an den Aufschrei der Vernunft.« Er legte ihr den Arm über die Schultern und wies mit dem Glas in der Hand auf das Haus. »Wie fühlt sich das für dich an?«

»Ich weiß nicht.« Feline war sich seiner Berührung auf eigenartige Weise bewusst. Die Geste war so unverfänglich, so kumpelhaft, und doch stand sie still, wagte es nicht, sich zu bewegen. »Ich kannte meinen Vater überhaupt nicht. Ich … ich habe gar keine Beziehung zu ihm. Wie soll ich da ein Gefühl zu diesem Ort hier haben?«

»Meinst du wirklich, das eine hat mit dem anderen zu tun?« Seine Stimme war sanft. »Was hast du schon zu verlieren, wenn du ein paar Tage bleibst und dir und diesem Ort hier eine Chance gibst?«

»Ich denk drüber nach.« Sie trank ihr Glas leer und gab es ihm zurück. »Ich glaub, du bist ein netter Kerl, Steven Taylor.« Mit diesen Worten ließ sie ihn stehen.

11

Am nächsten Tag war der Himmel wolkenlos und von einem Blau, wie man es aus dem Tuschkasten kannte. In der seidigen Luft hing das Versprechen von Frühling.

Feline stand auf der Terrasse, eine Tasse Kaffee in der Hand, blinzelte in die Sonne und fragte sich, was sie mit dem Tag anfangen sollte. Es war ein ungewohntes Gefühl, so gar nichts vor und alle Zeit der Welt zu haben.

»Gut geschlafen?« Sofía trat neben sie.

»Wie ein Stein.« Eines musste man diesem Ort hier lassen, dachte Feline, man schlief unfassbar tief. »Und du?«

»Ganz gut, danke. Es wäre schön, wenn du mir heute etwas helfen könntest.«

»Gern. Was hast du vor?«

»Die Gartenmöbel müssen aus dem Verschlag geräumt und auch gesäubert werden. Außerdem gibt es einiges im Garten zu tun.«

In welchem Garten, bremste sich Feline gerade noch zu fragen. Für sie sah das hier eher wie eine ungepflegte Steppe aus. »Okay, dann fangen wir am besten gleich nach dem Frühstück an?«

Sofía hob die Tasse zum Mund, verharrte einen Moment und ließ sie dann wieder sinken, ohne einen Schluck getrunken zu haben. Unter ihrem linken Auge zuckte ein Muskel. »Gut«, sagte sie schließlich und wandte den Blick ab.

»Und das habt ihr tatsächlich jedes Jahr gemacht?« Feline sank auf einen der Gartenstühle und wischte sich mit dem Unterarm über das Gesicht. Die Arme taten ihr weh, das Hemd klebte am Rücken, und sie fühlte sich wie nach drei Stunden Sport.

»Natürlich. Was dachtest du denn?« Sofía hielt ihr eine Wasserflasche hin. »Hier, du trinkst zu wenig.«

Das kühle Wasser schmeckte herrlich. Feline sah auf ihre Uhr. »In zwei Stunden haben wir gerade mal die paar Stühle geschafft. So brauchen wir doch ewig dafür.«

»Die Dinge dauern eben so lange, wie sie dauern.« Sofía zog einen der sauberen Stühle heran und setzte sich neben Feline. »Es macht keinen Sinn, sich darüber aufzuregen. Das kostet nur unnötig Energie.«

Feline stand auf, stemmte die Hände in die Hüften und drückte den Rücken durch. Dann streckte sie sich. »Wo ist der nächste Baumarkt?«

»In Palma. Das Leroy Merlin. Wieso?«

»Weil ich genau dort jetzt hinfahre und einen Kärcher kaufe. Gibt es sonst noch etwas, was wir hier unbedingt gebrauchen könnten?«

Sofía schüttelte den Kopf und sah dabei aus, als erwartete sie, dass Feline gleich noch ein weißes Kaninchen aus dem nicht vorhandenen Hut zaubern würde.

»Komm schon, worauf wartest du?«

»Das ist doch nicht nötig.« Sofías Protest klang ein bisschen halbherzig.

»Ich hole mir hier keinen Bandscheibenvorfall.« Feline nahm die Wasserflasche und stapfte los. »Zier dich nicht so,

Sofía«, warf sie ihrer Stiefmutter über die Schulter zu, »wir können auf dem Rückweg gleich noch beim Supermarkt vorbeifahren. Also los, komm schon.« Sie machte die Tür auf der Beifahrerseite auf und glitt hinters Steuer.

»Ich weiß gar nicht, ob es so etwas hier gibt, einen Kärcher«, murmelte Sofía vor sich hin, schnallte sich aber an.

»Die Dinger gibt es in jedem Baumarkt. Glaub mir. Du wirst ihn lieben, wenn du ihn erst mal hast.« Feline drehte den Schlüssel herum. »Man kann damit alles sauber bekommen, einfach alles.« Der Motor gab ein heiseres Singen von sich, mehr nicht. »Tu mir das nicht an.«

Feline wartete einen Moment und versuchte es dann noch einmal. Das ungesunde Geräusch blieb dasselbe, der Wagen sprang nicht an. »Hat er das öfter?«, fragte sie Sofía und stieg aus.

»Ich weiß nicht.« Die Spanierin folgte ihr. »Ich bin den Wagen selten gefahren.«

Feline klappte die Motorhaube hoch und spähte hinein.

»Und?«

Sie sah Sofía an und zuckte die Schultern. »Keine Ahnung.«

»Will er nicht?« Steven kam vom Haus auf sie zu, die Sonnenbrille in die Haare geschoben, einen Pulli lässig über den Schultern. »Lass mich mal einen Blick drauf werfen.«

Feline trat zur Seite und betrachtete ihn skeptisch. Sie konnte sich nicht vorstellen, dass ausgerechnet er, der Musiker mit den feingliedrigen Händen, etwas von Autos verstand.

Steven schob die Ärmel seines Shirts hoch, runzelte die Stirn und rüttelte dann hier und dort an verschiedenen Kabeln. Er beugte sich weit über den Motorblock. Seine Hand verschwand irgendwo zwischen Luftfilter und Karosserie. »Versuch noch einmal ihn zu starten.«

Feline setzte sich hinters Steuer und drehte den Schlüssel. Das singende Geräusch erstarb nach wenigen Sekunden.

Steven kam unter der Motorhaube wieder hervor. Seine Unterarme waren voller Schmiere. Er hielt etwas in der Hand. »Die Zündkerzen sind völlig verrußt. Und ein Kabel ist gebrochen.«

»Das heißt, den Trip zum Baumarkt kann ich mir abschminken?«

»Baumarkt?« Steven legte die Zündkerze auf dem Luftfilter ab.

»Ja, ich wollte einen Kärcher kaufen.«

»Super Idee. Dieser Ford Fiasko hier kann eine Motorwäsche vertragen.«

»Ford Fiasko?« Sie musste kichern.

»Ich hol Ihnen mal etwas, womit Sie sich die Hände abwischen können.« Sofía verschwand ins Haus.

»Der Kärcher ist eigentlich für die Gartenstühle gedacht. Aber ohne Auto wird das nichts.«

»Wieso nimmst du nicht meinen Wagen?«

Meinte er das ernst? Dieser Typ war zu nett, um wahr zu sein, dachte Feline.

»Und ich kümmere mich derweil darum, dass die alte Karre hier wieder flott wird.«

»Ach komm, erzähl mir nicht, du verstehst etwas von Autos?«

»Ist mein Hobby.«

»Autos?«

»An alten Karren schrauben.« Steven grinste und sah schon wieder wie ein Lausbub aus, der soeben bei etwas Verbotenem ertappt worden war. »Ich finde das entspannend.«

»Und ich dachte immer, Musiker haben Angst um ihre Finger.«

»Haben wir ja auch. Aber was wäre das Leben ohne ein bisschen Risiko?« Er zwinkerte ihr zu. »Also, Deal?«

»Was für ein Deal?«

»Ich darf ein bisschen schrauben und du fährst zum Baumarkt. Na, was meinst du?«

Sie schüttelte belustigt den Kopf.

Die Sonne ging irgendwo weit hinter der Casa del Alma Silenciosa unter. Die zarten Wölkchen über dem Meer waren in Rosé getünchte Tupfer am hellblauen Himmel. Die Luft hatte sich noch nicht abgekühlt, aber man spürte bereits deutlich die Nachtfeuchte, die vom Wasser aufstieg.

Feline setzte sich auf einen der frisch gesäuberten Gartenstühle und reichte Sofía ein Glas Rotwein. »Das haben wir uns jetzt verdient.«

»Ich habe mit deinem Vater oft hier gesessen. Vor allem im Frühling und im Herbst. In der Hochsaison haben wir die Terrasse unseren Gästen überlassen.«

»Wie ist er eigentlich gestorben?« Feline wusste nicht, warum sie die Frage bislang nicht gestellt hatte.

»Es war ein Unfall. Beim Wandern.«

»Hier auf Mallorca?«

»In der Nähe von Cap Formentor.«

»Die Steilküste?«

»Dein Vater ist dort oft wandern gewesen. Mit seinem besten Freund. Carlos und er kannten das Terrain, sie wussten um die Gefahren.« Sofía rückte ihren Stuhl ein Stück, sodass sie Feline ansehen konnte, ohne sich zu verdrehen. »In der Nacht davor hatte es geregnet. Aber die beiden meinten, sie würden einen Weg nehmen, der ungefährlich sei.«

»Und dann haben sie es doch anders gemacht?«

Sofía schüttelte den Kopf. »Sie haben beobachtet, wie ein junger Mann abgestürzt ist, der mit einer kleinen Gruppe unterwegs war. Die Wege sind dort sehr schmal und führen teilweise direkt an der Steilkante entlang. Er muss abgerutscht sein, wahrscheinlich war der Boden noch nass und rutschig. Er ist jedenfalls gestürzt und etliche Meter tiefer auf einem Felsvorsprung liegen geblieben. Carlos und dein Vater kannten einen steilen Abstieg zu dem Felsvorsprung. Sie wollten den jungen Mann retten.«

»Und dann ist mein Vater selbst abgestürzt?«

»Er ist vorangegangen. Irgendwas war dann mit dem Jungen, den sie retten wollten. Eine Rangelei. Was genau passiert ist, weiß ich aber nicht.«

»Oh mein Gott.« Feline hatte das Gefühl, gar nicht mehr atmen zu können. Ihre Brust war zugeschnürt, und sie fröstelte auf einmal. »Hast du gar nicht nachgefragt, was genau …?«

»Hier.« Sofía legte ihr ihren breiten Schal um die Schultern. »Ich weiß, es klingt nach einem sehr sinnlosen Tod, so sinnlos, dass ich gar nicht mehr darüber erfahren wollte und will.«

»Ist er ertrunken?« Feline flüsterte fast. Als ob die Worte laut ausgesprochen eine Dimension annehmen könnten, der sie nicht gewachsen war.

»Die Ärzte haben gesagt, er war schon tot, als er im Wasser gelandet ist.«

»Sicher?« Ertrinken war so ziemlich das Schlimmste, das Feline sich vorstellen konnte.

»Er hatte kein Wasser in den Lungen.« Sie legte ihre Hand über die von Feline und drückte sie kurz. »Vielleicht besuchst du in den nächsten Tagen mal Carlos. Er wohnt in Cala Santanyi. Und ich bin sicher, er würde dich sehr gern kennenlernen.«

»Spricht er denn Deutsch?«

»Ja, ihm gehört die Tauchbasis dort, zu der viele deutsche Touristen kommen. Du wirst ihn mögen. Er ist ein lustiger Kerl. Er war deinem Vater immer ein guter Freund.« Sofía ließ Felines Hand wieder los und blickte in die Ferne. »Sie haben sich beide sehr gutgetan.«

»Ich bedauere es so, dass ich meinen Vater nie richtig kennengelernt habe. Das hätte ich irgendwie nicht vermutet. Ich dachte immer, er fehlt mir gar nicht. Aber jetzt …«

»Du bist ihm sehr ähnlich«, sagte Sofía und stand auf.

Feline blieb noch eine Weile sitzen und trank ihren Wein, während der Himmel an Farbe verlor und die Nacht sich über das Meer senkte. Irgendetwas machte dieser Ort mit ihr, das konnte sie deutlich spüren. In den Tiefen ihrer Seele regte sich etwas, wachte aus seinem Dornröschenschlaf auf und räkelte sich. Und es gab nur einen Weg herauszufinden, was es war: Sie musste bleiben. Zumindest noch ein Weilchen.

12

Steven streifte durch die schmalen Gassen von Palma. Die sandsteinfarbenen Fassaden mit ihren Rissen und Ausbesserungen atmeten Geschichte und gaben doch die Geheimnisse der Einheimischen nicht preis. Man konnte manches erahnen, was sich hoch über dem Meer im Schutz der Kathedrale in den Jahrhunderten abgespielt haben mochte, doch es blieb deutlich spürbar, dass man immer ein Außenseiter bleiben würde. Die wenigen Menschen, denen er begegnete, erwiderten zwar seinen Gruß, aber sie sahen ihn dabei kaum an – als wollten sie seine Anwesenheit nicht anerkennen.

Viele der kleinen Geschäfte waren nicht geöffnet, und eigentlich war Steven ganz froh darüber. So konnte er sich zumindest einbilden, die Stadt kennenzulernen, wie sie wohl vor dem Massentourismus einmal gewesen war.

In einer kleinen Bar trank er einen Kaffee, am Tresen eingequetscht zwischen alten Spaniern, die lautstark diskutierten. Ihre wilden Gesten wollten so gar nicht zur Mimik passten. Sie schienen zu streiten, strahlten sich jedoch dabei an, brachen gar immer wieder in nahezu haltloses Gelächter aus. Das hier war eine fremde Welt und in ihrer Unverständlichkeit umso attraktiver für ihn.

Die Diskussion schien einem Rhythmus zu folgen, die Männer ein vielstimmiger Chor, getragen von einem Allegro, das ohne Übergang zu einem Prestissimo wurde und sodann ins Andante verebbte, um von vorn zu beginnen. Nie Piano, selten Mezzoforte, hier und da Fortissimo Possibile.

Fasziniert lauschte er und trank einen weiteren Cortado, der jedem Café Cubano in Miami in puncto Stärke in nichts nachstand. Er nahm den Rhythmus in sich auf, gab ihm den Raum, sich in seinem musikalischen Gedächtnis zu verankern, um ihn irgendwann abrufen zu können.

Beschwingt lief er weiter durch Gassen, die so schmal waren, dass kein Sonnenstrahl es bis auf den Boden schaffte. Hier und da versteckten sich kleine Geschäfte hinter niedrigen Türen. Von Zigaretten über Schuhe und Kleidung bis hin zu Fisch gab es alles. Als wäre die Erfindung des Supermarktes an der Altstadt von Palma unbeachtet vorbeigegangen.

Die Auslage im kleinen Schaufenster eines Juweliers, der nichts als handgefertigte Unikate feilbot, ließ ihn verharren. Die wenigen ausgestellten Schmuckstücke waren von einer simplen Schönheit, der man sich nicht entziehen konnte. Jedem einzelnen Stück sah man an, mit wie viel Liebe es gefertigt worden war.

Kurz entschlossen betrat er den Laden. Vielleicht fand er etwas für Candice. Die hatte in den letzten Monaten genug unter seinen Launen gelitten, alle Feuer für ihn gelöscht und schließlich nicht zuletzt durch ihre Verhandlungskünste dafür gesorgt, dass er überhaupt hier auf dieser Insel sein konnte. Sie hatte wirklich eine Aufmerksamkeit verdient, und er wusste, dass sie ein Faible für ungewöhnlichen Schmuck hatte.

Die Entscheidung fiel nicht leicht. Der freundliche Juwelier zeigte ihm fast seine gesamte Kollektion. Ein Schmuckstück war schöner als das andere. Nach einigem Hin und Her kaufte Steven ein Paar Ohrringe für Candice. Die großen Creolen waren filigran verziert. Was jedoch Stevens Aufmerksamkeit gewonnen hatte, war die Tatsache, dass sie nicht kreisrund waren, sondern verbogen wirkten. Beide Ohrringe waren ganz offensichtlich ein Paar und doch nicht gleich. In ihrer perfekten Nicht-Perfektion waren sie so vollkommen wie ein Blues, der sich erst durch jenen einen dissonanten Schlussakkord unvergesslich in das Gedächtnis brannte.

Ein paar Gassen weiter blieb er vor einem weiteren kleinen Laden stehen. Vor der Tür standen eine Art Tongefäße unterschiedlicher Größe, überspannt mit einer Haut, und aus der Mitte ragte jeweils ein Stock heraus. Es mussten Musikinstrumente sein, denn durchs Schaufenster konnte man im Laden jede Menge Gitarren und Ukulelen an der Wand hängen sehen. Interessiert trat Steven ein.

Der kleine Laden war vollgestopft mit Instrumenten. Auf dem Verkaufstresen standen Kisten mit verpackten Saiten. In einer Ecke waren Trommeln jeder Art und Größe, in der anderen ein Regal voller Notenhefte, das bis unter die Decke reichte.

Ein etwas kauziger kleiner Mann tauchte plötzlich hinter einem Vorhang auf, der in einen Nebenraum zu führen schien. »Señor?«

»Buenas días. Do you speak English?«

Der Spanier nickte. »Suchst du etwas Bestimmtes?«

Steven wies auf die offene Ladentür. »Diese Dinger, die da draußen stehen, was ist das?«

»Das sind Ximbombas. Ein traditionelles mallorquinisches Instrument. Willst du mal eine ausprobieren?« Ohne eine Antwort abzuwarten, holte er drei Ximbombas unterschiedlicher Größe und Form herein. Eine kleinere hielt er hoch. »Es sind Tongefäße. Manchmal sind sie hier auf der Seite verziert.« Er drehte sie ein Stück. »Der Boden bleibt offen. Und oben wird ein Fell drübergespannt, durch das dann das Bambusrohr gestochen wird.« Er stellte die Ximbomba vor Steven auf den Boden. »Früher war Katzenhaut beliebt. Galt als das Beste für den Sound.« Er grinste. »Geht heute natürlich nicht mehr. Die Tierschützer würden Amok laufen.«

»Zu Recht.« Steven nahm die kleine Ximbomba hoch und betrachtete sie eingehend von allen Seiten. »Was für eine grausame Vorstellung, dass man Katzen dafür gehäutet hat. Was nimmt man heute?«

»Schaf. Man reibt das Fell mit Knoblauch ein.«

»Knoblauch? Wofür?«

Der Spanier zuckte die Schultern. »Das weiß keiner so genau. Die einen sagen, der Ton würde dann tiefer, andere behaupten, der Knoblauch sei ein Schutz.«

»Und wie spielt man darauf? Kannst du mir das zeigen?«

Der Spanier nahm die große Ximbomba, setzte sich und klemmte sie sich zwischen die Knie. »Es ist ganz einfach. Du spuckst kräftig in die hohle Hand und dann bewegst du die geschlossene Faust rhythmisch am Bambusstab auf und ab. Je nach Größe und Weite des Gefäßes ist der Ton höher oder tiefer.« Er machte es Steven vor, dann stand er auf. »Probier es einfach.«

»Man kann sich also mit unterschiedlich großen Ximbombas eine ganze Tonleiter zusammenstellen? Wobei, ich muss schon sagen, es sieht nicht nur unanständig aus, so ein Ding zu spielen, es klingt auch so.«

Der Spanier lachte lautstark auf. »In einigen alten Liedern wird die Ximbomba als Mittel angepriesen, Frauen anzulocken und sie glücklich zu machen. Vermutlich durch die Vibrationen.« Er zwinkerte verschmitzt.

»Habt ihr Spanier das Ding erfunden?«

»Soweit ich weiß, die Afrikaner. Dort hat das Instrument eine rituelle Bedeutung. Es geht um die Wandlung des Jungen zum Mann. Bei uns hat es mehr mit dem Austreiben des

Winters zu tun. Traditionell spielen wir die Ximbombas in der Karnevalszeit und zur Fiesta popular de Sant Antoni im Januar. Aber natürlich auch für die Touristen auf Dorffesten.«

Steven probierte noch einige unterschiedliche Ximbombas aus. Es war erstaunlich, wie stark die Töne je nach Größe und Enge des Gefäßes variierten und wie unterschiedlich sich die Vibrationen anfühlten, die man durch das Reiben des Stockes erzeugte.

Am faszinierendsten waren jedoch die Töne an sich: archaisch durch und durch. Ein gutturales rhythmisches Brummen, wie eine Kreuzung aus einer Trommel und einer Tuba, die sich nur schwer zurückhalten konnte.

In seinem Kopf kombinierte Steven die Ximbomba bereits mit allen erdenklichen anderen Instrumenten, baute sie in Arrangements ein, die mit ihr eine ganz neue Farbe gewannen. Geheimnisvoll, getränkt in tiefe Empfindungen, voller Versprechen und Anspielungen.

Eine ganze Welt fremder musikalischer Möglichkeiten schien sich mit einem Schlag zu eröffnen. Es war keine Frage ob, sondern nur wie viele Ximbombas er kaufen sollte.

13

»Und, wie ist es so?« Alinas Gesicht füllte fast den gesamten Monitor aus.

»Schwierig.« Feline gab der Freundin eine detaillierte Zusammenfassung der letzten Tage. »Ich weiß einfach nicht, was ich machen soll. Ich kann das Haus nicht behalten, ich will aber Sofía auch nicht heimatlos machen.«

»Klingt ganz so, als könntest du es gar nicht richtig machen.«

»Eben.« Feline kratzte sich am Kopf. »Und wenn ich ehrlich bin, wäre es auch echt schade, wenn irgend so ein stinkreicher Investor ausgerechnet hier einen Hotelklotz hinbaut.«

»Du bräuchtest jemand, der dir das Land abkauft und dich ein Hotel ganz nach deinen Vorstellungen bauen lässt.«

»Träum weiter, Alina.«

»Oder ganz viel Geld.« Sie bekam einen entrückten Gesichtsausdruck.

»Ebenso unwahrscheinlich«, versuchte Feline, die Freundin auf den Boden der Realität zurückzuholen.

»Wie lange bleibst du denn noch dort?«

»Ich weiß es nicht. Wieso?«

»Ich hab nächste Woche vier Tage frei. Und es gibt noch überteuerte Flüge. Aber für dich würde ich denen glatt die

Kohle in den Rachen werfen und Air Berlin vor der Insolvenz retten.«

»Du könntest mir einen Koffer voller Kleidung mitbringen.« Feline dachte an Steven. »Aber genau genommen ist das doch keine so gute Idee.«

»Wieso?« Alinas Augen verengten sich merklich, und sie schien noch ein Stück näher an die Kamera gerückt zu sein.

»Ich glaube kaum, dass Sofía damit einverstanden wäre.« Was für eine laue Notlüge. Fiel ihr wirklich nichts Besseres ein?

»Und was ist der wirkliche Grund dafür, dass du mich nicht um dich haben willst?«

Sie hatte den Braten gerochen. Aber natürlich, es war schon eine blöde Idee, ausgerechnet der seit Sandkastentagen besten Freundin ein X für ein U vormachen zu wollen. »Wir haben hier einen Feriengast, den du lieber nicht treffen solltest«, rang Feline sich zur Wahrheit durch.

»Was soll das denn heißen?«

»Du würdest dich verlieben und wir beide wissen, wie das ausgeht.«

»Ach Feli, du bist doch nicht meine Gouvernante! Und außerdem, woher willst du das wissen?«

»Ich kenne dich.«

»Aha.«

Einen langen Moment schwiegen sie sich an.

»Er ist Musiker und genau dein Beuteschema«, sagte Feline schließlich.

»Seit wann sind Musiker mein Beuteschema?«

»Er sieht aus wie ein großer Junge.«

»Und was wäre so schlimm daran, wenn ich mich verliebe?« Alina neigte den Kopf zur Seite. »Ich hatte schon ewig nicht mehr dieses Flattern im Bauch.«

»Ja«, seufzte Feline, »erst das Flattern, dann den Weltschmerz.«

»Es könnte auch mal der Richtige sein.«

»Mag sein. Aber bestimmt nicht ein Musiker, der nach ein paar Wochen auf Nimmerwiedersehen zurück nach Los Angeles verschwindet.«

»Egal.« Alina hieb mit der flachen Hand auf den Tisch, dass es knallte. »No risk, no fun. Ich buche mir den Flug und du schickst mir eine Liste, was ich dir alles mitbringen soll. Gegenrede zwecklos.«

Feline schaltete gerade den Computer aus, da klopfte es an der Tür zum Büro. »Ja?«

Steven blieb in der geöffneten Tür stehen. »Hast du einen Moment oder störe ich gerade?«

»Was gibt es denn?« Seine Haare waren verwuschelt und standen in alle erdenklichen Richtungen vom Kopf ab. Sie fragte sich, ob er vielleicht schon geschlafen hatte. Aber so spät war es eigentlich noch nicht.

»Ich würde ganz gern noch ein zweites Zimmer mieten. Am besten eins neben meinem.«

»Bekommst du Besuch?«

Er schüttelte den Kopf. »Nein, nein, das hätte mir gerade noch gefehlt.«

Das klang ominös, aber sie verkniff sich jede Nachfrage. Es ging sie nichts an, er war ein Gast, im Grunde kannten sie sich überhaupt nicht, und es war wohl am besten, wenn es auch so bliebe.

»Da käme ich niemals zum Arbeiten.«

Und sie hatte gedacht, er war zum Ausspannen hier, um den Kopf freizubekommen für seine Arbeit.

»Ich habe ein paar Instrumente gekauft, und in meinem Zimmer ist es einfach zu eng zum Wohnen und Musikmachen.« Er lehnte sich gegen den Türrahmen und sah aus, als hatte er vor, ein Weilchen dort stehen zu bleiben. »Es stört doch nicht, wenn ich Musik mache, oder?«

»Du musst das mit Sofía besprechen«, antwortete sie, stand auf und begann, die Papiere auf dem Schreibtisch zusammenzuschieben. »Sie managt die Pension. Ich bin nicht einmal im Bilde, ob demnächst weitere Gäste anreisen.«

»Sie sagt, ich soll das mit dir besprechen.«

Feline hielt mitten in der Bewegung inne. »Du hast sie schon gefragt?« Ihre Gedanken kamen ins Stolpern. Wieso schob Sofía das auf sie ab?

»Natürlich. Schließlich hab ich ja bei ihr gebucht.«

»Ich kläre das mit ihr.« Feline schob die restlichen Papiere mit solchem Schwung zusammen, dass sie sich ineinander verkeilten, mehrere Blätter hochschoben und von der Tischkante rutschten. »Mist«, fluchte sie und bückte sich.

Steven sammelte ein paar Blätter ein, die bis zu ihm geflogen waren, und hielt sie ihr schließlich hin. Seine haselnussbraunen Augen wurden dunkler, zwei nächtliche Seen unter geschwungenen Brauen. »Nicht ärgern.« Seine Stimme war samtig. »Sie hat es bestimmt nicht böse gemeint.«

Feline zuckte mit den Schultern und nahm ihm die Blätter forscher ab, als es nötig war. »Wie gesagt, ich kläre das mit Sofía. Ich gebe dir morgen früh Bescheid. Reicht das?«

Er musterte sie lange mit einem Blick, den sie irgendwie beunruhigend fand. »Sicher«, sagte er schließlich und machte auf den Hacken kehrt.

Feline fand Sofía in der Küche. Der Wasserkocher brodelte, auf dem Tisch stand ein Becher mit einem Teebeutel darin. Daneben lag die heutige Ausgabe der El País. »Wieso hast du Mister Taylor nicht einfach ein Zimmer gegeben?«, fragte sie ohne Umschweife.

Sofía goss stumm den Tee auf, setzte sich und schlug die Zeitung auf.

»Was soll das jetzt? Redest du nicht mehr mit mir?«

Die Spanierin hob sehr langsam den Kopf und sah Feline in die Augen. Ihr Blick war eisig. »Du fragst mich doch sonst auch nicht.«

Feline hatte keine Ahnung, wovon sie sprach. »Du leitest doch die Pension, nicht ich.«

»Und du beauftragst irgendwelche Maklerinnen.« Sofía hob die Zeitung vor den Kopf.

Woher wusste sie das denn nur? Feline zwang sich zur Ruhe. Sie atmete tief durch und setzte sich. »Sofía«, versuchte sie es so sanft wie möglich, »bitte leg die Zeitung weg und lass uns reden.«

»Da gibt es nichts zu reden.«

»Das ist doch keine Lösung.«

»Du sorgst doch sowieso für Lösungen, die nur in deinen Kram passen.« Sofía blätterte mit viel Geräusch um. »Zum Glück muss das dein Vater nicht mehr miterleben.«

Feline rollte die Augen und ließ sich von dem ältesten aller mütterlichen Verzweiflungssprüche nicht beeindrucken. »Wäre er nicht gestorben, säßen wir jetzt nicht hier, und das weißt du. Und wenn du mit mir sprechen würdest, bin ich sicher, wir würden eine Lösung finden, mit der wir beide leben können.«

»Und was soll das sein?« Sofía klappte die Zeitung zusammen und warf sie auf den Tisch.

»Kannst du mich denn nicht ein bisschen verstehen? Ich kann diese Pension nicht halten, geschweige denn führen.«

»Und ich auch nicht, oder wie?« Sofía stand schwungvoll auf.

»Du hast das bisher mit meinem Vater gemeinsam gemacht. Wie willst du all die Arbeit allein schaffen?«

»Das wird schon gehen«, gab sie unwirsch zurück. »Zumindest einen Versuch wäre es wert.«

»Vielleicht«, räumte Feline ein. »Aber ich habe Angst, dass ich mich da in etwas verstricke, aus dem ich nicht mehr heil herauskomme, schon gar nicht finanziell.«

»So oder so, Feline, du kommst damit nicht durch. Ich habe ein Wohnrecht und nichts und niemand bekommt mich hier raus. Auch du nicht.« Sofía knallte die Tür hinter sich zu.

Feline seufzte aus tiefstem Herzen. Sie hätte dieses blöde Erbe niemals antreten dürfen. Das brachte nichts als Ärger ein. Sie zog Sofías Teetasse zu sich herüber, spielte mit dem Faden und ließ den Beutel ab- und auftauchen. Ob man das wohl noch rückgängig machen konnte?

14

Steven stieg vorsichtig den Pfad hinab. Teilweise war er so steil, dass er sich links und rechts am Fels oder auch an den kargen Gräsern, die hier und da wucherten, festhalten musste. Trotzdem kam er immer wieder ins Rutschen, vor allem, wenn sich kleine Steine lösten.

Unter ihm toste das Meer gegen die Felsen, die die Cala schützten. Es klang wie Donnergrollen, aber der Himmel war klar, und nur am Horizont häuften sich ein paar dekorative Wölkchen. In der Bucht selbst schillerte das Wasser still in allen Nuancen von Blau bis Smaragd mit vereinzelten türkisfarbenen Flecken, als hätte jemand eine Handvoll Farbe ins Wasser geworfen, die nun von der Strömung getrieben ins Blau verlief.

Endlich unten angekommen, setzte er sich auf einen großen, relativ ebenen Stein und ließ die Beine baumeln. Das Wasser war glasklar. Man sah den Fels steil abfallen, eine zerklüftete Gesteinsformation, die hier und da Spalten aufwarf, die vermutlich kleinen Meeresbewohnern Schutz boten.

Wie tief es hier wohl war? Er konnte das beim besten Willen nicht schätzen. Aber es hatte etwas Faszinierendes, so in dieses bewegte Wasser zu schauen, fast hypnotisierend.

Er schloss die Augen und hielt das Gesicht in die Sonne. Die Wärme breitete sich wohlig auf seiner Haut aus. Das Salz in der Luft kribbelte in der Nase, das Rauschen kam jetzt in einem stetigen Dreivierteltakt und erzählte von Sehnsucht und versunkenen Träumen.

Was für ein Ort, dachte er träge, man könnte hier ewig so sitzen, und es wäre gut.

Unvorstellbar, dass nur wenige Kilometer weiter Hotelklötze thronten, Restaurants und Bars die Straßen säumten wie fast überall auf dieser Insel, Strandliegen und Schirme Reihe für Reihe im Sand standen, aber hier die Natur nahezu unberührt und völlig unbeteiligt ihrer ganz eigenen Wege ging. Ein vergessener Ort, geschützt vom Fehlen eines Strandes, verschmäht von den Badegästen und damit sich und seiner Magie für immer überlassen.

Es gab nicht mehr viele Fleckchen dieser Art auf der Welt, schon gar nicht im übervölkerten Europa.

»Es ist schön hier, oder?«

Er hatte Feline gar nicht kommen gehört.

»Zwar nicht ohne, hier hinabzusteigen, aber dafür wird man mit dieser unglaublichen Aussicht belohnt.« Sie ließ sich neben ihm nieder und schob die Sonnenbrille in die Haare.

»Das Meer hat seinen eigenen Rhythmus, seine eigene Melodie. Ich könnte ewig nur zuhören.«

»Der Musiker spricht.« Sie lachte. »Ich wünschte, es wäre nicht so kalt.«

»Wieso? Es ist doch ziemlich warm heute.«

»Das Meer, meine ich.« Sie stützte die Hände hinter sich auf und lehnte sich zurück. »So glasklar, dieses Wasser. Ich gäbe wer weiß was darum, schwimmen gehen zu können.«

»Ich bin nicht so eine Wasserratte.«

»Nein? Ich ja. Schon als Kind wollte ich in jedes Gewässer springen.«

Sie schüttelte den Kopf ein wenig. Ihre Haare kitzelten auf seinen Armen, und er wurde sich ihrer Nähe bewusst. So sehr, dass er es nicht wagte, sich zu bewegen.

»Hat Sofía dir den Schlüssel zu dem Zimmer neben deinem gegeben?«

»Ja, gleich heute früh.« Es war irgendwie eigenartig, mit ihr über dieses banale Zeug zu sprechen, jetzt, hier, ausgerechnet an diesem Ort und in diesem Moment.

»Gut.«

»Ich habe das Bett an die Wand geschoben, damit ich mehr Platz habe. Aber keine Bange, ich richte alles wieder her, bevor ich abfahre.« Abreisen. Wie absurd dieser Gedanke auf einmal schien.

»Hast du denn vor, hier zu arbeiten?«

Er zögerte, wusste es selbst nicht so recht. »Musik schreiben ist nicht wirklich Arbeit für mich, auch wenn es mein Job ist. Es ist eher …« Wie sollte er das erklären? »Es ist so etwas wie meine Art, mit der Welt zu kommunizieren.« Er wandte den Kopf und betrachtete ihr Profil. Die geraden Linien, der Schwung der Lippen, die langen Wimpern, die sich so dicht um ihre Augen schmiegten, als gelte es, das Grün in ihrem Blick zu schützen. »Für mich ist alles Musik. Das Rauschen des Meeres, das Singen des Windes, sogar die Linien deines Gesichts.«

Sie schlug die Augen auf und sah ihn belustigt an. »Mein Gesicht? Steven Taylor, du sprichst mit einer Architektin, vergiss das nicht.«

»Und?« Was war sie nur für ein Wesen?

»Die Linien meines Gesichts sind vielleicht eine mehr oder weniger gelungene Knochenkonstruktion, aber Musik?« Sie sprang auf und streckte sich. »Lass dich nicht vom Wassermonster fressen.« Sie drehte sich um.

»Und wenn doch, suchst du mich dann?«

Sie lachte und neigte den Kopf. »Vielleicht.« Dann sprang sie über die Felsen, winkte ihm noch einmal zu und verschwand über den Pfad nach oben.

Steven sah ihr nach. Das machte alles keinen Sinn. Wenn er abreiste, würde er sie nie wiedersehen. Das sollte er nicht vergessen.

Feline blieb oben stehen. Sie war etwas außer Atem vom Aufstieg und musste erst wieder zu Luft kommen, ehe sie den Anruf tätigen konnte. Eigentlich war sie in die Cala hinabgestiegen, um ungestört reden zu können. Und dann hatte Steven dort gesessen und ihren schönen Plan vereitelt.

Steven. Was der für einen sonderbaren Kram geredet hatte. Über die Linien ihres Gesichts und Musik. Sie musste grinsen. Er war ein Spinner, wenn auch ein sympathischer.

Das Mandelbäumchen stand inzwischen in voller Pracht, die rosa-weißen Blüten ein impressionistischer Farbenrausch am azurblauen Himmel. Fand Steven darin auch eine Melodie?

Sie schüttelte den Kopf. Jetzt fing sie auch schon damit an. Dabei gab es so viel Wichtigeres zu tun. Zum Beispiel den Anruf.

Frau Bernhard nahm nach nur zweimaligem Klingeln ab. »Hallo Frau Schwarz. Schön, dass Sie zurückrufen.«

»Ja, sorry, ich habe gestern Abend gar nicht mehr gesehen, dass Sie versucht haben, mich zu erreichen. Was gibt es denn?«

»Halb so wild«, sagte die Maklerin vergnügt. »Ich habe zwei Interessenten für Ihre Finca. Wann passt es Ihnen denn?«

Feline kam nicht ganz mit. »Wann passt mir was?«

»Besichtigungstermine. Ich kann natürlich unmöglich mit beiden zur gleichen Zeit kommen. Das verstehen Sie sicher, oder?« Sie redete wie ein Maschinengewehr. »Ich muss auf jeden individuell eingehen können. Und es ist auch gar nicht empfehlenswert, wenn der eine vom anderen weiß. Sie verstehen? Die kennen sich doch alle. Und dann kann jeder Interessent einschätzen, welchen Preis der andere wohl bietet. Das wäre ganz unschön. So können wir nie den besten Preis …«

»Nicht so schnell, Frau Bernhard«, fuhr Feline ihr ins Wort, »ich habe Ihnen doch gesagt, dass ich das hier erst mit meiner Stiefmutter klären muss.«

»Also, Frau Schwarz, lassen Sie sich doch erst einmal die Angebote machen, dann wird Ihre Stiefmutter schon zu uns ins Boot steigen.« Sie lachte ihr kehliges Lachen. »Mit Geld geht alles. Immer. Glauben Sie mir, ich mach das hier nicht zum ersten Mal.«

Aber zum ersten Mal mit mir, dachte Feline. Sie mochte diese Frau von Minute zu Minute weniger. »Ich will auch gar nicht Ihre Kompetenz in Abrede stellen. Allerdings möchte ich meine Stiefmutter nicht überfahren. Sie lebt hier schließlich. Wenn also Interessenten zur Besichtigung kommen, finde ich schon, dass sie vorher im Bilde sein sollte.«

»Wie Sie meinen«, sagte Frau Bernhard knapp, »ich kann aber nicht dafür garantieren, dass die Interessenten dann nicht abspringen.«

»Da mache ich mir wenig Sorgen.« Was dachte die Maklerin? Dass sie es mit einer zu tun hatte, die man mit ein bisschen Säbelgerassel ins Bockshorn jagen konnte? »Ich melde mich, sobald ich mit meiner Stiefmutter gesprochen habe.«

Nachdem sie aufgelegt hatte, atmete Feline tief durch. Diplomatie war nicht wirklich eine ihrer Stärken. Auch im Job kam sie stets besser mit den Arbeitern auf der Baustelle klar als mit den Bauherren selbst. Vielleicht sollte sie in ihrem Lebenslauf den Punkt Fremdsprachen um »Klartext« ergänzen.

Ihr Blick wanderte zum Haus. Sofía trat gerade auf die Terrasse, den Kärcher im Schlepptau, steckte den Stecker in die Dose und legte an. Sie hatte doch nicht etwa vor …

Feline überlegte nicht lange. Sie rannte zum Haus und riss das Kabel raus, als der erste Wasserstrahl hart auf die Fassade traf. »Um Gottes willen, Sofía«, rief sie außer Atem, »was hast du vor?«

Die Spanierin funkelte sie aus feurigen Augen an. »Willst du jetzt hier über alles das Kommando übernehmen?«

Unwillkürlich wich Feline einen Schritt zurück.

»Sieh dir das Haus an! Du hast gesagt, mit dem Ding hier bekommt man alles sauber.« Sie hielt die Düse hoch und fuchtelte damit herum. Ein Sonnenstrahl traf auf das Metall und blendete Feline. »Hätte ich dich etwa vorher um Erlaubnis bitten müssen?«

»Deine Feindseligkeit ist völlig übertrieben.« Feline ging mit großen Schritten über die Terrasse und wies mit der Hand auf die Stelle, wo der harte Wasserstrahl die Fassade getroffen hatte. »Du holst mit dem Kärcher nicht nur den Dreck, sondern auch den Putz runter. Aber bitte.« Sie stemmte die Hände in die Hüften. »Mach nur, wenn du meinst.«

Sofía ließ die Düse sinken und trat näher. »Das wusste ich nicht«, sagte sie schließlich.

»Das Haus müsste neu gekalkt werden. Aber bevor wir nicht entschieden haben, wie es weitergeht, kannst du nicht von mir erwarten, dass ich einen Cent hier reinstecke.«

»Traditionell kalken die Frauen die Häuser.« Sofía legte die Düse vorsichtig auf den Boden. »Das kostet nicht die Welt.«

Feline sah ihr zu, wie sie das Kabel einwickelte, und fragte sich, wie sie nur an ihre Stiefmutter herankommen könnte. Es hatte keinen Sinn, über alles und nichts zu streiten, aber Sofía schien nicht bereit, das Kriegsbeil zu begraben oder auch nur für eine Minute aus der Hand zu legen.

Bei den Bauarbeitern half es zumeist, wenn sie nicht nur Anweisungen erteilte, sondern selbst Hand anlegte. Einen

Versuch war es wert. »Gut. Ich kalke mit dir das Haus, wenn du im Gegenzug in Ruhe mit mir redest und nicht sofort all meine Argumente und Vorschläge vom Tisch wischst.« Sie streckte ihr die Hand entgegen. »Abgemacht?«

Sofía zögerte. Fast schon sah es aus, als schlüge sie auch dieses Angebot aus. Doch dann nickte sie schließlich doch. »Na gut.«

15

»Ich weiß, du bist im Urlaub, und ich wollte dich eigentlich in Ruhe lassen, aber es gibt da eine Anfrage, die einfach nicht warten kann.« Candice klang für ihre Verhältnisse ziemlich kleinlaut. »Ich müsste morgen zu- oder absagen.«

Steven setzte sich auf. »Weißt du überhaupt, wie spät es ist?« Draußen war es stockdunkel bis auf das wenige Licht des fahlen Mondes, das ins Fenster fiel.

»Nicht genau«, gab Candice zu. »Hier ist es halb neun am Abend.«

»Und bei mir neun Stunden später.«

»Oh.«

Er schob sich ein Kopfkissen in den Rücken. »Worum geht es denn?«

»Einen Song.«

»Für einen Film?«

»Um den Titelsong, um genau zu sein.«

»Und wofür? Komm schon, Candice, lass dir nicht alles aus der Nase ziehen. Nicht vor sechs Uhr morgens.«

Sie seufzte. »Das Problem ist, es ist ein Lovesong.«

»Vergiss es.«

»Nicht so schnell, Steven. Es ist nicht irgendein Film.«

»So?«

»Die Verfilmung vom nächsten Teil von den Hunger Games.« So, wie sie das sagte, klang es mehr nach einer Frage als nach einer Feststellung.

Er sah aus dem Fenster. Das Mondlicht tanzte silbergrau auf dem Meer. Am Horizont blinkten die Positionslichter eines Schiffes. Es war still, ungewöhnlich still. Kein Meeresrauschen, kein singender Wind.

»Bist du noch da?«

Candices Stimme klang weit entfernt, aber vielleicht bildete er sich das auch nur ein. »Ja. Ich denke nach.«

»Könntest du ein bisschen lauter denken?«

»Damit du mich mit Argumenten breitschlagen kannst, bis ich Ja sage, nur damit du Ruhe gibst?« Er lachte, auch wenn ihm nicht wirklich danach zumute war.

»Zum Beispiel.«

Ihre Ehrlichkeit war entwaffnend.

»Vielleicht hilft es, wenn ich dir eine Summe nenne?«

»Ich fange gerade an, zu mir zurückzufinden, Candice. Ich weiß ehrlich gesagt nicht, ob ich schon so weit bin, dass ich ausgerechnet so etwas schreiben kann.«

»Du hättest ganze zwei Wochen Zeit dafür.«

»Na, das ist ja eine Ewigkeit.«

»Und ich dachte, all die heißblütigen Spanierinnen haben dich längst kuriert.«

»Da muss ich dich enttäuschen. Allzu viele davon hab ich noch nicht entdeckt.« Ihm fiel unvermittelt Feline ein, und er konnte sich nicht wirklich erklären, warum. Oder wollte er nur nicht?

»Dann musst du das dringend ändern, Steven.« Ihre Stimme sank um eine Oktave. »Komm schon, Darling, sag einfach Ja.«

»Ich denk drüber nach.«

»Aber …«

»Wenn du mich jetzt nicht noch eine Runde schlafen lässt, sage ich sofort Nein, Candice.«

»Ist ja gut. Ich bin schon ganz still. Sag mir nur noch, wann ich dich wieder anrufen kann.«

»Ich melde mich bei dir.«

Nachdem er aufgelegt hatte, glitt er langsam an der Wand herunter. Schatten tanzten an der Decke, asynchron und ohne Rhythmus. An Schlaf war nicht zu denken.

Ein Liebeslied. Ausgerechnet. Als Titelsong.

16

Feline wuchtete zusammen mit Sofía den großen Sack aus dem Kofferraum in die Schubkarre. »Und wieso konnte ich nicht einfach Kalkfarbe kaufen? Warum musste es unbedingt gelöschter Kalk sein?«

»Weil es immer so war.« Sofía packte die Karre an den Griffen und schob sie mit gekrümmtem Rücken gen Haus.

»Und das ist ein Grund?« Feline langte nach einem der Griffe. »Lass uns das zusammen schieben. Das ist zu schwer für dich allein.«

»Wer weiß schon, was die alles in die fertige Kalkfarbe mischen. Da ist mehr Chemie als alles andere drin und dann hält das von zwölf bis mittags.«

»Und bei diesem holzgebrannten Sumpfkalk, nach dem ich mir die Hacken abgerannt bin, ist das nicht so?«

»Nein. Der ist chemisch fast rein und durch das Brennen mit Holz auch schwefelfrei.«

»Von mir aus auch das.« Sie hievten den Sack aus der Karre und stellten ihn auf der Terrasse ab. »Und jetzt?« Feline wischte sich den Schweiß von der Stirn.

»Als Erstes müssen wir den losen Kalk entfernen.« Sofía reichte ihr eine Bürste mit Naturborsten und wies auf die große

Leiter, die am Boden lag. »Kümmerst du dich um die obere Fassade und ich übernehme unten?«

»Okay. Und dann einfach bürsten?«

»Genau.« Sofía machte es vor. »Als ob du deine Kleidung von Staub und Fusseln befreien wolltest.« Weiße Staubkörnchen tanzten in der Sonne. »Siehst du? Es ist ganz leicht.«

Das schon, dachte Feline, und kalkulierte, wie viel Quadratmeter Wandfläche wohl vor ihnen lagen. Jammern half nicht, beschloss sie, lehnte die Leiter an die Wand und stieg hinauf.

Das Entfernen des losen Kalks ging schneller als erwartet. Der Putz selbst war in einem deutlich besseren Zustand, als Feline es erwartet hatte. Es gab nur wenige Stellen, an denen sie ein paar Ausbesserungen vornehmen musste.

»Wir können mit dem Kalken beginnen«, sagte sie schließlich zu Sofía, die eine Karaffe mit frisch gemachter Limonade auf den Tisch stellte.

»Trink erst mal eine Limón«, sagte ihre Stiefmutter und schenkte ein, »bevor es anstrengend wird.«

Feline kostete vorsichtig und trank dann das Glas in einem Zug leer. Die Flüssigkeit war sauer mit einer leichten Süße und wirkte wie eine kühle Dusche von innen. »Das ist wirklich gut.«

»Selbst gemacht.« Sofia strahlte stolz. »Die Zitronen sind von unseren eigenen Bäumen.«

»Ich hab hier noch gar keinen Zitronenbaum gesehen?«

Sofía wies mit der Hand nach rechts. »Siehst du die flache Mauer dort? Hinter den Olivenbäumen? Da geht es in eine kleine Senke. Und da stehen unsere Zitronen- und Orangenbäume.«

»Ich dachte, da ist die Grundstücksgrenze?«

Sofía schüttelte den Kopf. »Nein, in der Senke sind die Bäume vorm Wind geschützt. Die Mauer drum herum ist nur dafür da, dass die Erde nicht abrutscht, wenn es doch einmal heftig regnet.«

»Ich glaube, du musst mir mal eine Führung geben.«

»Aber erst, wenn wir hiermit fertig sind.« Sie langte in den Sack und gab Kalk in einen Eimer. »Der ist gut.«

Feline trat näher. »Du hast recht. Er ist sehr fein. Das heißt, er muss alt sein.«

»So etwas weißt du?« Sofía hielt einen Moment inne, dann nahm sie den Wasserschlauch. »Dreh mal den Hahn auf.«

»Ich bin Architektin. Schon vergessen?«

»Und da lernt man so etwas?«

»Natürlich. Kalken ist eine der ältesten Methoden, um Wände vor Schimmel zu schützen. Aber willst du das Wasser nicht mit irgendetwas abmessen?«

Sofía schüttelte den Kopf. »Ich merke doch, wenn die Mischung stimmt.«

»Ich hab Kochsalz und Leinöl mitgebracht.« Feline holte den Einkaufskorb aus dem Auto. »Zumindest hab ich mal gelernt, dass man damit die Wischbeständigkeit der Farbe erhöhen kann.«

»Hätte ich auch so dagehabt.« Sofia legte den Schlauch beiseite und rührte im Eimer.

»Hast du für den Schlauch einen Sprühaufsatz?«, fragte Feline.

»Um die Fassade anzufeuchten? Im Schuppen. Da sind auch die Bürsten mit den langen Stielen. Du erkennst sie daran, dass die Borsten noch vom letzten Kalken weiß sind.«

Feline holte die Utensilien. Handschuhe und Schutzbrillen fand sie jedoch nicht. Vermutlich kümmerte sich hier niemand darum, dass Kalkfarbe die Haut reizen und bei Augenkontakt sogar richtig gefährlich werden konnte. Dann musste eben die Sonnenbrille reichen.

»Ist das nicht zu dünnflüssig?«, fragte sie Sofía, die immer noch im Eimer rührte.

»Den ersten Anstrich macht man mit Kalkmilch. Darauf kommen dann zwei bis drei Schichten Kalkfarbe. Weißt du, wie gestrichen wird?«

»Über Kreuz.« Feline reichte ihr eine der Bürsten. »Na, dann mal los, oder?«

Die Sonne ging bereits unter, als Feline die Kalkfarbe auf das letzte Stück Fassade auftrug. Sofía hatte sie schon vor einer Weile ins Haus geschickt, damit sie sich nicht gänzlich überarbeitete. Sie hatte zwar protestiert, aber am Ende doch dem Argument zugestimmt, dass eine von beiden etwas zu Essen kochen musste, wenn sie nach diesem anstrengenden Tag nicht hungrig zu Bett gehen wollten.

Feline spülte Eimer und Bürsten aus und machte sich dann ein Bier auf. Mit der Flasche in der Hand trat sie ein paar Schritte zurück und bewunderte ihr Werk.

Es war ein komisches Gefühl. An diesem einen Tag war sie der Casa del Alma Silenciosa nahegekommen, hatte Unebenheiten entdeckt, Risse verputzt und schließlich eine neue Schutzschicht aufgetragen. Jeden Zentimeter »Haut« des Hauses hatte sie nicht nur kennengelernt, sondern mit Händen und Bürsten berührt. Wie einen Geliebten hatten ihre Finger das Haus erkundet, Wunden aufgespürt und so sanft wie möglich versorgt. Und jetzt, am Ende des Tages, konnte sie verstehen, dass Sofía so viel mehr mit diesem Haus verband als nur die gelebte Zeit mit ihrem Vater.

Sie trank das Bier aus und schaute in die Ferne. Der Himmel hatte sich eingefärbt. Rot- und Orangetöne spielten mit den wenigen Wolkenschlieren, die knorrigen Olivenbäume waren schwarze Skelette davor, stumme Beobachter dieses Schauspiels der Natur. Ein paar Fledermäuse schlugen wilde Haken um das Haus herum.

Es war ein friedlicher Ort. Und vielleicht war es wirklich so, vielleicht waren die Seelen hier still und alles war gut, so wie es war. Unfassbar, dass all das ihr gehörte.

Der Gedanke schwebte vor ihr, surrte vergnügt, tanzte in der Abendluft. Alles meins, alles meins. Und jetzt und hier, genau in diesem Moment schien es unmöglich, das einfach so aufzugeben.

17

Feline parkte den Wagen auf dem leeren Parkplatz am Strand der Cala Santanyi. Die Bucht war schmal, das Wasser schillerte blaugrün in der Morgensonne. Direkt am Strand thronte ein mehrstöckiges Hotel, links und rechts erhoben sich teils mit Pinien bewachsene Felsen. Auf der linken Seite war eine Pension in den Fels gebaut, deren Balkone wie aufgereihte Ausgucke wirkten, von denen man beobachten konnte, wer die Cala vom Meer aus ansteuerte. Auf der rechten Seite versteckten sich ein kleines Hotel und einige Häuser in den Pinien und Büschen. Das einzige Restaurant war verwaist, die Terrasse leer, Stühle und Tische standen übereinandergestapelt am Rand. Die Strandbar hielt hinter geschlossenen Rollläden Winterschlaf. Draußen in der Bucht lag ein einziges Boot vor Anker und schaukelte in den Wellen.

Feline ging über den Strand auf die rechte Seite zu und stieg die Treppe bis zum ersten Absatz hinauf. Entsprechend der Beschreibung, die Sofía ihr gegeben hatte, folgte sie dem schmalen betonierten Weg, der am Fels entlangführte.

Nach wenigen Schritten führte eine steile Treppe hinab. Unten waren Bootshäuser in den Fels gebaut, eine Art Schienen führten von ihnen ins Wasser.

Feline ging vorsichtig weiter. Der abschüssige Boden war feucht und uneben. Sie hatte nicht vor, sich ausgerechnet hier das Genick zu brechen.

Eine große schwarze Krabbe rannte gen Wasser, hielt plötzlich inne und rollte sich als eiförmiger Ball zusammen. Feline machte einen Bogen um sie.

Hinter dem letzten Bootshaus erklomm sie eine weitere kleine Treppe und stand dann auf einem breiten Absatz, von dem eine Leiter hinab ins Wasser führte. Ähnlich wie die Bootshäuser war auch hier oben ein Haus in den Stein gebaut. Die dunkelgrünen Tore waren geschlossen, über ihnen hing ein verwittertes Schild, auf dem man mit etwas Fantasie den Schriftzug »Santanyi Divers« erkennen konnte.

Sie klopfte an das Tor und wartete. Von drinnen erklangen gedämpfte Schritte, dann wurde das Tor aufgeschoben. Ein kleiner Mann mit schwarzen Locken und ebenso schwarzen Augen unter buschigen Brauen stand vor ihr.

»Feline nehme ich an?«, sprach er sie auf Deutsch an und streckte ihr die Hand entgegen. »Carlos. Komm rein. Kaffee?« Ohne ihre Antwort abzuwarten, schenkte er aus einer zerbeulten Thermoskanne ein und reichte ihr den Becher.

An einer Wand hingen unzählige Neoprenanzüge. Darunter stapelten sich Flossen und Brillen auf Regalen. Auf der anderen Seite standen Unmengen von Tauchflaschen neben ein paar Stahlschränken, wie man sie aus Turnhallen kannte. Eine Tür führte in einen hinteren Raum, der nicht einsehbar war.

Es roch nach Gummi und Chlor. Nur vage nahm sie den Hauch einer scharfen Substanz wahr, der sie an den Geruch in Krankenhäusern erinnerte. Vermutlich ein Desinfektionsmittel.

»Hast du gut hergefunden?«, fragte Carlos und zog ein paar Taucherbrillen durch das quadratische Becken, das in der Mitte des Raumes stand.

»Ja, war kein Problem.« Sie fühlte sich auf einmal eingeschüchtert. Das war also der beste Freund ihres Vaters gewesen, und nicht nur das, es war der Mann, der ihn hatte sterben sehen. »Ich hatte mir so vieles überlegt, was ich dich fragen wollte, und jetzt …«

Carlos legte die Brillen zu den anderen, wischte sich die Hände an einem Handtuch ab und nahm sich dann ebenfalls einen Kaffee. »Er hat oft über dich gesprochen. Er hat sich gefragt, was du machst, wie es dir geht.«

Einen Moment lang sahen sie sich schweigend an. Die verlorenen Jahre hingen in der Luft, ein elektrisches Gas, unsichtbar, aber es kribbelte auf der Haut.

»Er hat mir vor einigen Jahren mal geschrieben. Aber ich …«

»Ich weiß.« Carlos trat näher und legte ihr die Hand auf den Oberarm. »Er hat es verstanden. Er hat gesagt, dass er an deiner Stelle vermutlich genauso gehandelt hätte.«

War es deshalb richtiger? Wohl kaum. Aber man konnte die Zeit nicht zurückdrehen, und vergossene Milch bekam man nie wieder in die Packung zurück. Man konnte sie nur aufwischen und so gut es ging weitermachen.

»Er hätte sich gefreut, wenn er wüsste, dass du jetzt hier bist.«

»Wie war er so? War er ein guter Freund?«

Carlos' vom Leben und Wetter gezeichnetes Gesicht hellte sich auf. »Der beste, den man sich vorstellen konnte.«

Es tat gut, das zu hören.

»Ich konnte mich immer auf ihn verlassen. Egal, was es war, wenn ich deinen Vater brauchte, war er da. Ohne eine Frage zu stellen.«

Wie passte das nur zusammen? Wie konnte jemand solch ein Freund sein, aber die eigene Tochter verlassen? »Und sonst? Ich meine, was für ein Mensch war er?«

Carlos dachte einen Moment nach. »Er war ein humorvoller Philosoph. Ja, ich glaube, das trifft es am ehesten.«

Feline wusste nicht, was sie sich darunter vorstellen sollte. Es klang so gar nicht nach dem Vater, den sie sich in ihrer Vorstellung gebastelt hatte, der modelliert war nach den wenigen Erfahrungen, die sie mit ihm gemacht hatte, und den sie zu wenig kannte, um dem Modell Farbe zu verleihen. Für sie war ihr Vater ein leeres Haus, das sie nur mit verbundenen Augen betreten hatte.

Feline wechselte das Thema. »Sofia sagt, ihr beide seid oft zusammen wandern gewesen. Was ist geschehen an jenem Tag?«

Carlos trat nach draußen und wandte den Blick in die Ferne, als wollte er die Erinnerungen vom Horizont pflücken. »Wir haben extra eine ungefährliche Route gewählt. Wir wussten ja, nach dem Regen konnte es Unterspülungen gegeben haben. Außerdem hatte es Frost gegeben. Das macht den Felsen brüchig.« Sein Blick verfinsterte sich mit jedem Satz mehr. »Wir haben die Touristengruppe noch getroffen und vor dem Weg gewarnt, den sie einschlagen wollten. Aber sie ließen sich beim besten Willen nicht davon abbringen. Irgendwie haben dein Vater und ich da schon geahnt, dass das nicht gut geht.«

Er drehte sich zu ihr um und sah sie an. In seinen Augen schwamm unendlich viel Traurigkeit.

»Wir haben den Sturz nicht gesehen, aber den Schrei gehört. Dein Vater wollte dann sofort dorthin, sehen, ob wir irgendwie helfen können.« Er schüttelte den Kopf. »Der junge Mann lag circa zehn Meter tiefer auf einem kleinen Felsvorsprung. Er blutete stark, lebte aber eindeutig noch. Dein Vater meinte, es würde zu lange dauern, bis die Retter da sein würden. Er wollte unbedingt den schmalen Pfad absteigen und sehen, ob er etwas für den Jungen tun konnte. Ich hab versucht, es ihm auszureden, aber er wollte nicht hören.«

»Und dabei ist er dann selbst abgestürzt?«

»Ich hab deinen Vater mit einem Seil gesichert. Als er bei dem Jungen war, hat er es abgemacht. Er wollte es dem Jungen umbinden, damit wir ihn nach oben bringen können. Aber der Junge war völlig konfus. Als dein Vater anfing, ihm das Seil anzulegen, schlug er plötzlich um sich. Er hat deinen Vater völlig unvorbereitet erwischt. Er verlor das Gleichgewicht und stürzte ins Meer.« Carlos schlug die Hände vors Gesicht. »Ich konnte es nicht verhindern«, sagte er unter Tränen, »ich konnte gar nichts für ihn tun.«

Feline legte ihm vorsichtig den Arm um die Schultern. »Es tut mir so leid. Ich hätte nicht davon anfangen sollen.«

»Schon gut.« Carlos tätschelte väterlich ihre Hand. »Du musst das doch wissen. Ich verstehe das.«

»Es scheint mir so unbegreiflich. So unnötig.«

»Das stimmt. Vielleicht solltest du einmal hinfahren und dir die Stelle ansehen. Manch einem hilft das, habe ich mal gehört.«

Feline wusste nicht, ob sie sich das wirklich zumuten wollte. Andererseits war es vielleicht ein weiteres Puzzleteil, ohne dass sie nie zu einem vollständigen Bild ihres Vaters gelangen konnte. »Würdest du es mir zeigen?«

Carlos sah hinaus aufs Meer, als suchte er in den endlosen Wogen nach einer Antwort. »Nein.« Er schüttelte traurig den Kopf. »Das kann ich nicht, aber ich kann dir zeigen, wo genau die Stelle ist.«

Er ging hinein und kam kurz darauf mit einer Karte wieder, die er auf dem Boden ausbreitete. »Das hier ist das Cap Formentor«, erklärte er und wies dabei auf eine Art Landzunge, deren dicht beieinanderliegende Markierungen für Höhenmeter die Steilküste verdeutlichten. »Wenn du die Straße genau bis hierherfährst«, er markierte die Stelle, indem er mit einem

Kugelschreiber ein fettes Kreuz hinmalte, »und dann diesen Weg bis dahin gehst, dann siehst du den Felsvorsprung.«

»Und das ist nicht gefährlich?«

»Nein. Das ist ein relativ breiter Wanderweg, der nicht direkt am Abhang entlangführt. Und diese Stelle hier«, er tippte mit dem Finger auf die Position, die er eingekreist hatte, »ist ein Aussichtspunkt mit Geländer, von dem du den Unfallort im Blick hast, ohne dich in Gefahr zu begeben.«

»Ich werde es mir überlegen.«

Carlos faltete die Karte zusammen und gab sie ihr. »Du kannst mich jederzeit besuchen, Feline. Ich wohne in dem Haus direkt über der Tauchschule. Wenn irgendetwas ist, komm einfach vorbei.«

»Das werde ich tun.« Sie drückte seine Hand. »Ganz bestimmt.«

18

Steven saß auf dem Bett und starrte auf den Bildschirm seines Laptops. Candice hatte ihm mehrere Dateien geschickt. Es hatte ewig gedauert, sie herunterzuladen. Dass die Pension kein WLAN hatte, war das eine, aber die tatsächliche Datenübertragungsgeschwindigkeit des Providers für mobiles Internet, bei dem er den Stick gekauft hatte, hatte mit den Versprechen aus der Werbung nicht viel gemein. Allerdings, immer noch besser als gar kein Internet, sagte er sich.

Das war er also, der Auftrag für das Titellied. Es sollte ein Liebeslied werden, nicht zu balladesk, sondern eher leichtfüßig, optimistisch. Und, so schrieb der Regisseur, es sollte zur weiblichen Hauptfigur passen. Ein Abriss über ihren Charakter, Beschreibungen zu Werdegang und ihrer Rolle im Film waren beigefügt, außerdem einige beispielhafte Filmsequenzen, in denen sie zu sehen war.

Steven hatte sich alles mindestens fünfmal angesehen, dreimal das Exposé zur Handlung gelesen und immer noch kein Gefühl für die junge Dame, die es musikalisch zu untermalen galt.

Das stimmte nicht ganz. Er konnte sie sich lediglich nicht als Liebhaberin vorstellen. Sie war eine starke Frau, eine Kriegerin mit festen Überzeugungen, furchtlos und selbstbewusst. Er sah sie mit Pfeil und Bogen bewaffnet, eine Feuerspur hinter sich herziehend, aber als zärtliche Gespielin im Bett?

Er klappte den Laptop zu und zog Schuhe an. Er brauchte einen Ortswechsel, Bewegung, frische Luft.

Draußen war es warm, wärmer als im Haus. Der Frühling hatte in den letzten Tagen eindeutig die Oberhand gewonnen, auch wenn die Nächte noch vom mallorquinischen Winter säuselten. Die Luft roch frisch, gewaschen auf ihrem Weg über das Meer.

Er ging bis zur Kante des Kliffs und dann den schmalen Pfad entlang. Unter ihm wogte das Meer, über ihm spannte sich ein perfekter Himmel.

Er dachte an zu Hause, an sein Haus am Pazifikstrand, an die Seelöwen, die manchmal im Sand lagen und brüllten. Wohin er auch ging, das Meer war sein ständiger Begleiter. Als konnte er ohne es nicht existieren.

So viele Jahre war es auch stets seine zuverlässige Muse gewesen, hatte seinen Gedanken die Weite für ihre Reisen gegeben, den Rhythmus für seine Kompositionen geliefert. Und jetzt auf einmal sprachen sie nicht mehr die gleiche Sprache. Er hatte keine Ahnung, wie er zurückfinden konnte, schaukelte steuerlos in einer Nuss-Schale ohne Motor und Kompass auf offener See, die Segel zerrissen, kein Land in Sicht.

Und dabei musste er es zurückgewinnen, musste diese Flamme der Inspiration wieder entzünden. Irgendwie.

Frustriert drehte er um. Das frisch gekalkte Haus strahlte so weiß in der Sonne, dass man kaum hinschauen konnte. Die hölzernen Gartenmöbel davor, dunkel vom frischen Ölanstrich, hoben sich deutlich gegen die Fassade ab. Jemand hatte einen Strauß Blumen auf einen der Tische gestellt. Sie versprühten verschwenderisch ihre Farbenfreude, ungeachtet der Tatsache, dass sie dem Tod geweiht waren. Könnte er etwas von ihrer Unbeschwertheit haben, fände er dann zu seiner Muse zurück?

Steven schüttelte den Kopf über sich. Wenn das so weiterging, wurde aus Frust eine Depression. Und dann?

Er hörte ein Auto näher kommen, sah die Staubwolke aufsteigen. Türen klappten, dann sah er Feline um das Haus herumgehen, einen Korb in der Hand. Sie winkte ihm von Weitem zu und verschwand durch die Terrassentür.

Keine Kriegerin, dennoch selbstbewusst. Stark, mit festen Überzeugungen. Furchtlos, ja, mit Sicherheit furchtlos.

Vergiss Pfeil und Bogen, sagte er sich, denk an die blonden, langen Haare, das Lachen, die Energie. Mach eine Melodie aus dem Grün der Augen und einen Rhythmus aus ihrer Art zu gehen. Sie ist Musik, du kannst sie hören und fühlen, du musst sie nur aufschreiben.

Steven beschleunigte den Schritt, bis er rannte, schneller als sein Herz und mit dem aufgeregten Atem um die Wette. Stakkato sein Rhythmus, Andante im inneren Ohr. Geigen und Celli gehörten zu ihr, vor allem Celli. Kein Klavier.

19

Von außen sah die Bar Sa Plaça in S'Alqueria Blanca klein aus, doch wenn man durch die schmale Tür eintrat, öffnete sich der Raum in ungeahnter Größe. Feline und Sofía wurden von der adretten Kellnerin an einen Tisch in einer ruhigen Ecke geführt und vertieften sich sogleich in die Speisekarte.

Es war Felines Idee gewesen, das nötige Gespräch an einen neutralen Ort zu verlegen. Ein gemeinsames Essen sollte für eine entspannte Atmosphäre sorgen. Aber sie konnte spüren, dass Sofía mindestens genauso nervös war wie sie. »Sollen wir einfach verschiedene Tapas bestellen und sie uns teilen?«

»Warum nicht.« Sofía klappte die Karte zu und legte sie auf den Tisch.

»Und dazu Vino Rosado und Wasser?«

Sofía nickte stumm. Sie saß sehr aufrecht auf ihrem Stuhl, wodurch sie größer wirkte, als sie eigentlich war.

»Ich möchte, dass du weißt, dass ich mit dir zusammen eine Lösung finden will«, leitete Feline das Gespräch ein, nachdem sie die Bestellung aufgegeben hatten. »Ich weiß nur im Moment nicht, wie wir das hinbekommen können.«

»Ich verstehe einfach nicht, warum du die Casa nicht behalten und mich die Pension führen lassen kannst.«

»Meinst du denn wirklich, du könntest die ganze Arbeit allein schaffen?« Feline fuhr mit dem Zeigefinger auf dem Rand ihres Wasserglases herum. »Die Pension, den Garten, wenn du das bisher immer mit meinem Vater zusammen gemacht hast, wieso glaubst du dann, es auch allein zu schaffen?«

Sofía zögerte, ehe sie antwortete. »Ganz ehrlich? Ich weiß es nicht. Aber ich finde, wir könnten es zumindest versuchen.«

»Und wenn es nicht klappt?«

»Dann stellen wir jemanden ein, der mir hilft.«

»Und das trägt sich?« Feline lehnte sich zurück. Es tat gut, das Holz der Stuhllehne im Rücken zu spüren. »Hast du das jemals durchgerechnet?«

»Nein.« Sofías Mund war eine dünne Linie.

»Wie viel Gewinn habt ihr denn in den letzten Jahren gemacht?«

Die dünne Linie wurde noch schmaler.

Feline wartete. Sie spürte, dass die Antwort auf diese Frage für den Rest des Gespräches wichtig war und Sofía sie deshalb nicht geben wollte. Und sie wusste, dass Menschen es nur für eine bestimmte Zeit aushielten zu schweigen. Man musste der Stille genug Raum geben, dann konnte das Gegenüber nicht anders, als diesen zu füllen.

»Keinen«, presste Sofía schließlich hervor, »jedenfalls keinen nennenswerten.«

»Aber die Casa war ausgebucht?«

»Ja.«

»Dann verrate mir bitte, wie sich ein Angestellter rechnen soll.«

Sofía sah auf ihre Hände, strich den Rock glatt. »Vermutlich gar nicht.«

»Wieso sperrst du dich dann so gegen meine Argumente und tust, als wäre ich ein Bösewicht, der nichts im Sinn hat, außer dich aus dem Paradies zu vertreiben?«

Sofía blickte hoch und sah auf einmal müde und alt aus. »Es ist mein Zuhause. Es ist alles, was ich noch habe. Wie würdest du dich denn in meiner Lage fühlen?«

»Beschissen«, erwiderte Feline ohne Umschweife. »Heimatlos, verloren, verraten. Alles gleichzeitig.« Sie ließ die Worte eine Weile in der Luft hängen in der Hoffnung, dass sie Gewicht zulegten, ihr aus ihrer misslichen Lage halfen. »Aber wir beide kommen an der Realität nicht vorbei. Oder hast du eine bessere Idee?«

»Wir könnten es zumindest versuchen«, beharrte Sofía, klang aber nicht mehr vorwurfsvoll.

»Ich weiß nicht.« Feline konnte ihre Stiefmutter zwar verstehen, aber das Vorhaben kam ihr so von vornherein zum Scheitern verurteilt vor, dass sie sich für die Idee einfach nicht erwärmen konnte. »Ich hatte vor, dir vom Verkaufserlös genug Geld zu geben, damit du dir ein Appartement kaufen kannst. Ist das kein Kompromiss?«

Sofía sah ehrlich erstaunt aus.

»Was hast du denn gedacht? Dass ich wie eine Heuschrecke über dein Leben herfalle und alles zerstöre?«

Die Spanierin zuckte die Schultern.

»Also gut«, rang sich Feline durch, »ich schaue mir die Bücher an und kalkuliere die Kosten.« Was tat sie da nur? Wollte sie sich selbst ins Verderben stürzen? »Wenn ich auch nur die geringste Chance sehe, dass dein Vorschlag funktionieren könnte, versuchen wir es und sehen nach der Saison weiter. Wenn es aber eindeutig nicht geht, verzichtest du auf dein Wohnrecht gegen eine Abfindung, die für ein Appartement reicht. Okay?«

Sofía sah sie lange an, dann nickte sie bedächtig.

Sie waren erst spät zurück, und Sofía ging sofort schlafen. Feline nahm sich noch ein Glas Rotwein und setzte sich auf die Terrasse. Die Nacht war ungewöhnlich lau, kein Lüftchen wehte, und auch das Meer schien eigenartig still.

Aus Stevens Fenster fiel Licht. Offenbar war auch er noch wach, und Feline fragte sich, womit er sich wohl beschäftigte, ohne Internet, Fernsehen und Radio im Zimmer.

Die Antwort ließ nicht lange auf sich warten. Leise Musik wehte hinaus. Eine Melodie wie ein ruhiger Fluss, getragen von Streichern, so schön und zart, dass sie einen Moment lang die Luft anhielt. Fast war es, als konnte sie die Töne spüren, ein Hauch auf der Haut, ein sanftes Streicheln. Hatte sie je etwas Schöneres gehört?

Sie lehnte den Kopf gegen die Stuhllehne. Der Himmel über ihr war schwarz und klar. Unendlich viele Sterne funkelten darin, ein Netz aus Diamanten unterschiedlicher Strahlkraft und Größe, einer schöner als der andere.

Wie musste es sein, wenn ein Mann ein solches Lied für einen schrieb? Heilte das alle Wunden? Ließ es einen alles verzeihen?

Sie zog die Beine an und umschlang sie mit ihren Armen. Die Musik wurde lauter, dann wieder leiser, und sie fürchtete plötzlich, sie könnte ganz aufhören.

Sie wollte ihn festhalten, diesen Moment, so kostbar schien er ihr.

Die Stille der Nacht war auch in ihrem Herzen, dazu die Musik, die seidige Luft, all das schien wie für die Unendlichkeit geschaffen. Als ob die Welt nicht existierte, sondern nur dieser Ort hier und jetzt, ohne gestern, ohne morgen.

Sie schloss die Augen und schaukelte im Takt hin und her. Ein Kind, das die Musik in den Schlaf wiegt.

20

Feline schloss die Augen und drehte langsam den Kopf hin und her. Ihr Nacken war verspannt vom langen Sitzen und In-die-Bücher-Schauen. Ihre Augen brannten wie nach einer schlaflosen Nacht. Ein dumpfer Schmerz pochte in ihrem Kopf. Sie verschränkte die Hände im Nacken und presste mit aller Macht dagegen. Das half zumindest ein bisschen.

Die Aktenordner lagen kreuz und quer über den Küchentisch verteilt, einige waren aufgeschlagen, andere übereinandergestapelt. Sie hatte die Buchhaltung und Steuererklärungen der letzten fünf Jahre durchgesehen, Notizen gemacht, Excel-Listen auf dem Laptop erstellt, gerechnet, gerechnet und gerechnet und war doch am Ende immer zum gleichen Ergebnis gekommen. Die Ausgaben für einen Angestellten würden sich niemals decken lassen.

Die Frage war nur, wie sie Sofía die Kröte servierte, ohne das gerade gewonnene Vertrauen gleich wieder in Rauch aufgehen zu sehen.

Sie rieb sich die Augen und stand dann auf, um sich einen Kaffee zu kochen. Es war zwar bereits spät am Abend, aber so wie sie sich fühlte, kam es auf eine schlaflose Nacht auch nicht mehr an.

»Nimm lieber ein Glas Wein.« Sofía trat in die Küche, einen flauschigen Bademantel über dem Nachthemd. Ihre nackten Füße steckten in Holzpantinen. »Ich hab gesehen, dass noch Licht in der Küche ist, da dachte ich, du hockst bestimmt immer noch über den Büchern.«

Feline schaltete den Wasserkocher wieder aus. »Ich habe es alles x-mal hin- und hergerechnet«, sie ließ die Schultern hängen, »ich finde keinen Weg, wie es gehen könnte.«

Sofía reichte ihr ein Glas Rotwein und stieß an. »Immerhin, du hast es versucht.«

»Nicht einmal, wenn wir volles Risiko fahren würden«, fuhr Feline fort. »Also ohne jegliche etwaigen Aufwendungen für Reparaturen einzurechnen. Und ich glaube, ich muss dir nicht erzählen, wie unrealistisch es ist, dass nichts anfällt.«

Sofía schüttelte den Kopf. »Das heißt, du verkaufst?«

»Sieht nicht so aus, als hätte ich eine Wahl.«

»Du könntest hierbleiben.« Sofía sah sie mit geneigtem Kopf an. »Wir könnten die Casa zusammen führen. So wie dein Vater und ich.«

Feline sah die Hoffnung in ihren Augen tanzen. Es tat ihr im Herzen weh, dass sie dieses kleine Fünkchen sofort wieder löschen musste. Zu gern hätte sie ihrer Stiefmutter all das hier erspart. »Sofía«, Feline griff nach ihren Händen und hielt sie fest, »ich bin Architektin. Ich liebe meinen Beruf, ich möchte nichts anderes sein. Bliebe ich hier, ich würde kreuzunglücklich.«

Die Spanierin ließ den Kopf hängen, erwiderte jedoch den Händedruck. »Ist schon gut. Ich verstehe dich ja. Es ist nur …« Sie ließ Feline los und wandte sich ab.

»Es ist dein Leben, dein Zuhause, ich weiß«, sagte Feline leise. »Und glaub mir, das fällt mir nicht leicht, und ich wünschte, ich könnte es irgendwie anders machen, aber …«

»Ach, vielleicht ist es ja gut so.« Sofía wischte sich die Tränen aus den Augen und lächelte zaghaft. »Es wäre sowieso nicht mehr das Gleiche wie als dein Vater noch lebte. Vielleicht ist es eben auch für mich Zeit für einen Neuanfang, auch wenn einem das in meinem Alter schwerfällt.«

»Ich rufe morgen die Maklerin an.« Feline war froh, dass Sofía nun doch einsichtig war. Das Letzte, was sie wollte, war, mit der Stiefmutter im Krach auseinanderzugehen. »Ich werde sehen, dass ich so viel Geld wie irgend möglich herausschlage, damit du dir eine schöne Wohnung kaufen kannst und auch noch ein Polster hast.«

»Mach dir nicht so viele Gedanken um mich.« Sofía tätschelte sanft Felines Wange. »Ich gehe zurück zu meiner Familie. In das Dorf in Nordspanien, wo ich herkomme. Dort brauche ich nicht viel.«

21

»Und das hast du alles selbst gestrichen?« Alina machte ein anerkennendes Gesicht.

»Gekalkt, nicht gestrichen, und nicht allein, sondern mit Sofía.« Feline wuchtete ihren Koffer ins Haus. »Wer hat den gepackt? Du oder Mama?«

»Wir beide. Ich hatte die Liste, Kathrin hat eingepackt.«

»Willst du ein eigenes Zimmer? Wir haben genug davon. Was uns fehlt, sind private Bäder.«

»Dann nehme ich eins neben dem Musiker.« Alina grinste verschmitzt. »Und hoffe jeden Morgen, ihn unter der Dusche zu ertappen.«

Feline rollte die Augen. »Du bist unmöglich.«

»Du hast gesagt, er sei mein Beuteschema.«

»Ja, schon. Aber heißt das auch, dass du gleich sämtliche Netze auswerfen musst?«

»Wieso nicht? Gönnst du mir etwa keinen Spaß?«

»Du kannst machen, was du willst.« Feline hob abwehrend die Hände. »Schließlich bist du alt genug. Aber verfang dich nicht wieder in deinen eigenen Netzen.«

»Keine Bange. Ich hab mein Skalpell dabei.« Sie zog einen Schmollmund, der nicht echt aussah. »Schon vergessen? Ich bin eine angehende Chirurgin.«

Feline stieß die Tür zu einem der Gästezimmer auf. »Voilà. Dein Reich für die nächsten Tage.«

»Perfekt.« Alina sah sich um. »Das Bett ist der Knaller. Man könnte auf die Idee kommen, jemand an den Pfosten zu fesseln.«

Feline lachte und schüttelte den Kopf. »Ich überlass dich mal lieber deinen wilden Fantasien, meine Liebe. Wenn du so weit bist, komm einfach runter. Dann erkunden wir ein bisschen die Gegend.«

Feline trug für Alina und sich selbst eine Decke und eine Flasche Wein auf die Terrasse. Der Wind war aufgefrischt am Abend, aber im Schutz der Hauswand ließ es sich aushalten.

»Es ist ein schönes Haus«, stellte Alina nun schon zum dritten Mal fest und wickelte sich bis unters Kinn in die Decke ein. »An einem magischen Ort. Zu schade, dass du es nicht behalten kannst.«

»Ich hatte auch schon die Idee, ob ich vielleicht den größten Teil des Landes verkaufen und die Casa dann als Ferienhaus nutzen könnte. Dann könnte auch Sofía hier wohnen bleiben.«

»Aber?«

»Sofía bräuchte einen Job, um für ihren Unterhalt zu sorgen. Und vermutlich würde irgendein Investor das Land kaufen und uns einen hässlichen Hotelklotz vor die Nase stellen. Und dann wäre es nicht mehr das, was es im Moment ist.«

»Klingt irgendwie, als gäbe es keine Lösung für dein Problem.«

»Nein, in der Tat«, stimmte Feline mit einem herzhaften Seufzer zu, »wie ich es auch drehe und wende, es kommt nichts Gutes raus.«

»Schade. Ich könnte mich daran gewöhnen, meine Ferien hier zu verbringen.«

»In meiner Vorstellung hab ich die Casa schon zigmal umgebaut. Gästezimmer in Bäder verwandelt, die alten Holzbalken der Decken ausgebessert und geölt, die Wand vom Frühstücksraum zur Terrasse durch eine Glasfront ersetzt, Bodenheizung verlegt, und, und, und. Es könnte ein wahres Juwel sein.«

»Und wenn du es umbauen würdest? Könnte Sofía die Bewirtschaftung nicht vielleicht schaffen, wenn es nur noch die Hälfte der Zimmer wären und dafür jedes ein Bad hätte?«

Feline sah aufs Meer hinaus. Die Felsen, die die Cala schützten, schillerten im Licht des Vollmonds. »Dann hätte sie immer noch den großen Garten zu pflegen. Abgesehen davon, woher sollte ich das Geld für solche Umbauten nehmen? Und wie die nötigen anderen Reparaturen bezahlen?«

»Okay, daran habe ich nicht gedacht.«

»Morgen kommen zwei Interessenten. Je schneller wir es hinter uns bringen, Sofía und ich, desto besser.«

»Und was ist mit all den Stammgästen, die schon für die Saison gebucht haben?«

»Werden wir stornieren müssen.« Feline schenkte beiden Wein nach. »Und dann komme ich nie wieder hierher, um mir nicht ansehen zu müssen, was irgend so eine Heuschrecke aus diesem Fleckchen macht.«

»Hast du denn eigentlich schon Näheres über den Tod deines Vaters herausgefunden?«

»Ja.« Feline erzählte Alina von ihrem Besuch bei Carlos. »Leider ist er nicht bereit, mit mir zum Unfallort zu fahren«, endete sie, »aber verstehen kann ich das natürlich.«

»Wir könnten das zusammen machen. Also wenn du weißt, wo es genau passiert ist.«

»Carlos hat mir eine Karte gegeben, auf der er die Stelle eingezeichnet hat.«

»Also?«

»Ich weiß nicht.« Feline stellte ihr Glas ab, zog die Beine an und umschlang sie. Es gab ein wenig Sicherheit, sich an sich selbst festzuhalten. »Ich denk drüber nach.« Seit sie hier war, dachte sie ständig über eine Menge nach, fiel ihr auf.

22

Steven ging langsam auf das Haus zu. Feline stand neben einer Frau mittleren Alters, die in Stöckelschuhen und weißem Kostüm deplatziert wirkte. Die Frau redete auf einen Herrn in dunklem Anzug ein. Abseits saß eine junge Frau auf einer der Sonnenliegen. Neugierig schlenderte er zu ihr hinüber und setzte sich auf die Liege neben ihr. »Steven Taylor. Und du bist?«

»Alina.« Sie schob ihre Sonnenbrille in die Haare und strahlte ihn an. »Du musst der Musiker sein.«

»Komponist, um genau zu sein.«

»Ich bin die beste Freundin von Feline.« Sie schlang ein Bein unter sich und stützte die Hände hinter ihrem Rücken ab. »Ich dachte schon, ich bekomme dich gar nicht zu Gesicht.«

»Wann bist du angekommen? Gestern?«

»Ja. Am frühen Nachmittag.«

Feline, die Frau im Kostüm und der Mann gingen ein Stück am Haus entlang. Feline wies mit der Hand nach oben. Sie waren jedoch zu weit entfernt, als dass man hätte hören können, was sie sprachen.

»Wer sind die Leute?«, wollte Steven wissen.

»Die Maklerin und einer der Interessenten.«

»Zu schade. Das Haus passt so gut zu deiner Freundin. Du hättest sie sehen sollen, als sie es gekalkt hat. Man hätte meinen können, sie ist verliebt.«

»Oh, ich glaube, das ist sie auch.«

Steven fühlte einen eigenartigen Schmerz im Bauch, ein unsichtbarer Fausthieb, der ihm die Luft nehmen wollte.

»Aber was nützt es, wenn es eine Beziehung ohne Zukunftsperspektive ist?«, fuhr Alina unbeirrt fort.

Das war absurd. Er reagierte doch nicht etwa eifersüchtig auf ein Haus? Auch noch auf eins, von dem sie sich gerade löste?

»Dann wird man höchstens unglücklich, wenn man daran festhält.«

Feline verschwand mit dem Grüppchen im Haus.

»Weiß man denn immer, ob es aussichtslos ist? Auch wenn es auf den ersten Blick so aussieht, wie kann man sich sicher sein?«

Alina sah ihm in die Augen. Sie hatte eine Augenbraue hochgezogen und ein eigenartiges Funkeln im Blick.

»Sorry, ich glaube, ich rede lauter Unsinn.« Er zuckte mit den Schultern in der Hoffnung, die Gedanken so einfach abschütteln zu können, die sich ihm aufdrängten. »Ich habe die letzten Tage an einem wichtigen Song gearbeitet. Manchmal versetzt mich das in etwas abstruse Stimmungen.«

»Oh, so wie wenn ich einen Tumor entfernen will und dabei feststelle, dass im Bauchraum bereits überall Metastasen wuchern.«

Steven verzog das Gesicht. »Ein etwas drastischer Vergleich. Bist du Ärztin?«

Alina hob die Hände, als hielte er eine Waffe auf sie gerichtet. »Angehende Chirurgin. Sorry, ich vergesse immer wieder, dass ich Nicht-Mediziner mit so was verschrecke. War nicht meine Absicht.«

Er lachte. »Halb so wild. Ich halte das schon aus.«

Feline kam mit der Maklerin und dem Interessenten wieder aus dem Haus. Die drei verabschiedeten sich.

Steven beobachtete sie, wie sie langsam auf Alina und ihn zukam. Ihre Schritte wirkten schwer, ihre Schultern hingen herab, als trug sie eine Last auf dem Rücken. Er wäre gern zu ihr gelaufen, hätte sie in den Arm genommen, aber das war natürlich undenkbar. Sie kannten sich kaum und waren nicht befreundet.

»Ich sehe, ihr habt euch schon miteinander bekannt gemacht?« Feline klang müde.

»Wie ist es gelaufen?« Alina schlug mit der flachen Hand auf den Platz neben sich. »Komm, setz dich. Erzähl.«

Feline seufzte und ließ sich nieder. »Die denken alle nur in Euro und Cent. Beide Interessenten wollen hier ein Luxushotel hinbauen.«

»Bei der Lage verständlich«, wandte Steven ein.

»Sicher, aber besser macht es das nicht.«

»Was ist denn dagegen einzuwenden? Luxus klingt für mich jetzt erst mal nicht so, als entstünde dann hier eine Bettenburg.« Steven wusste, es war ein eher verzweifelter Versuch, sie aufzumuntern.

»Wir werden sehen. Erst mal werden jetzt beide ein Angebot machen. Dann sehe ich weiter.« Feline stand auf. Es sah schwerfällig aus. »Lass uns nach Palma fahren, Alina.«

»Shoppen? Sehr gute Idee.«

Steven sah den beiden Frauen nach. Sie konnten unterschiedlicher nicht sein und doch schienen sie perfekt zueinanderzupassen. Die eine blond, die andere dunkelhaarig, eine klein, die andere hochgewachsen, eine eher nachdenklich, die andere ein kleines Teufelchen.

Rachel war so ein Typ wie Alina gewesen. Wenn er es genau bedachte, war er bisher immer solchen Frauen an die Angel gegangen, hatte den Köder blindgierig verschlungen, um dann festzustellen, wie unverdaulich er war und dass der Haken ihm die Kehle aufschlitzte.

Und dann war er Feline begegnet. War das wirklich erst wenige Tage her? Es kam ihm viel länger vor, als kannte er sie schon eine kleine Ewigkeit.

Sie war so anders. So beschäftigt mit ihren Problemen und damit, eine möglichst für alle verträgliche Lösung zu finden. Sie war weder selbstbezogen noch angelte sie. Warf keine Köder aus, war sich vermutlich ihrer Attraktivität, vor allem aber der Anziehung, die sie auf ihn ausübte, überhaupt nicht bewusst. Oder es kümmerte sie nicht.

Und es war besser so. Ihr Leben war in Berlin, seins in Los Angeles.

23

»Dieses Mallorca ist zu groß«, stellte Alina fest, »ich hab gar kein Inselfeeling.«

»Geht mir auch so«, stimmte Feline zu. »Wie lange sind wir jetzt gefahren und haben nichts als Hügel und Fincas gesehen? Zwei Stunden?«

»Immerhin war das die berühmte Serra de Tramuntana. Sieht allerdings auch nicht anders aus als in Österreich, wenn du mich fragst.«

Feline lachte. »Lass das bloß nicht die Mallorquiner hören.«

Sie ließen Port de Pollença rechts liegen. Kurze Zeit später wand sich die Straße in Serpentinen hinauf. Das Meer schillerte tief unten im Sonnenlicht. Eine Fähre fuhr gerade in den Hafen ein und wirkte von hier oben wie ein Spielzeug. In der Ferne lag Menorca im Dunst.

Am Mirador Es Colomer hielten sie auf dem kleinen Parkplatz und stiegen aus. Der Imbiss hatte bereits geöffnet, ein paar Stühle und Tische standen davor, aber es waren nur wenige Besucher da.

»In der Saison kannst du auf der Terrasse bestimmt kaum treten«, stellte Alina fest und hängte sich die Kamera um den Hals. »Sollen wir den Weg zum Aussichtspunkt hochgehen?«

Sie stiegen die Stufen empor. Der Weg war durch eine breite Mauer gesichert. Feline beugte sich ein wenig hinüber und blickte in den Abgrund. Die Felsen fielen steil mehrere Hundert Meter bis ins tiefblaue Meer hinab. »Es fühlt sich irgendwie an, als würde man vom Meer angezogen werden, wenn ich hier so hinunterschaue«, sagte sie mit einem Schaudern und richtete sich wieder auf.

»Stell dich mal da hin.« Alina wies mit der Hand nach vorn. »Dann mache ich ein Foto von dir mit den Felsen und dem Meer im Hintergrund.«

Feline fand es komisch, hier wie eine Touristin herumzulaufen und sich fotografieren zu lassen. Ihr eigentliches Vorhaben drückte ihr auf die Seele, und sie war sich nicht mehr sicher, ob es eine gute Idee war, sich den Ort anzusehen, an dem ihr Vater verunglückt war. Aber jetzt waren sie hier und wer wusste schon, ob sie jemals wieder auf diese Insel reisen würde. Besser, sie brachte es hinter sich. »Lass uns weiterfahren«, sagte sie daher und ging zum Auto zurück.

Die Straße führte durch kleine Ebenen, um sich dann wieder schmal an den Hängen entlangzuwinden. Kilometer für Kilometer schlängelten sie sich an steilen Abgründen entlang, an denen es nicht mal eine Leitplanke gab. Immer wieder sahen sie Bergziegen, die behände die Hänge hinaufsprangen, als wäre die Erdanziehungskraft für sie nicht mehr als ein theoretisches Konzept, dem es an Beweiskraft mangelte.

Zum Glück waren nur wenige Autos unterwegs. Feline mochte sich gar nicht ausmalen, wie es wohl war, wenn einem hier ein Bus oder gar ein Lkw entgegenkam.

»Hier muss es gleich sein«, sagte Alina, die den ganzen Weg auf der Karte mitverfolgte.

Hinter der nächsten Kehre war auf der rechten Seite neben der Straße ein ebenes Stück Sandboden, lang genug, um mindestens vier Autos dort zu parken. Feline bremste und lenkte den

Wagen vorsichtig darauf. Pinien reckten sich in den Himmel, der Boden war mit ihren Nadeln bedeckt.

Sie stieg aus und sah sich um. »Ich glaube, da drüben geht der Weg los.«

Feline und Alina überquerten die Straße und bogen in den Pfad ab. Auf den Piniennadeln lief es sich weich, wie auf einem Teppich. Büsche ragten teilweise in den Weg, sodass sie immer wieder Äste weghalten mussten.

Nach ein paar Minuten ließen sie die Pinien und Sträucher hinter sich. Der Ausblick war grandios. Zerklüftete Felsen ragten hoch aus dem Meer und bildeten dabei ein einem Drachengebiss ähnliche Gebirgsformationen. Meer und Himmel flossen ineinander, die Nuancen von Blau ein Farbverlauf solcher Tiefe, dass Endlosigkeit eine neue Dimension erhielt.

Einen Moment lang blieben sie stehen, atemlos von der dramatischen Schönheit, die die Natur diesem Fleckchen Erde geschenkt hatte.

»Siehst du da vorn? Da muss es sein.«

Feline schirmte ihre Augen mit der flachen Hand vor der Sonne ab. Richtig, ein Stück weiter vorn lag der Aussichtspunkt, von dem Carlos berichtet hatte. Und für einen langen Moment fühlte sie ein Vakuum im Bauch, dann den leichten Tremor unter der Zunge.

Sie schluckte. Die Spucke im Mund schien nicht weniger, sondern mehr zu werden. Sie musste stehen bleiben, tief Luft holen und langsam ausatmen. In ihrer Brust war es eng, die Erde unter den Füßen schien nicht mehr fest.

»Feli? Bist du okay, Feli?«

Sie winkte ab, fand ihre Stimme nicht, um die Freundin zu beruhigen. Versuchte, ruhig weiterzuatmen, während es in ihren Ohren rauschte, als stünde sie am Meer und nicht mehrere Hundert Meter darüber.

»Ist dir nicht gut?« Alina fasste sie am Arm.

Feline schloss die Augen, konzentrierte sich. Sie musste atmen. Einfach nur atmen, dann würde alles gut.

Das Rauschen wurde leiser. Die Übelkeit, eben noch ein Wogen, ebbte langsam ab. »Geht wieder«, sagte sie mehr zu sich selbst als zu Alina. »Mir war auf einmal total schlecht.«

Alina zog eine Wasserflasche aus der Tasche und hielt sie ihr hin. »Da. Trink. Aber nur kleine Schlucke, hörst du?«

Feline gehorchte. Der erste Schluck schmeckte bitter, doch dann wurde es nach und nach besser. »Okay«, sagte sie schließlich, »bringen wir es hinter uns.«

Langsam ging sie den Weg bis zum Aussichtspunkt, Alina als Stütze in ihrem Rücken. Gemeinsam traten sie an das Geländer.

»Ist es nicht eigenartig?«, sagte Feline, als sie hinabblickte, »nichts ist zu sehen von der Katastrophe, die sich hier vor nicht allzu langer Zeit abgespielt hat.«

Der Felsvorsprung, auf dem der Junge gelegen haben musste, war deutlich zu erkennen. Auch dort hatte das Unglück keine Spuren hinterlassen. Die Gräser rund um die kleine Felsplatte waren nicht gekrümmt, nirgendwo gab es Zeichen von Blut. Stattdessen auch hier die majestätischen Felsen, die ins Meer hinabfielen, das so tiefblau unter ihnen lag.

»Hier ist er also gestorben, der Vater, den ich nicht kannte.« Sie spürte Alinas Arm über ihrer Schulter, leicht und doch fest, das Versprechen, da zu sein, was auch immer geschah. Ihren Vater aber, den spürte sie nicht. Hier nicht. »Lass uns gehen«, sagte sie und wandte sich um.

24

»Zu schade, dass du nur den Mittagsflug bekommen hast«, sagte Feline zu Alina und stocherte in den glühenden Kohlen. »Die paar Tage sind so schnell vorbeigegangen.«

»Jetzt verderbt euch doch nicht den Abend.« Sofía brachte Fisch auf einer Platte heraus. »Kann das schon auf den Grill oder benötigen die Kohlen noch Zeit zum Durchglühen?«

»Keine Ahnung.« Feline stocherte tiefer, Funken flogen rot glühend auf. »Ehrlich gesagt bin ich nicht wirklich die Grillmeisterin.«

»Das hat dein Vater immer gemacht.« Sofía sah prüfend ins Feuer. »Ach, legen wir die Fische einfach drauf. Was soll schon geschehen?«

Alina ließ sich auf einen der Stühle fallen. »Wenn's was zu sezieren gibt …« Sie hielt ein Skalpell hoch und lachte.

»Zu spät.« Sofía baumelte einen Fisch vor ihrer Nase herum. »Sind alle schon tot, und wenn ich nicht irre, schneidest du nur auf, was noch zappelt, oder?«

»Also auf meinem OP-Tisch zappelt nix.« Sie zog einen Schmollmund. »Wär auch noch schöner. Wie soll man dann einen anständigen Schnitt setzen?«

»Ich hole mal den Salat.« Sofía verschwand kopfschüttelnd ins Haus.

»Kannst du bitte mal aufhören, Alina? Da kann einem ja schlecht werden.« Feline öffnete mithilfe einer Bierflasche eine zweite. Der Kronkorken flog im hohen Bogen davon und landete irgendwo im Gras.

»Wo hast du das denn gelernt?« Alinas Augen waren kreisrund.

»Auf der Baustelle.« Feline reichte ihrer Freundin die zweite Flasche. »Du glaubst gar nicht, was man da alles aufschnappt.«

»Auch wie Frau im Stehen pinkelt?«

Feline prustete los und verteilte eine Wolke aus Biertröpfchen über dem Grill.

»Ich sehe schon«, sagte Alina trocken, »das mit der Bierdusche beim Grillen haben sie dir auch beigebracht.«

Oben knarrte ein Fenster. »Das riecht ziemlich gut.« Steven beugte sich weit hinaus und grinste.

»Du kannst gern dazukommen«, lud Feline ihn ein, »es ist mehr als genug Fisch da, und Sofía hat Salat und Rosmarinkartoffeln gemacht.«

»Hey«, mischte Alina sich ein, »bring die Gitarre mit. Du hast doch eine dabei, oder?«

»Nur, wenn ihr singt, Ladys.«

Nach dem Essen verabschiedete Sofía sich. Sie sei müde, behauptete sie, doch Steven sah ihr an, dass sie einfach nur traurig war. Wer sollte es ihr verdenken? Hätte er sich in ihrer Situation befunden, wäre ihm wohl auch nicht nach unbeschwertem Zusammensitzen gewesen.

Die Nacht war über die Bucht gefallen wie ein Vorhang, hatte Mond und Sterne versteckt. Das Meer konnte man fast nur erahnen in dieser Schwärze hinter dem Kliff. Selbst der

Wind hatte sich schlafen gelegt und nur die Zikaden sangen ihr Lied.

Alina tauschte die abgebrannten Kerzen in den Windlichtern gegen neue aus, während Feline und er den Tisch abräumten.

»Sollen wir noch eine Flasche Wein aufmachen?«, fragte Feline. »Bier ist keins mehr da.« Sie wartete seine Antwort gar nicht erst ab. Irgendwie war auch ohne Worte klar, dass keiner von ihnen diesen Abend jetzt beenden wollte.

»Ich dachte immer, die Zikaden rasseln nur im Sommer.« Alina zog einen zweiten Stuhl heran und stellte die Füße darauf.

»Ich frage mich immer, ob sie wohl wissen, dass sie perfekte Percussion-Instrumente sind.«

»Hört, hört«, rief Alina heiter aus, »da spricht wohl der Musiker aus dir.«

»Wobei, ganz so perfekt sind die gar nicht«, räumte er ein. »Habt ihr schon mal genau hingehört? Die rasseln wunderbar vor sich hin, dann setzen sie unvermittelt aus und Sekunden später wieder ein. Kann den ganzen Rhythmus versauen.«

»Kennst du überhaupt typische Lagerfeuer-Songs?«, wollte Feline wissen.

»Pete Seeger? Dylan? So Zeug?« Steven griff sich die Gitarre und fing an, »The Boxer« von Simon & Garfunkel zu zupfen.

Feline summte leise mit. Sie hatte eine weiche Stimme, einen warm klingenden Alt.

»Wie wäre es mit etwas Modernerem?« Alina hob ihr Glas, als wollte sie ihm zuprosten. »Rihanna?«

Steven überlegte einen Moment, sortierte die Finger auf dem Gitarrenhals ein paar Mal hin und her, nahm das Plektrum aus dem Mund und schlug einen Rhythmus an, der etwas abgehackt klang. Er war gespannt, ob sie den Song erkannten.

»I think I've had enough«, fing Alina an zu singen und grinste dabei, »might get a little drunk …« Sie hob das Glas noch ein Stückchen höher. »I say what's on my mind, might do a little time …«

»'Cause all of my kindness«, fiel Feline mit ein, »is taken for weakness …«

Die beiden Frauen lehnten die Köpfe aneinander und sangen aus vollem Hals. »Now I'm four five seconds from wildin', and we got three more days 'til Friday, I'm just tryna make it back home by Monday, mornin', I swear I wish somebody would tell me, ooh that's all I want …«

Die Nacht schritt voran, und sie sangen alles Mögliche von »Me and Bobby McGee« bis hin zu »Satisfaction« von den Stones und dazwischen immer mal wieder aktuelle Nummern. Hier und da fehlte Steven eine Akkordfolge, dort den Frauen ein Stück Text. Aber das machte gar nichts.

»Ich glaub, ich muss ins Bett«, sagte Feline irgendwann und gähnte herzhaft.

»Schon?« Alina schien enttäuscht.

»Ihr habt mich kaputtgespielt. Morgen bin ich heiser, falls ich überhaupt noch einen Ton herausbringen kann.«

»Einen Song noch«, bettelte Alina, »als Gutenachtlied sozusagen.«

Die Frauen blickten sich in die Augen, und Steven hatte das Gefühl, sehen zu können, wie gut sie sich kannten. Dass es zwischen ihnen eine Form der Kommunikation gab, die keiner Worte bedurfte, einen Code, den kein Außenstehender jemals würde knacken können.

»Okay«, gab Feline schließlich nach, »einen, aber dann ist Schluss.«

»Du darfst aussuchen.« Alina rutschte auf ihrem Stuhl hin und her.

»Kennst du ›Glitter in the Air‹ von P!nk?« In Felines Gesicht leuchtete etwas auf. Was immer es war, es kam von irgendwo tief in ihr.

Steven rückte die Gitarre ein wenig zurecht und zupfte die Akkorde an. Dass sie gerade diesen Song aussuchte …

Steven lag noch lange wach. Er sah den Schatten zu, die an der Decke tanzten, Bilder formten, um sich sogleich aufzulösen und zu neuen Strukturen zusammenzufinden.

Der Abend hing ihm nach, in mehrfacher Hinsicht.

Felines samtige Stimme ging ihm nicht mehr aus dem Kopf. Die Unbekümmertheit, mit der sie Lied für Lied angestimmt hatte, ungeachtet der Frage, ob sie den Text überhaupt konnte oder die Melodie nicht mehr zusammenbekam. Ihre beschwingte Art, mit der sie das Leben so leichtfüßig zu nehmen schien, ohne dass es ihr jedoch an Tiefe fehlte.

Sie war ein Unikat. Fröhlich und nachdenklich zugleich, stark und dennoch weich, selbstbewusst, ohne selbstbezogen zu sein.

Er wollte mehr von ihr wissen, fühlte sich hingezogen zu dem schlanken Körper, zu ihrer Seele, dem großen Herzen. Wollte abtauchen in das Grün ihrer Augen, Schätze finden, die sie darin verbarg.

Schweren Herzens setzte er sich auf und lauschte der Stille der Nacht, die er in sich nicht finden konnte.

Er musste sich diese Gedanken aus dem Kopf schlagen. Sofort. Gerade erst hatte er seine Fähigkeit zu komponieren wiedergefunden, wollte er das etwa gleich wieder riskieren?

Das konnte doch nicht gut gehen. Was dachte er sich denn? Wenn er jetzt etwas mit ihr anfing, dann brach sie ihm das Herz, sobald er abreiste.

Außerdem: Sie wollte doch gar nichts von ihm, das konnte er sehen, riechen, fühlen. Nein, nein, nein. Diesen Unsinn konnte er sich nicht leisten, nicht jetzt, wo das Projekt mit Scorsese anstand.

25

»Die Auftraggeber waren begeistert.« Candices Stimme war so deutlich und klar in Stevens Ohr, als säße sie neben ihm und nicht einen Ozean und einen Kontinent entfernt. »Und ganz ehrlich, mir gefällt der Song auch supergut.«

»Ein Glück. Ich hatte ein bisschen befürchtet, das Arrangement könnte nicht ganz so gut ankommen.« Er öffnete das Fenster. Kühle Abendluft strömte herein und sammelte sich bei seinen nackten Füßen.

»Im Gegenteil. Alle waren total fasziniert von diesen sonderbaren Tönen. Das klingt wie Kriegstrommeln, aber auch irgendwie … unanständig. Was ist das für ein Instrument?«

»Das sind Ximbombas.« Er erzählte ihr, wie er auf dieses Instrument gekommen war und wie es aussah. »Ich habe mehrere gekauft. Ich bin sicher, die kann ich noch sehr oft einsetzen.«

»Die würden sich bestimmt auch gut als Untermalung in sehr spannenden Szenen eignen. Ich finde, der Sound hat etwas Bedrohliches. Bei deinem Liebeslied empfindet man das nur nicht, weil der sonst nichts Dunkles hat.«

»Ja«, stimmte Steven zu, »der Klang der Ximbombas hat etwas sehr Archaisches.«

»Wann hast du vor zurückzukommen?«, wechselte Candice unvermittelt das Thema.

»Ich weiß nicht. Sag bloß, du vermisst mich.«

»Selbstverständlich.« Sie lachte. »Aber mal im Ernst, Scorsese hat doch schon angefangen zu drehen. Es gab da wohl irgendein Problem mit einer Location. Frag mich nicht, ich bin nicht wirklich im Bilde. Auf jeden Fall wirst du bald die ersten Szenen bekommen. Er erwartet, dass du ihm dann wiederum zeitnah ein paar erste Vorschläge vorspielst.«

»So schnell?«

»Wo ist das Problem, Steven? Die Mission deiner Reise scheint doch erfüllt. Du hast wieder komponiert.«

»Ja, schon.« Das Meer konnte er auch zu Hause ansehen. Ein anderes, gewiss, aber ein Meer. »Ich finde es halt inspirierend hier.«

»Wegen der Landschaft oder wegen der feurigen Spanierinnen?«

Warum fing sie nur immer wieder damit an? »Nein, ich glaube, es hat mit der Einfachheit zu tun. Diese Casa ist so …« Er suchte nach dem richtigen Wort und fand es nicht. »Mein Zimmer ist spartanisch, ich habe kein Internet, kein Fernsehen oder Radio, nicht mal ein eigenes Bad.«

»Klingt furchtbar.«

»Ist es aber nicht, Candice. Es wirft einen irgendwie ganz auf sich selbst zurück. Ich weiß nicht, ich finde Töne in mir wieder, Frequenzen, die ich in Los Angeles schon lange nicht mehr gehört habe.«

»Du willst mir jetzt aber nicht schonend beibringen, dass du vorhast, dortzubleiben, oder?« Sie klang alarmiert. Ihre Stimme hatte plötzlich einen neuen Sound, metallisch, kalt.

»Spricht so viel dagegen?« Bis eben war ihm gar nicht klar gewesen, dass er eine solche Idee verfolgen könnte. Aber jetzt, wo Candice das scheinbar Unmögliche ausgesprochen hatte, da wurde aus dem Gedanken ein Surren, ein gutturaler Ton, der nicht überhört werden konnte.

»Steven.« Jetzt klang sie wie eine Mutter, die einen Vierjährigen zur Räson rief. »Wie bitte soll das gehen?«

»Im digitalen Zeitalter schicken wir doch eh ständig alles nur als Dateien hin und her.« Er verstand ihre Aufregung nicht. »Macht es da einen Unterschied, ob ich in Los Angeles oder auf Mallorca sitze?«

»Allerdings. Zum einen neun Stunden Zeitverschiebung, zum anderen wie viel Stunden Flug noch gleich? Komm schon, Steven, du weißt genau, in einem so großen und wichtigen Filmprojekt geht es nicht ohne Meetings. Wie willst du das machen?«

»Via Skype?«

»Ist das wirklich dein Ernst?«

War es das? Er wusste es nicht. »Frag doch Scorsese, was er davon denkt. Immerhin will er, dass ich perfekte Songs liefere. Und wenn es ihm gar nicht in den Kram passt, kann ich immer noch zurückkommen.«

Candice seufzte laut. »Manchmal hasse ich dich, Steven Taylor.«

»Hat diese Maklerin sich schon gemeldet?«

Feline schüttelte den Kopf. »Ich rufe sie morgen mal an und frage nach.«

»Einer meiner Stammgäste, ein alleinerziehender Vater, hat für den Sommer angefragt. Ich muss ihm wohl absagen.«

Feline wurde das Herz schwer. Sofía sah so traurig aus. Sie lächelte zwar, aber es wirkte gequält. »Das ist alles schwer«, sagte sie leise und hielt die Vase unter den Wasserhahn, »ich weiß.«

»Steven Taylor hat auch gefragt, ob er eventuell länger bleiben kann.«

»So?« Feline drehte den Wasserhahn zu und begann, die Blumen frisch anzuschneiden.

»Er will wohl hier weiterarbeiten.«

»Und er findet es nicht zu einfach? Ich meine, jemand wie er ist doch Luxus pur gewohnt.«

Sofía zuckte die Schultern. »Das Spartanische gefällt ihm wohl gerade. Sagt er jedenfalls. Er findet es inspirierend.«

»Hm.« Feline steckte eine gelbe Gerbera in die Mitte des Straußes und hielt inne. Sie hatte zwar den Blick auf die bunten Blumen gerichtet, aber sie sah sie nicht.

Er findet es inspirierend, dachte sie, und etwas an dieser Aussage blieb in ihren Gedanken haften wie ein Kaubonbon, der an den Zähnen klebte und den man mit der Zunge nicht lösen konnte, egal, wie lang man es versuchte.

26

Die Sonne war ein Feuerball. Innen blutrot und nach außen hin in einen schmalen orangefarbenen Ring verlaufend, tauchte er in die Dunkelheit. Fast erwartete man ein Zischen und das Meer brodeln zu sehen, dort hinten, wo der Hafen von Port d'Andratx sich ins Meer öffnete. Ein paar Segelboote lagen still, ihre Silhouetten elegante Skelette vor romantischem Naturschauspiel, so selbstverständlich, dass es kaum einer zu beachten schien.

Das Romeos war gut besucht, auch wenn es noch nicht einmal Vorsaison war. An fast der Hälfte der Tische saßen Paare oder Grüppchen in Gespräche vertieft, aßen Tapas und tranken Wein. Eine Band spielte sanfte Melodien.

»Ein Glück hast du mich überredet«, sagte Feline und legte die Serviette auf den Tisch, »was wäre mir für ein herrlicher Sonnenuntergang entgangen.«

»Ach, und ich dachte, du hättest sonst nie herausgefunden, was für ein netter Kerl ich bin.«

»Steven, you're fishing for compliments.« Sie grinste. »So sagt ihr Amis das doch, oder sind das die Briten? Wie auch immer, die Nummer ist Frauensache.«

»Na gut.« Er hob abwehrend die Arme. »Kann ich dich vielleicht mit etwas Süßem bestechen?«

Feline lachte. »Nur nichts unversucht lassen, nicht wahr?«

Er zuckte die Schultern und schwieg.

»Nein danke«, sagte sie und winkte ab, »ich fürchte, ich platze gleich.«

»Aber einen Espresso trinkst du schon mit mir, oder?«

Sie nickte. »Wenn ich hier so sitze und über den Hafen blicke, dann kann ich verstehen, warum mein Vater die Insel liebte. Man kann diese Aussicht nur wunderschön finden.«

»Sonnenuntergänge über dem Meer sind immer magisch.« Er schob das Windlicht auf dem Tisch ein Stück beiseite, um sie besser ansehen zu können. »Mein Haus steht direkt am Strand. Manchmal denke ich, für mich ist das alles so selbstverständlich geworden, dass ich mich richtig daran erinnern muss, wie gut ich es habe, so wohnen zu können. Mit dem Blick auf den Ozean.«

»Wenn ich aus dem Fenster schaue, sehe ich die U-Bahn auf der Hochtrasse vorbeifahren und die Sonne höchstens im Dunst über den Dächern untergehen.«

»Aber du lebst gern in Berlin?«

»Ja. Schon.« So ganz überzeugt schien sie nicht zu sein. »Meine Freunde sind dort und meine Mutter. Ich hab noch nie …«

»Kein Freund?«, fiel er ihr ins Wort und beobachtete die Schatten, die Muster in ihr Gesicht malten.

»Nein?« Es klang mehr nach einer Frage als nach einer Antwort. »Und wo ist deine Miss Right?«

Steven lachte auf. »Interessiert dich das wirklich?«

»Du weichst aus.« Sie grinste verschmitzt.

»Ich hab kein Glück in der Liebe.« Er ließ Zucker in seinen Café Cortado rieseln und rührte langsam um. »Wahrscheinlich suche ich mir immer die Falschen aus.«

»Man muss sich finden lassen.«

»Das ist der Trick?«

Feline zuckte die Schultern. »Das hoffe ich zumindest. Sonst sieht es schlecht für mich aus.«

Sie sah entzückend aus, wenn sie so lächelte. Ein bisschen kess, ein Schelm in Spiellaune. »Ich weiß nicht.« Er legte den Löffel auf der Untertasse ab. »Wenn sich alle nur finden lassen wollen …«

»Dann rennen Deckel und Topf aneinander vorbei?« Um ihre Mundwinkel zuckte ein amüsiertes Lächeln, das sich anscheinend nicht recht zeigen wollte.

»Könnte sein, oder?«

»Und ich dachte immer, ihr Musiker, ihr habt an jedem Finger fünf.«

Steven verschluckte sich vor Lachen und hustete. »Klar«, sagte er schließlich, als er wieder Luft bekam, »mindestens, eher sechs oder sieben.«

Feline zog einen Schmollmund. »Also Architektinnen haben da ganz schlechte Karten. Wir treffen immer nur Bauarbeiter, und die würden uns am liebsten im Betonmischer entsorgen.«

»Weil sie sich von einer Frau etwas sagen lassen müssen?«

»So in etwa.« Sie nickte. »Vor allem, wenn die Frau noch so jung ist wie ich.«

Die Kellner begannen, ein paar Tische und Stühle zur Seite zu räumen.

»Aber so als Musiker«, ihre Augen blitzten, »da hat man doch einen unwiderstehlichen Charme.«

»Ist das so?«

»Noch nie P!nk zugehört? In ›The One That Got Away‹ singt sie von dem Typen mit Gitarre und Bier in der Hand, den man nie haben kann.«

Die Band stimmte eine beschwingte Samba an.

Steven stand auf und hielt ihr die Hand hin. »Darf ich bitten?«

Sie neigte den Kopf. »Irgendwer hat mal behauptet, Musiker tanzen nie.«

Er griff ihre Hand und zog sie hoch. »Ich glaube, wir müssen dringend mit ein paar Vorurteilen aufräumen.«

»Müssen wir?«

Die Tanzfläche füllte sich. Bald saß kaum noch jemand an den Tischen, und die Kellner wiegten sich im Rhythmus, während sie die Tische abräumten, die Tabletts mit Gläsern stolz über den Köpfen balancierend. Selbst die Flammen der Kerzen in den Windlichtern schienen zu tanzen.

Ein leichter Wind wehte vom Hafen hinauf, eine salzige Brise, frisch genug, um Gemüter zu kühlen und doch so lau, dass man bei heißen Rhythmen nach etlichen Songs langsam ins Schwitzen geriet.

Als spürte die Band die Temperatur auf der Tanzfläche steigen, als könnte sie im Dunkel die erröteten Gesichter ausmachen, stimmte sie eine langsame Nummer an.

Einige Paare gingen zu ihren Tischen zurück, andere rückten näher zueinander.

Steven sah Feline in die Augen. »Und? Wie mache ich mich so als gänzlich tanzunbegabter Musiker?« Er wollte sie nicht loslassen, nicht jetzt.

Feline warf den Kopf in den Nacken und lachte. »Du fischst schon wieder nach Komplimenten, Steven Taylor.«

»Ist das ein Wunder?« Seine Hände wanderten wie von selbst abwärts. Er spürte ihre Hüften unter dem weichen Stoff ihres Kleides. »Bei so einer exzellenten Tänzerin wie dir muss man sich doch vergewissern.«

»Bisher hab ich nicht allzu viel zu meckern.« Da war er wieder, der Schelm in ihren Augen, das Blitzen ein Feuerwerk. »Mal sehen, ob du auch die leisen Töne beherrschst.« Sie schmiegte sich an ihn, wog sich mit ihm im langsamen Rhythmus der Musik.

Er war sich ihrer Hände in seinem Nacken bewusst, spürte ihre weiche Haut an seiner Wange, atmete den süßen Duft ihrer Haare, fühlte jeden ihrer Atemzüge, den Rhythmus ihres Herzschlags. Brust an Brust, Becken an Becken, zwei Fremde, deren Körper zueinanderdrängten.

Das Rauschen seines Blutes, die Hitze in seinen Lenden, unwiderstehlich, unkontrollierbar. Ohne zu wissen, was er tat, fanden seine Lippen die ihren, und nur für einen kurzen Moment war er erstaunt, wie sie sich öffnete, zart wie eine Blüte im Morgentau.

Er zog sie an sich, überließ sich völlig diesem Rausch, der seine Sinne überflutete, wollte sie ganz und sofort.

»Hey, Mister Taylor«, Feline klang atemlos, als sie ihn ein wenig von sich schob, »wir wollen doch keinen Skandal provozieren.«

»Wieso nicht?«, fragte er heiser und konnte sie nicht loslassen.

»Nicht dass wir noch verhaftet werden.« Sie machte keine Anstalten, sich aus seinen Armen zu lösen, und in ihren Augen glänzte die Lust. »Vielleicht machen wir einen kleinen Spaziergang?«

»Ich weiß etwas Besseres.« Steven zog sie von der Tanzfläche. Arm in Arm stiegen sie die Treppe zur Dachterrasse hinauf.

Sie waren die Einzigen dort und es ging ein kühler Wind, aber Steven spürte das kaum. Ihr Kuss war heiß und voller Versprechen. Ihr Körper drängte ihm entgegen, und es gab nichts, was ihn davon abhalten konnte, sie hinter das äußerste der Mäuerchen zu schieben, die die einzelnen Sitzecken voneinander trennten, und dort auf die breite Loungeliege zu stoßen.

Für einen Moment war er über ihr, zögerte. Was tat er hier? Jeden Moment konnte irgendwer sie beide entdecken. Doch dann zählte nichts als das Verlangen in ihren Augen, und er schlug jeden Zweifel in den Wind.

»Das war ziemlich heiß,« keuchte Feline. Ihre Augen glänzten fast fiebrig. Sie kicherte. »Ich hoffe nur, es hat uns keiner beobachtet.«

Steven spürte sein Hemd am Rücken kleben, den kalten Wind darüberfahren. Das Pochen in seinen Lenden verebbte langsam. »Ich hab keine Ahnung, was passiert ist.«

Sie fuhr mit den Händen durch seine Haare. »So sollte es auch sein. Sonst ist es nicht gut.« Ihr Kleid war verrutscht, die linke Brustwarze lugte hervor.

Er wandte den Blick ab und rollte von ihr hinunter. »Wir sollten zahlen und so schnell wie möglich verschwinden.«

Sie ordnete ihre Kleidung. »Ich schätze, du hast recht, auch wenn es schade ist.« Sie stand auf und ließ ihre Hand verführerisch über seine Brust streichen. »Ich könnte glatt gleich noch mal …«

Steven griff nach ihr und küsste sie hart. »Die Nacht ist lang«, raunte er.

»Das will ich doch hoffen.«

27

»Hast du eine Ahnung, wie viel Uhr es ist, Steven?« Candice klang benommen, ihre Stimme gedämpft, als hätte sie den Telefonhörer ins Kissen gedrückt. »Mitten in der Nacht, das ist es.«

»Sorry, aber wo du jetzt schon mal wach bist, hast du mit Scorsese gesprochen?« Er warf einen Blick auf seine Armbanduhr, die auf dem Nachttisch lag.

»Worüber?«

»Na, ob es für ihn okay ist, wenn ich mich zu den Meetings via Skype zuschalte.« Auf Mallorca war es elf Uhr vormittags.

»Deswegen rufst du mich mitten in der Nacht an?«

Er hörte Bettwäsche rascheln.

»Das konnte nicht bis zum Morgen warten?« Candices Stimme war nicht nur plötzlich klar, sie war laut und pointiert. »Ich fasse es nicht.«

»Wieso bist du so sauer?« Moment, bei ihr in Los Angeles war es zwei Uhr nachts. Er zuckte schon mal vorsichtshalber zusammen.

»DAS fragst du, Steven?« Sie schnaufte wütend ins Telefon, das war nicht zu überhören.

»Okay, okay, tut mir leid«, versuchte er einzulenken, »ich hab die Zeitverschiebung vergessen. Kommt nicht wieder vor. Aber jetzt sag schon, hast du mit ihm gesprochen?«

»Wieso genau ist das auf einmal eigentlich so wichtig?« Jetzt hatte sich eine große Portion Skepsis in ihren Tonfall gemischt.

»Weil … ich muss hier ja planen.« Steven konnte hören, wie wenig überzeugend das klang. Das kaufte sie ihm doch nie ab, dafür kannte Candice ihn viel zu gut.

Tatsächlich. »Schön, und was ist der wahre Grund?«, fragte sie gelangweilt.

Er seufzte. »Ich kann dir nichts vormachen, oder?«

»Nein.«

Steven holte tief Luft. Es war eigentlich noch viel zu früh, darüber zu sprechen, aber hatte er eine Wahl? »Ich hab mich verliebt.«

»Oh nein.«

Mit dieser Reaktion hatte er nun wieder nicht gerechnet. »Nett.«

»Komm schon, Steven, wir beide wissen, wie das endet.«

»So?« Am liebsten hätte er sofort aufgelegt.

»Was ist es denn dieses Mal für ein Mädel? Tänzerin? Sängerin? Model?«

»Architektin.« Er lauschte der Stille. Sollte er es tatsächlich geschafft haben, Candice sprachlos zu machen? »Und dieses Mal ist alles anders.«

»Hm.« Es klang wenig überzeugt.

»Sie kennt mich gar nicht, also den erfolgreichen Musiker. Sie ist ganz anders.«

»Und deshalb musst du jetzt auf dieser Mittelmeerinsel bleiben?« Candice hörte sich erschöpft an, dumpf und atemlos. »Und ich muss sehen, wie ich das mit Scorsese für dich gebacken bekomme.«

»Das wäre toll.«

Candice atmete mit einem Stoßseufzer aus. »Okay«, sagte sie schließlich, »ich werde das irgendwie hinkriegen …«

»Großartig«, fiel er ihr ins Wort.

»Nicht so schnell«, bremste sie seinen Eifer, »noch ist gar nichts in trockenen Tüchern.«

»Ach, du bekommst das schon hin.«

»Wir werden sehen, Steven. Aber wenn du am Ende wieder mit gebrochenem Herzen über deinem Klavier hängst und nicht einen Refrain komponiert bekommst, geschweige denn einen ganzen Song, dann wirst du selbst sehen müssen, wie du dich aus der Scheiße reitest. Ist das klar?«

Er rollte die Augen und schnitt ein paar Grimassen, froh, dass sie ihn nicht sehen konnte. »Ich liebe dich auch, Candice, und jetzt schlaf schön.«

Nachdem er aufgelegt hatte, sprang er auf, riss die Arme hoch und drehte eine Pirouette. Die Sonne schien plötzlich noch eine Spur heller in sein Zimmer zu fallen.

28

»Señor Garcia, Frau Schwarz«, Frau Bernhard strahlte über das ganze Gesicht, »es ist ganz wunderbar, dass wir das Geschäft so schnell über die Bühne bringen. Sie werden sehen, so ist es für alle Seiten das Beste.«

Feline reichte dem Spanier die Hand. »Soll ich Ihnen die Casa noch einmal zeigen, oder …«

Señor Garcia schüttelte den Kopf. »Nicht nötig. Ich werde das Haus sowieso abreißen lassen.«

Sie spürte einen Stich, tief in der Magengegend. Und dann Kälte, die sich in ihre Eingeweide fraß.

»Diese Lage ist wahrlich Gold wert«, fuhr er unbeirrt fort, »ich kann es kaum erwarten, dass hier mein Hotel steht und ich von meiner eigenen Restaurantterrasse diese Aussicht genießen kann.« Er gluckste vergnügt. »Da drüben werden wir ein paar Tennisplätze anlegen und dahinter die offene Bar. Und die Klippen müssen natürlich gesichert werden. Aber das ist kein Problem, da kommt sowieso die Terrasse hin, mit einer Glaswand gegen den Wind …«

Feline hörte nicht mehr wirklich zu. Sie sah die Oliven- und Orangenbäume abgeholzt, das Mandelbäumchen gefällt, alles zerhackt. Die Casa, so strahlend weiß, dass es einen blendete, stolz vor jenem blauen Himmel, die Casa, die sie mit ihren Händen gerade erst gekalkt hatte, nichts als ein Haufen Schutt und Asche auf einem Lkw, der davonfuhr. Sie hörte das Meeresrauschen, gerade noch eine Konstante in der Stille, bald übertönt von Fahrstuhlmusik, roch Zigarrenqualm statt Blüten und Salzwasser und sah Menschen umherspazieren, als gehörte ihnen die Welt, dies Fleckchen Land hier sowieso, das sie in seiner Einzigartigkeit niemals wahrnehmen würden.

Sie schloss die Augen, doch weder die Bilder noch die anderen Sinneswahrnehmungen verschwanden. Die Zukunft war ein Feind, der sich ihr aufdrängte, vor ihr stand, hämisch lachte, sich schüttelte und wand, als hätte er ihr dermaßen eins ausgewischt, dass er sich gar nicht mehr beruhigen konnte.

»Was meinen Sie, Señora Bernhard«, fragte Señor Garcia, »wie schnell bekommen wir einen Notartermin?« Er zwinkerte der Maklerin zu.

»Stopp.« Feline hatte das Gefühl, als müsste sie sich gleich übergeben. In ihrem Magen brannte Bitterkeit, und in ihrer Brust war die Luft gepresst. Sie konnte nie wieder ausatmen, wenn sie dem hier jetzt nicht Einhalt gebot.

»Stopp?« Frau Bernhard und Señor Garcia sahen sich verwirrt an.

»Ich verkaufe nicht.« Die Worte brandeten auf einem Schwall aus ihrem Mund, und das elektrische Gefühl im Magen war weg. Das Meer rauschte, die Zikaden rasselten in ihrem eigenen Takt, die Sonne stand steil am wolkenlosen Himmel. Sie konnte atmen, frei und leicht. »Ich verkaufe nicht«, sagte sie noch einmal und wunderte sich, wie gut es ihr dabei ging. Obwohl, das konnte nicht funktionieren, das hatte sie doch ganz genau überprüft. Und trotzdem. »Es tut mir leid, Señor Garcia, Frau Bernhard …« Sie hatte keine weitere Erklärung.

»Aber …« Frau Bernhard klappte der Unterkiefer herunter und blieb dort hängen. Es wirkte nicht sonderlich intelligent.

Señor Garcia kniff die Augen zusammen und sah wenig begeistert aus. Sein Mund war eine verkniffene dünne Linie, die Arme hatte er vor der Brust verschränkt.

Feline taten die beiden irgendwie leid, wie sie da so standen. Gleichzeitig fand sie die Situation ungewollt komisch. »Sie entschuldigen mich?« Es war besser, von der Bildfläche zu verschwinden, ehe sie noch etwas Blödes sagte oder gar lachen musste.

»Aber Frau Schwarz …?«, hörte sie die Maklerin ihr hinterherrufen.

»Sofía?« Feline blieb im Haus stehen und lauschte. Sie hörte Autotüren klappen, dann zwei Motoren angehen. Einer ein sonores Brummen, vermutlich Frau Bernhards Sportwagen, der andere eher ein leises Rumpeln, das sie dem Porsche Cayenne von Señor Garcia zurechnete. Dann entfernten sich die beiden Motorengeräusche langsam, bis nur noch die Stille übrig blieb. »Sofía?«

»Und? Seid ihr euch einig?« Die Augen der Spanierin waren gerötet, ihre Schultern hingen. Sie stand wie ein Häufchen Elend in der Küchentür.

»Der Deal ist geplatzt.« Feline musste plötzlich lachen. »Ich hab sie weggeschickt.« Sie ging mit geöffneten Armen auf Sofía zu, sah den Unglauben in ihrem Gesicht.

»Du hast was?«

»Ich verkaufe nicht. Du hast ganz richtig gehört.« Feline fühlte sich leicht, fast meinte sie zu schweben.

»Wirklich?«

Sie schloss Sofía in ihre Arme und drückte sie ganz fest. »Ganz wirklich.«

Einen langen Moment standen die beiden Frauen so, kosteten den wunderbaren Moment aus und schwiegen. Dann schob Sofía Feline sanft von sich. »Und was ist jetzt der Plan?«

Feline zuckte die Schultern. »Ich weiß nicht. Aber es fühlt sich irgendwie richtig an.«

Sofía betrachtete sie sanft. Dann schüttelte sie den Kopf. »Du überraschst mich schon wieder.«

»Wieso schon wieder?«

»Erst hätte ich nie gedacht, dass du mir bei den Gartenmöbeln hilfst. Dann hast du die Casa gekalkt. Und jetzt willst du sie sogar behalten. Nein, ich hätte dir alles Mögliche zugetraut, aber das nicht.«

»Lass uns erst mal darauf anstoßen.« Feline ging in die Küche und nahm Gläser aus dem Schrank. »Wir haben eine Menge Arbeit vor uns.«

29

»Das ist aber schön, dass du dich endlich mal meldest.«

Feline war froh, dass ihre Mutter nicht böse auf sie war. »Es tut mir echt leid, Mama, aber hier war so viel los.«

»Ts, ts. Du bist doch kein Kind mehr.«

»Ja, aber ich hab gesehen, dass du ein paar Mal angerufen hast. Und ich hätte mich doch kurz melden können. Oder wenigstens eine SMS schicken.«

»Na, jetzt sprechen wir ja. Also, erzähl, wie geht es voran?«

Feline setzte sich auf die Gartenliege und blinzelte in die Morgensonne. Die Strahlen waren angenehm warm auf ihrer Haut. »Ich hatte einen Käufer, aber dann … dann konnte ich es nicht tun.« Sie hielt unwillkürlich die Luft an. Was sollte sie ihrer Mutter entgegnen, wenn sie ihr jetzt ihre Unvernunft vorhielt?

»Aha?«

»Ich … ich … ich weiß auch nicht.«

»Hm.« Ihre Mutter atmete hörbar aus. »Was ist denn passiert? Aus dem Nichts kommt solch ein Sinneswandel sicher nicht, oder?«

Feline erzählte ihr vom Kalken des Hauses und von dem Treffen mit dem Käufer. »Als er dann erzählt hat, was er hier vorhat«, beendete sie ihren Bericht, »da hatte ich plötzlich das Gefühl, dass es ganz falsch wäre, die Casa an ihn zu verkaufen, dass ich das auf gar keinen Fall tun darf.«

»Klingt ein bisschen, als hättest du dich verliebt.«

»Kann schon sein«, gab Feline zu und sah Steven, der seit dem Abendessen mit hitzigem Ausgang vorgestern wie vom Erdboden verschluckt gewesen war, von seiner Joggingrunde zurückkommen. »Ich glaube, beim Kalken, da hat es sozusagen Klick gemacht.« Sie schirmte mit der Hand ihre Augen ab. Mit federnden Schritten trabte er auf dem schmalen Pfand längs der Klippen entlang. »Das Kalken, das ist, als würde man all die Wunden versorgen, die sich ein Haus im Laufe der Zeit zugezogen hat«, versuchte sie, bei einem unverfänglichen Thema zu bleiben und die Erinnerungen an den Abend mit ihm wegzuschieben. Das T-Shirt klebte an Stevens muskulösem Körper, die durchtrainierten Beine waren bereits leicht gebräunt.

»Als streicht man Salbe auf den Body.«

»Den Body?« Felines Mutter klang amüsiert.

Body? Hatte sie wirklich gerade Body gesagt? Feline drehte sich schnell weg. »Na ja …« Sie hüstelte. »Also …«

»Lass gut sein, Feli.« Man konnte das Grinsen förmlich in der Stimme ihrer Mutter hören. »Ich hab schon von Alina gehört, dass es da einen gut aussehenden Gast gibt, der auch noch ganz offenbar Interesse an dir hat.«

Darüber wollte sie nun bestimmt nicht reden. »Ach, du kennst doch Alina«, versuchte sie von sich abzulenken.

»Schon, aber ich finde, sie hat ganz recht. Ein bisschen Spaß würde dir im Moment auch nicht schaden.«

»Schön, dass ihr alle so um mich besorgt seid.«

»Kein Grund, gleich sauer zu werden, Feli. Aber du hast ja recht. Ich sollte mich nicht einmischen.« Sie seufzte. »Also, was ist jetzt dein Plan? Mit dem Haus, meine ich.«

»Ich hab mir gestern Abend die Baupläne angesehen.« Feline war froh, über etwas anderes als Steven sprechen zu können. »Ich brauche einfach nur ein bisschen Geld. Dann kann ich aus ein paar der Zimmer Bäder machen, neue Fenster einsetzen und eine Heizung einbauen. Damit entspräche die Casa einem einigermaßen modernen Standard. Sofía müsste nicht mehr so viele Zimmer und Gäste versorgen, aber wir könnten mehr Geld für die Übernachtung nehmen. Damit sollte sich das Ganze hier tragen.«

»Klingt vernünftig. Die Frage ist nur, wo du das Geld dafür herbekommen willst.«

Steven joggte an ihr vorbei und machte Handzeichen, mit denen er sie wissen ließ, dass er nach der Dusche ein wenig arbeiten musste.

Feline nickte ihm zu. »Ich brauche jemanden, der mir einen Teil des Landes abkauft«, sagte sie zu ihrer Mutter. »Jemand, der jedoch damit nichts weiter machen wird, als sich um die Orangenbäume zu kümmern und vielleicht ein paar Schafe weiden zu lassen.«

»Hm. Und … hast du eine Idee, wo du so jemanden finden kannst?«

»Mal sehen. Drück mir die Daumen.«

Feline rührte in ihrem Kaffee. Die Terrasse von Carlos' Haus war gesäumt von Büschen. Durch das üppige Grün hindurch sah man hinunter in die Cala Santanyi, und von hier aus war das Wasser smaragdgrün. Eine bunt gescheckte Katze lag auf dem Steinboden, die Augen geschlossen, und sonnte sich.

»Es ist gut, dass du an der Unfallstelle warst«, sagte Carlos mit einer Stimme, in der ein Rest von Schmerz mitschwang, »aber deshalb bist du sicher nicht hier, oder?«

Feline schüttelte leise den Kopf. »Ich habe beschlossen, das Haus zu behalten.«

Carlos gab ein eigenartiges Geräusch von sich, und Feline war nicht sicher, ob es Anerkennung oder Abwehr ausdrückte.

»Du weißt sicher so gut wie ich, dass einiges an Instandhaltung und auch Modernisierung fällig ist, wenn Sofía nicht bald die Gäste ausgehen sollen.«

Carlos hob den Kopf und sah ihr in die Augen. In seinem Blick spiegelte sich etwas Neues, eine Emotion, die sie bisher nicht an ihm festgestellt hatte. Und einen Moment lang konnte sie nicht richtig einordnen, was sie sah. Doch dann rollte die Erkenntnis wie eine Welle mit langer Dünung heran. Väterlich, das war es.

»Ich brauche Geld.«

Er ließ ihren Blick nicht eine Sekunde lang los, aber schwieg.

»Kennst du vielleicht jemanden, der mir ein großes Stück von dem Land abkaufen würde? Den Orangenhain und die Wiesen? Aber es müsste jemand sein, der dort nichts bauen will, der wirklich nur einer landwirtschaftlichen Nutzung zustimmt.«

Carlos stand auf. Er zog die Hose mit beiden Händen hoch und blieb dann mitten auf der Terrasse stehen. Er sah ein wenig verloren aus. »Mir fällt niemand ein, leider«, sagte er schließlich. »Hier lebt ja kaum noch jemand von Landwirtschaft. Und der einzige Schäfer, den ich in der Gegend kenne, der nutzt die großen Flächen gleich hinter der Appartementanlage Village Cala Santanyi. Tut mir leid.«

»Schade, aber … da kann man wohl nichts machen.« Feline war plötzlich müde. Erschöpft wie nach einem langen Spaziergang, zu dem sie vergessen hatte, etwas zu trinken und zu essen mitzunehmen.

»Sollte mir doch noch jemand einfallen, so rufe ich dich an.«

Sie stand auf. Carlos gab sich Mühe. Er wollte ihr nicht gänzlich den Mut nehmen, das sah sie ihm an. Es stand jedoch ebenfalls deutlich in sein Gesicht geschrieben, dass er bereits all seine Freunde und Bekannten im Geiste durchgegangen und dabei auf keinen einzigen Namen gestoßen war, der ein potenzieller Interessent sein könnte.

»Danke.« Feline umarmte ihn. »Mir wird schon etwas einfallen.« So recht konnte sie allerdings selbst nicht daran glauben.

30

»Du bist so still.« Steven betrachtete Feline und fragte sich, was sie wohl hatte. Sie sah bedrückt aus, und das Leuchten, das er an ihr so mochte, schien gedimmt zu sein. »Was ist los?«

Feline legte den Teelöffel auf den Tisch und fuhr mit dem Zeigefinger auf dem Rand der Schale mit der Crema Catalana entlang. »Das Haus … Ich …«

»Denkst du, du hast einen Fehler gemacht?«

Sie zuckte die Schultern.

»Gestern warst du doch noch so zuversichtlich, dass es genau das Richtige ist.« Er lehnte sich zurück. Ein leichter Wind strich über die Terrasse des Restaurants. Die Flammen in den Windlichtern tanzten. Die Masten der Segelboote, die in der durch Felsen geschützten Cala Figuera lagen, klimperten leise. Ein spätes Fischerboot tuckerte gen Meer. »Was ist passiert?«

Feline stieß die Luft aus, sodass ihre Lippen sich aufwarfen. »Ich war bei Carlos, dem besten Freund meines Vaters«, begann sie, »aber es sieht nicht so aus, als würde ich jemanden finden, der mir genug Land abkauft.«

»Moment«, unterbrach Steven sie, »ich glaube, mir fehlt da ein Stück. Ich dachte, du wolltest das Haus behalten?«

»Ja, aber ich brauche Geld.« Sie erklärte ihm in wenigen Sätzen, was sie vorhatte. »Jetzt sieht es so aus, als geht mein Plan nicht auf«, endete sie.

»Nur noch mal zur Sicherheit. Verstehe ich das richtig? Du willst das Land verkaufen, damit Sofía weniger Arbeit hat, und mit dem Geld das Haus modernisieren?«

Sie nickte und tauchte den Löffel in die Crema. Es wirkte jedoch zögerlich, als wäre sie nicht sicher, ob sie wirklich davon essen wollte.

»Wie viel Geld brauchst du denn dafür?«

»Kommt darauf an.«

»Worauf?«

Das Tuckern des Fischerbootes entfernte sich immer mehr, wodurch die abendliche Stille zurückkehrte, die während des gesamten Essens über der Bucht gelegen hatte.

»Darauf, wie viel Eigenleistung ich erbringe.«

»Eigenleistung?« Steven kam nicht mit. Er hatte keine Ahnung, wovon sie redete.

»Na, zum Beispiel könnte ich die Bäder locker selbst fliesen.« Sie lehnte sich vor. »Aber die Wasserleitungen muss ich legen lassen.« Sie sah nach oben, als suchte sie am Himmel nach Antworten auf nicht gestellte Fragen. »Eine Heizung kann ich auch nicht selbst einbauen, Wände streichen aber schon.«

»Okay, okay.« Er hob die Hände, um sie zu bremsen. »Keine weiteren Details, bitte. Nenn mir einfach eine Summe.«

Sie seufzte. »So zwischen zweihundertfünfzig- und fünfhunderttausend?«

Steven verschluckte sich am Wein. »Wie bitte? Dafür kann ich ja ein ganzes Haus bauen.«

»Aber nicht eins mit zehn bis fünfzehn Gästezimmern«, gab sie schnippisch zurück, »und schon erst recht nicht nach deutschen Qualitätsstandards.«

»Jetzt sei doch nicht gleich sauer.« Er griff nach ihrer Hand, doch sie zog sie weg.

»Ich bin Architektin, schon vergessen?«

»Natürlich nicht.«

»Wie kannst du dann denken, ich würde irgendeinen Schund bauen?«

Er schüttelte den Kopf. »Das hab ich überhaupt nicht gedacht.«

»Dann ist es ja gut.« Sie versenkte den Löffel in der Crema, als wäre er ein Messer, mit dem sie zum Todesstoß angesetzt hatte.

»Du bist niedlich, wenn du sauer wirst. Weißt du das?«

»Komm mir jetzt nicht mit der Nummer, Steven.« Ihre Augen funkelten wild.

»Hey, Feline, ich bin nicht dein Feind.« Er griff ihre Hände und drückte sie ganz fest. »Ich wollte dich bestimmt nicht verletzen. Was kann ich tun, damit du wieder besserer Stimmung bist?«

»Typisch Ami«, zischte sie und entriss ihm ihre Hände. »Immer muss man bestens drauf sein.« Sie fuchtelte wild herum. »Keep smiling, ich weiß. Mir ist aber nicht danach!« Sie stieß mit der Handkante gegen sein Glas, es fiel um, und der Rotwein ergoss sich über das weiße Tischtuch. »Ach Mist.« Hektisch tupfte sie mit ihrer Serviette auf der Tischdecke herum.

»Hey.« Steven stand auf, ging zu ihr hinüber, kniete sich vor sie und legte seine Hände auf ihre Knie. »Hey, hör auf, Feli.«

Sie ließ die Serviette los und schlug die Hände vors Gesicht. »Lass mich, lass mich einfach.«

Steven nahm vorsichtig ihre Hände und küsste sie. »Ist alles ein bisschen viel, oder?«

Sie nickte, und Tränen glitzerten in ihren dichten Wimpern.

»Was, wenn ich das Land kaufe?«

Sie sah ihn ungläubig an. »Du? Wieso solltest du?«

»Um dir zu helfen?«

»Das ist absurd, Steven. Und bitte steh auf.«

Der Kellner kam mit einem frischen Tischtuch. »Passiert andauernd«, sagte er mit einem Lächeln und beseitigte flink die Havarie. »Ich bringe gleich ein neues Glas.«

»Also?«, fragte Steven, nachdem er sich wieder gesetzt hatte. »Was hältst du von meiner Idee?«

»Das ist lieb gemeint, aber keine gute Idee.«

»Wieso nicht?« Je mehr er darüber nachdachte, desto mehr erwärmte er sich dafür. »Ich baue bestimmt keine Tennisplätze oder irgendeinen anderen Quatsch vor deine Nase.«

»Du hast aber auch keine Schafe.«

»Das kann man ja ändern.«

Sie rollte die Augen, lächelte aber wenigstens wieder.

»Komm schon, es ist eine gute Idee.«

»Nein, Steven, ist es nicht, und wenn du ehrlich mit dir bist, weißt du das auch.« Sie sah ihn mit einer Mischung aus Ernst und Traurigkeit an. »Wir kennen uns kaum. In ein paar Tagen oder Wochen verschwindest du in dein Leben nach Los Angeles und ich in meins in Berlin. Wir machen alles nur unendlich kompliziert, wenn du mein Land kaufst.«

»Und ich dachte, ich könnte dir helfen.« Er musterte sie, fragte sich, ob sie wirklich meinte, was sie sagte. »Was ist daran so schlimm?«

»Nichts, aber …«

»Ehrlich, Feline, das verstehe ich nicht. Und ich glaube auch nicht, dass du mir das erklären kannst.«

»Du lebst in Los Angeles, ich in Berlin. Was soll das werden?«

»Was hat das damit zu tun? Ich wäre nicht der erste Amerikaner, der ein Stück Land auf Mallorca besitzt.«

Sie zog die Augenbrauen hoch. »So? Und dann kommst du immer mal hergeflogen, um nach dem Rechten zu sehen?«

»Ist das nötig?« Er lehnte sich zurück und sah sie an. »Ich glaube nicht, dass Michael Douglas das tut, und der hat eine ganze Finca, oder?«

»Interessanter Vergleich.« Sie aß den letzten Löffel voll Crema und schob die leere Schale in die Mitte des Tisches.

»Um was geht es hier wirklich?«

»Ich will einfach nicht, dass du das für mich tust.« Sie wedelte mit den Armen. Es sah hilflos aus.

»Ich will dir einfach nur helfen, deinen Traum zu verwirklichen. Aber du tust, als ob …«

»Ich hätte das Gefühl, ich bin dir etwas schuldig, was ich dir niemals zurückzahlen kann.«

»Du könntest mir das Land wieder abkaufen. Irgendwann.«

Ein Trio, Geige, Cello, Bass, baute sich am Rande der Terrasse auf.

»Lass uns zahlen«, sagte Feline mit einem Seitenblick auf die drei Männer, »ich brauche heute kein Replay von unserem ersten Abend.« Sie stand auf. »Ich geh schon mal vor zum Auto.«

Steven winkte dem Kellner mit dem Portemonnaie und sah ihr nach. War das wirklich ihr letztes Wort? Das wollte er nicht glauben.

Feline sah auf ihr Handy. Drei Uhr dreißig. Noch fast vier Stunden bis zum Sonnenaufgang.

Die Wut hatte sich verflüchtigt. Je länger sie an die Decke gestarrt hatte, desto mehr war sie von den tanzenden Schatten verschluckt worden. Die Stille, ein gefräßiges Monster, das sich jeden Gedanken, jede Erinnerung an die letzten Tage einverleibte, nur dann und wann von einem Knacken unterbrochen, hatte schließlich den letzten Rest ihrer Rage genüsslich vertilgt. Und dann war sie zurückgeblieben, mit nichts als einem Loch im Bauch.

Steven hatte es nett gemeint, das war ihr inzwischen klar. Sie wusste nicht genau, warum sie in dem Restaurant in Cala Figuera derart sauer reagiert hatte, aber richtig war es nicht gewesen. Eine Überreaktion.

Sie setzte sich auf und schob sich zwei Kissen in den Rücken.

All seine wohl gemeinten Ideen hatten sich einfach angefühlt, als wäre sie ein Kind, das man an die Hand nehmen musste. Er hatte für alles einen Plan, für jedes ihrer Probleme eine Lösung. Schön und gut. Aber es fühlte sich an, als ginge er davon aus, dass sie nicht selbst einen Weg fand. Der edle Prinz auf seinem weißen Ross, der Retter, der sie durch den Sturm tragen wollte. Aber genau das wollte sie nicht. Sie wollte es von allein schaffen. Und sie kannte ihn kaum. Wer konnte schon sagen, ob er es ernst meinte oder es sich nicht doch in drei Monaten anders überlegte und das Land an jemanden verkaufte, der ihr einen Hotelklotz vor die Nase setzte? Sie wollte von niemandem abhängig sein.

Feline griff sich ein weiteres Kissen, knüllte es vor ihrer Brust zusammen und umarmte es. So ging das nicht.

Sie sah aus dem Fenster. Das Meer war schwarz und trug einen silbergrauen Schleier, die Welt da draußen getüncht in Schattierungen aus Grau. Selbst der Wind war gestorben über Nacht.

Wenn sie ihre Ansprüche an den Umbau ein wenig herunterschraubte und so viel wie möglich selbst erledigte, konnte sie die Kosten vermutlich auf zweihunderttausend drücken. Vielleicht bekam sie dafür einen Kredit?

Und das Land konnten sie einfach verwildern lassen. Dann hatte Sofía weniger Arbeit damit.

Wenn es ihnen dann noch gelang, eine gehobenere Klientel zu gewinnen, dann konnten sie Gewinn machen und davon zu einem späteren Zeitpunkt weitere Modernisierungen bezahlen. Neue Fenster zum Beispiel. Die alten ließen sich vorerst auch einfach besser abdichten.

Dass Steven das Land kaufte, nur um ihr zu helfen, war jedenfalls keine Option.

Sie presste das Kissen noch ein wenig enger an sich.

Trotzdem. Sie hätte mit ihm ruhig darüber sprechen sollen. Sie hätte vor allem sehen sollen, dass er ihr helfen wollte. Stattdessen hatte sie reagiert, als wäre sie angegriffen worden.

Feline warf das Kissen zur Seite, schlug die Bettdecke zurück und schlüpfte in die Flipflops. Fröstelnd warf sie sich ihren Bademantel über und öffnete leise die Tür. Auf Zehenspitzen stieg sie die Treppe hinab.

Die Stufen knarrten unter ihren Schritten. In der nächtlichen Stille kam ihr jedes Geräusch vor, als verursachte sie einen Höllenlärm.

Unten angekommen, blieb sie stehen und lauschte. Zum Glück blieb alles still. Nur die Uhr in der Küche tickte laut, zählte Sekunde für Sekunde die verstreichende Nacht. Nicht auszudenken, wenn Sofía wach geworden wäre und sie gefragt hätte, was los war.

Vorsichtig schlich Feline die Diele entlang, auf die Seite des Hauses, wo die Gästezimmer waren. Vor Stevens Zimmertür verharrte sie und lauschte.

Alles war still. Vorsichtig klopfte sie an.

Nichts.

Sie versuchte es noch einmal.

Wieder nichts.

Sie konnte unmöglich lauter klopfen, wenn sie Sofía nicht doch noch wecken wollte. Kurz entschlossen drückte sie langsam die Klinke herunter und schob vorsichtig die Tür auf. Sie knarrte leise.

Im Zimmer war es dunkel. Steven hatte die Fensterläden geschlossen. Nur dünne Streifen fahles Licht fielen durch die schmalen Schlitze zwischen den Lamellen.

Feline blieb einen Moment lang stehen, bis sich ihre Augen an die Dunkelheit gewöhnt hatten. Dann schlich sie auf Zehenspitzen zum Bett.

Steven lag ausgestreckt in der Mitte auf dem Bauch. Ein Bein ragte unter der Decke hervor, der Fuß hing aus dem Bett. Seine Haare waren zerzaust.

Wärme durchströmte sie. Ein Gefühl voller Sanftheit, als glitt man bis zum Kinn in eine Wanne, die einen mit warmem Wasser empfing. Fast konnte sie ihr Herz schlagen fühlen, ein ruhiger Rhythmus, der Geborgenheit verhieß.

Sie hätte ewig hier so stehen mögen und nur fühlen und schauen. Ganz versunken in diesen Moment der Stille, der nur ihr gehörte. Der sie ausfüllte, sich aufrichtete in ihr, die Schwingen ausbreitete und zaghaft mit den Flügeln schlug.

Alles war still. Und gut. Sie musste nur schauen, sich sattsehen.

Sie hörte seinen Atem, ruhig, gleichmäßig. Wie friedlich er aussah, die Gesichtszüge ganz entspannt, die Lippen leicht geöffnet. Unwiderstehlich.

Vorsichtig hob Feline die Bettdecke an und schlüpfte zu ihm, kuschelte sich an ihn, schloss die Augen, atmete seinen Geruch.

Steven brummte verschlafen, wälzte sich auf die Seite und zog sie an sich, ohne jedoch wach zu werden.

Wie perfekt sie zueinanderpassten, dachte sie. Rücken an Brust, Hüfte an Hüfte, ihr Po zwischen seinen Lenden, sein Bein über ihrem, seine Arme um ihren Körper geschlungen. Sein Atem strich sanft über ihre Haut, seine Hand fand im Schlaf ihre Brust, und ein wohliger Schauer durchströmte sie.

Feline schmiegte sich dichter an ihn, fühlte ihn zu sich kommen, seinen Herzschlag sich beschleunigen, seinen Atem den Rhythmus ändern. Schneller, Zug um Zug. Spürte, wie er gegen sie drängte, immer noch nicht ganz bei sich, vermutlich nicht sicher, ob er nur träumte.

Sie nahm seine Hand und führte sie zwischen ihre Beine.

31

Feline wischte sich mit dem Unterarm den Schweiß von der Stirn. Der Stoff des Hemdes, das einmal ihrem Vater gehört hatte, kratzte ein wenig, aber das machte ihr nichts aus. Sie stemmte ihre Hände auf den Spaten und war ganz schön außer Atem.

Sofía kam mit einer Karaffe und Gläsern aus dem Haus. »Ich hab eine Limón gemacht.« Sie goss die milchig gelbe Limonade in Gläser und reichte eines davon Feline. »Das wird dir guttun.«

Sofía wies auf die Büsche, die in der Schubkarre lagen. »Willst du die alle hier einpflanzen?«

Feline nickte. »Die blühen dunkelrot, hab ich mir sagen lassen. Das wird ein schöner Blickfang von der Terrasse aus.« Sie trank ihr Glas leer und schenkte gleich noch einmal nach. »Ich hätte nicht gedacht, dass das so anstrengend wird.«

»Die Erde ist sehr fest. Und der Lehm macht sie schwer.« Sofía langte nach dem Spaten. »Mach mal eine Pause, ich grabe solange weiter.«

»Nichts da.« Feline zog den Spaten eng an sich. »Das ist viel zu schwer für dich.«

»Ich finde, das ist Männersache«, sagte Steven, der gerade aus dem Haus getreten war.

Feline hielt ihm den Spaten hin. »Da werde ich kaum widersprechen.«

»Dann schlage ich vor, ich koche uns allen etwas Gutes zu Mittag, während ihr pflanzt.« Sofía stellte die Karaffe auf den Boden und verschwand dann im Haus.

Feline setzte sich ins Gras und sah Steven beim Graben zu. »Der zweite Busch soll ein Stück versetzt links neben den ersten.«

»Hier?«

»Jep.« Sie stützte die Hände hinter sich auf und hielt das Gesicht in die Sonne. »So bin ich das schon eher gewöhnt.«

»Dass du die Anweisungen gibst?« Er keuchte vor Anstrengung.

»Na hör mal, ich bin die Architektin.« Sie kicherte vergnügt.

»Ach, und ich der Bauarbeiter?« Er stützte sich auf den Spaten und sah sie an.

»Nee …« Sie schüttelte den Kopf und zog einen Schmollmund. »Für einen Bauarbeiter bist du viel zu schnell aus der Puste.« Sie stand auf und kniff ihn zärtlich. »Nicht genug Muskeln. Bei Weitem nicht.«

Er griff nach ihr und zog sie in seine Arme. »Nicht frech werden, Frau Architektin!« Der Spaten fiel polternd zu Boden.

Feline wand sich heraus und lachte. »Versuch nicht abzulenken.« Sie bemühte sich, streng zu klingen, aber es wollte ihr nicht so recht gelingen. »Erst die Arbeit, dann das Vergnügen.«

»Immer diese Deutschen!«

»Hey!«

Er lachte.

»Jaja, Musiker! Für nichts zu gebrauchen.«

»Jetzt reicht es aber!«

Steven versuchte, nach ihr zu greifen, doch Feline rannte los. »Du kriegst mich sowieso nicht«, rief sie ihm über die Schulter zu und schlug Haken.

»Das werden wir ja sehen!« Er rannte hinter ihr her, bekam schließlich ihr Hemd zu fassen und hielt sie daran fest. Sie kamen ins Straucheln, fielen übereinander und rollten lachend über die Wiese. Schließlich blieben sie liegen, Feline auf dem Rücken, Steven über ihr. »Hab dich«, keuchte er.

Nach einem langen Kuss rollte er sich neben sie auf den Rücken. »Wie viele Büsche sind es eigentlich?«

»Nur die drei. Und einen hast du schon eingebuddelt.«

»Ein Glück. Ich habe schon befürchtet, du hast um die Ecke noch ein Dutzend mehr davon.«

»Hältst du mich etwa für maßlos?«, fragte sie mit leicht ironischem Tonfall.

»Keine Ahnung. Ich erlebe mit dir ständig Überraschungen. Immer wenn ich denke, ich weiß, wie du reagieren wirst, machst du etwas ganz anderes, als ich erwartet hätte.«

Er klang auf einmal sehr ernst, und Feline ahnte, dass er gleich auf den Abend zuvor zu sprechen käme. »Mit mir wird es eben nie langweilig«, versuchte sie noch, das unangenehme Thema abzuwenden, jedoch erfolglos.

»Was war das gestern Abend?« Er stützte den Ellenbogen auf und sah auf sie herab.

Feline atmete tief durch. Sie hatte gewusst, dass sie kaum um dieses Gespräch herumkommen würde, allerdings gehofft, ein wenig mehr Zeit zu haben, um sich darauf vorzubereiten. Offenbar brannte ihm das Thema aber zu sehr unter den Nägeln. Vielleicht war es auch besser, wenn sie es so früh wie möglich klärten.

»Ich habe mich überrannt gefühlt«, sagte sie und setzte sich auf. »Mir kam es vor, als übernimmst du einfach mein Leben. Oder versuchst es zumindest.«

»Ich wollte dir bloß helfen.« Er sah gekränkt aus. Ein kleiner Junge, der nicht verstand, warum die Erwachsenen ihm das Spielzeug wegnahmen.

»Ich weiß«, sagte sie sanft und strich ihm mit der Hand über das Gesicht. »Und ich schätze das auch sehr, aber ich möchte das trotzdem nicht.«

»Das verstehe ich nicht.«

»Sieh mal, Steven, du hättest ein Stück Land am anderen Ende der Welt am Hals. Das macht doch keinen Sinn.«

»Wieso denn nicht?« Jetzt klang er bockig. »Ich müsste doch nicht plötzlich Bauer auf Mallorca werden.«

»Nein, natürlich nicht.«

»Wo ist dann das Problem, Feli?«

Genau genommen wusste sie das nicht wirklich. Sie wollte das einfach nicht. Nicht diese Art von Verbindung. »Ich glaube, ich hätte das Gefühl, in deiner Schuld zu stehen. Ich würde andauernd denken, ich müsste es dir auf irgendeine Art zurückzahlen. Ich denke, ich fürchte, ich … ich würde mich irgendwie gekauft fühlen.«

»Du willst dir also nicht helfen lassen?«

Sie schüttelte den Kopf.

»Ihr Deutschen seid wirklich komisch. Bei uns ist es ganz normal, dass man sich gegenseitig unterstützt.«

»Mag sein, Steven, dann bin ich eben schrullig, aber ich möchte es nun mal selbst schaffen. Aus eigener Kraft.«

»Auch auf die Gefahr hin, dass es nicht funktioniert?«

»Auch dann, ja.« Sie nickte bedächtig.

»Aber die Büsche darf ich schon einpflanzen?«

»Natürlich. Das ist doch etwas ganz anderes.«

Er zuckte die Schultern. »Ich fürchte, das verstehe ich nicht.«

»Ach, komm schon …« Das meinte er nicht ernst, oder?

»Und du hast auch nicht vor, wenigstens noch einmal darüber nachzudenken?«

Er sah so hoffnungsvoll aus. All die Erwartungen und Wünsche, die in seinen Augen aufleuchteten, konnte sie die wirklich einfach so enttäuschen? Andererseits war es nicht fair, unehrlich zu sein, ihm Hoffnungen zu machen, die sie nicht vorhatte, einzulösen. »Steven, wir kennen uns kaum. Lass uns einfach eine lustige Zeit haben und sehen, was daraus wird. Ganz locker.«

»Ich sehe den Zusammenhang nicht.« Seine Stimme bekam Schärfe. Er sprang auf und steckte die Hände in die Hosentaschen. »Ich hab dich schließlich nicht gebeten, mich zu heiraten.«

»Ich glaube, du willst das nicht verstehen.« Feline stand auf und verschränkte die Arme vor der Brust. »Du willst den Ritter spielen, und ich will nicht Prinzessin sein.«

»Jetzt bin ich der Macho, oder was?«

»Kommt mir zumindest so vor.« Feline stapfte los. »Wieso kannst du nicht einfach akzeptieren, was ich sage, und das Thema ruhen lassen? Nein, stattdessen hackst du darauf herum. Auf die Art werde ich erst recht keine Hilfe von dir annehmen.«

Er stoppte sie und legte ihr die Hände auf die Schultern. »Für mich wäre das einfach nicht so ein Ding. Es ist nur Geld. Das bedeutet gar nichts.«

Sie sah ihm tief in die Augen. »Heißt das, du würdest das für jeden tun, Steven?«

»Natürlich nicht. Aber ich verstehe einfach nicht, warum du dir nicht helfen lassen willst.«

Sie hob die Schultern und ließ sie sogleich wieder fallen. War er einfach nur hartnäckig oder verstand er sie nicht? »Das hier«, sie breitete die Arme aus, »das ist jetzt mein Projekt. Und ich will das erfolgreich über die Bühne bringen. Aus eigener Kraft. Kannst du damit leben, Steven?«

Er sah nicht glücklich aus, aber auch ein bisschen, als dachte er, er müsse sie nur machen lassen, dann füge sich schon alles nach seinem Gusto.

Nun, wenn er es so sehen wollte, sie würde ihn nicht davon abhalten. Dann machte er eben mal eine neue Erfahrung und lernte ein bisschen was dazu. Dass sie zum Beispiel nicht ihre Unabhängigkeit über den Haufen warf nur wegen eines dahergelaufenen Musikers, der ihr ein wenig den Kopf verdrehte. Und dann würde sich zeigen, wie ihm das wahre »Fräuleinwunder« schmeckte.

32

»Ich brauche deine Hilfe, Sofía.« Feline stützte sich auf der Stuhllehne ab. Es reichte irgendwie nicht, die Füße fest auf dem Boden zu haben.

Sofía hielt inne, die Paprikaschote halb zerteilt, und sah auf.

»Ich habe eine Idee. Und dafür brauche ich dich.«

»Okay … schieß los.« Sie klang ein wenig zögerlich.

»Ich habe mir die Baupläne der Casa noch einmal genau angesehen.« Feline klappte den Laptop auf. »Dann hab ich ein bisschen geplant. Und das hier ist dabei rausgekommen.« Sie drehte den Laptop so herum, dass Sofía auf den Bildschirm sehen konnte. »Erst dachte ich, ich könnte einfach aus zwanzig Zimmern zehn mit eigenem Bad machen, aber das wäre ein zu großer Aufwand.« Feline trat um den Tisch herum und wies auf einzelne Bereiche auf dem Grundriss, der auf dem Bildschirm flimmerte. »Hier und hier und hier müssten wir ganz neue Wasser- und Abwasserleitungen verlegen. Aber wenn man aus ein paar der Zimmer Suiten macht, funktioniert es.« Sie sah Sofía an. »Was denkst du?«

»Das werden sich unsere Stammgäste dann nicht mehr leisten können.«

»Ich weiß. Aber wenn wir diesen Umbau nicht machen und so dafür sorgen, dass wir mit weniger Gästen deutlich mehr Geld einnehmen und dadurch Personal anstellen können, das dich entlastet, dann wird hier bald niemand mehr seine Ferien verbringen.« Feline öffnete einen weiteren Plan. »Das jetzige Frühstückszimmer wird ein kleines Restaurant mit Kamin und Sonnenterrasse.«

»Ich verstehe.« Sofía begann, die Paprika in kleine Stücke zu schneiden. »Du willst aus der Casa ein Nobelhotel machen.«

»So in etwa.«

»Davon gibt es mehr als genug auf der Insel.«

»Keines, wie ich es plane.« Feline griff sich einen Stuhl und setzte sich rittlings darauf. »Kein Internet. Kein Fernseher. Kein Radio.«

Sofía zog die Augenbrauen hoch.

»Ich weiß, das klingt gewagt, aber dir muss ich doch nicht erklären, was den Charme der Casa ausmacht, oder?«

»Nein, aber ich bin auch nicht die typische Mallorca-Urlauberin.«

»Ach, Sofía.« Feline mopste ein Stück Paprika und schob es sich in den Mund. »Man muss das nur richtig verkaufen. Ein Ort, um zurück zu sich zu finden, um zur Ruhe zu kommen.« Sie stahl ein weiteres Stück.

»Finger weg.« Sofía grinste und tat, als wollte sie ihr mit dem Messer drohen.

»So eine Art Aussteigen auf Zeit, weißt du? Es muss einfach das Gesamtkonzept stimmen.«

»Und das wäre?« Sofía wusch eine zweite Paprikaschote ab.

»Shuttle Service vom und zum Flughafen. Absolute Ruhe und Diskretion. Keine Störungen von außen. Kein WLAN, kein Fernsehen, nicht einmal Radio. Das Prinzip von weniger ist mehr auf die Spitze getrieben sozusagen. Nichts als Stille, Einkehr und Natur. Zurück zu sich selbst. Und dazu exzellente, gesunde Küche ausschließlich mit Zutaten von der Insel. Fällt dir noch mehr dazu ein?«

»Ich hätte dir so viel Einfachheit gar nicht zugetraut.«

»Für mich persönlich wäre das auch nichts. Aber ich bin ja auch keine total gestresste Managerin.«

»Und wozu genau benötigst du meine Hilfe?«

Feline legte das Kinn auf der Stuhllehne ab. »Ich brauche einen Kredit. Sonst kann ich den ganzen Plan in die Tonne treten. Denn selbst, wenn wir zum größten Teil auf die alten Möbel setzen, kostet der Umbau Geld. Wände müssen versetzt, Leitungen verlegt und die verrotteten Fenster ersetzt werden. Und ich bin nicht so naiv, als dass ich nicht wüsste, dass keine Bank der Welt mir den ohne eine Geschäftspartnerin gibt, die sich auf das Gastgewerbe versteht.«

»Und da komme ich ins Spiel?«

»Mhm.«

Sofía runzelte die Stirn.

Hatte sie sich in der Spanierin getäuscht? Wollte Sofía die Casa nur behalten, wenn alles beim Alten blieb? Das konnte, das wollte sie nicht glauben.

Für einen langen Moment war es sehr still in der Küche. Und nur das Ticken der alten Uhr erinnerte daran, dass die Zeit verrann, wenn man Gelegenheiten nicht beim Schopfe packte.

Feline hielt den Blick fest auf Sofía geheftet. Komm schon, dachte sie wieder und wieder, gib dir einen Ruck, lass dich auf das Abenteuer ein. Sie hoffte, Sofía mit der Macht ihrer Gedanken in die richtige Richtung bewegen zu können. Es zu sagen, wagte sie jedoch nicht.

Zu dünn schien ihr das Eis, auf das sie sich begeben hatte. Vielleicht brach es, wenn man einen kleinen Fehler beging. Vielleicht aber trug es doch, wenn man die Luft anhielt und kein Wort sagte, wenn man der Idee Raum gab, damit sie sich als Schutzschicht darüberlegen konnte.

Sofía nickte schließlich langsam mit dem Kopf.

Feline konnte jedoch nicht sagen, ob dies Zustimmung bedeutete oder aber lediglich ein Zeichen ihrer Nachdenklichkeit war. »Jetzt sag schon was.« Sie konnte sich nicht mehr zurückhalten.

»Du bist wild entschlossen, oder?«

»Ja.«

»Na gut.« Sofía wischte sich die Hände am Handtuch ab und streckte ihr die Rechte entgegen. »Dann versuchen wir beide das.«

Feline kam es vor, als hob sich eine Glasglocke, unter der sie bis eben noch gesessen hatte. Ganz leicht fühlte sie sich auf einmal und auch ein bisschen betrunken im Herzen. Lachend fiel sie Sofía um den Hals.

Die Dämmerung kam schnell, zog ihre blutroten Schlieren über den Himmel und mischte so lange Schwarz in das Blau, bis die Dunkelheit die Überhand gewann.

Feline und Steven gingen vorsichtig auf dem Pfad an den Klippen nebeneinanderher, Hand in Hand. Das Meer war so unruhig wie die Luft, die vom aufkommenden Sturm gepeitscht wurde, um zwischendurch immer wieder für Sekunden so ruhig zu verharren, als sei die Welt plötzlich in ein Vakuum gestürzt.

»Das ist doch aber toll, dass du solch einen wichtigen Auftrag hast.« Feline war nicht halb so zuversichtlich zumute, wie sie klang.

»Das schon, aber ich hatte wirklich gehofft, ich könnte zumindest eine Weile von hier aus arbeiten. Mein Management hat das blöderweise nicht durchsetzen können.«

»Na ja, ich hab keine Ahnung vom Film und wie es da so zugeht, aber der Name Scorsese sagt mir schon etwas. Bei einer so großen Nummer wie ihm würde ich nicht davon ausgehen, dass man nach seinen eigenen Spielregeln spielen kann.«

»Weiß ich ja auch.« Er ließ ihre Hand los und legte stattdessen den Arm über ihre Schultern. »Ich hab halt gehofft, dass es irgendwie anders läuft.«

»Ist doch halb so wild.« Es fiel ihr schwer, unbekümmert zu klingen. Die Zeit mit ihm sollte auf einmal von heute auf morgen vorbei sein, dabei hatte doch eben erst alles angefangen. Das war nicht fair. »Dann treffen wir uns, wenn wir beide unsere Projekte beendet haben, irgendwo auf der Hälfte der Strecke.« Sie versuchte ihn nicht spüren zu lassen, dass ihr der plötzlich bevorstehende Abschied schwerfiel. Sie fürchtete, wenn sie dies zuließ, würde er womöglich anfangen, sie zu überreden, ihn zu begleiten, denn was für ihren Verstand absurd klang, hielt ihr Herz auf einmal für eine realistische Option.

»Du bist süß.«

»Wieso?«

»Weißt du überhaupt, wo die Hälfte der Strecke ist?«

Feline schüttelte den Kopf.

»Ich schätze Grönland.«

»Oh nein. Mitten im Packeis.«

»Immerhin«, er küsste sie auf den Kopf, »dann haben wir wenigstens eine Ausrede, um die ganze Zeit im Bett zu bleiben.«

»Wann fliegst du denn?« Sie fürchtete die Antwort, musste die Frage aber trotzdem stellen. Alles war besser als Ungewissheit.

»In vier Tagen.«

Das war in der Tat früher, als sie gedacht hatte.

»Scorsese ist nicht bereit, auch nur eine Szene als Datei zu versenden.« Er schüttelte den Kopf wie einer, der gar nicht glauben konnte, was er da sagte. »Ein bisschen paranoid, der Mann.«

»Ich kann das schon verstehen. Man hört doch immer wieder, dass Daten geklaut werden. War es nicht Madonna, deren letztes Album irgendwer online gestellt hat, ehe es veröffentlicht war?«

»Ja, aber eine einzelne Szene? Ich meine, das ist doch nichts gemessen an einem ganzen Film.«

»Wer weiß. Scorsese ist lange genug im Geschäft. Er wird schon wissen, was er tut.«

»Ich kann es eh nicht ändern.« Steven seufzte. »Aber vielleicht gelingt es mir gar nicht zu komponieren, wenn du nicht in meiner Nähe bist.«

Feline lachte auf. »Oje. Also wenn das so kommen sollte, was ich nicht hoffe, dann müssen wir uns auf Skype verabreden, und du musst die Musik schreiben, während du mich auf dem Bildschirm siehst.«

Sie verließen den schmalen Pfad und gingen auf das Haus zu.

»Wann ist denn euer Termin bei der Bank?«, wollte er wissen.

»Morgen Vormittag.«

»Na, dann können wir zum Glück noch feiern.«

»Falls ich den Kredit bekomme.«

»Sei nicht so pessimistisch, Feli.«

»Ich bin nur realistisch. Es ist verdammt viel Geld, und ich habe keine relevanten Sicherheiten.«

Er blieb stehen und zeigte mit einer weitschweifenden Geste auf die Casa. »Was ist damit? Ist das keine Sicherheit?«

»Weiß ich nicht. Ehrlich gesagt, ich habe keine Ahnung.«

»Aber du bist doch Architektin.«

»Aber keine Bauherrin. Um die finanziellen Aspekte kümmern sich andere, nicht ich.«

»Verstehe.«

Je näher sie dem Haus kamen, desto weniger war der Wind zu spüren.

»Und was ist dein Plan B?«, fragte Steven.

»Ich hab keinen.«

33

»Das klingt alles sehr gut durchdacht.« Señor Fuentes blätterte in der Mappe, die Feline extra für den Termin bei der Bank vorbereitet hatte. »Der Businessplan, die Umbauten, die Kostenkalkulation … Ich muss schon sagen, ich sehe hier selten ein so professionell erstelltes Portfolio.«

Feline rutschte auf ihrem Stuhl ein wenig nach vorn. Sie beobachtete jede Regung in seinem Gesicht, das Spiel der Muskeln, wenn er die Zähne zusammenbiss, die leisen Bewegungen seiner Augenbrauen, die Vertiefung der Lachfältchen. Suchte in all dem nach der Antwort auf die Frage, ob er ihren Plan unterstützte oder zerstörte. Auf das hier kam es an, es war einer jener Alles-oder-nichts-Momente.

»Auf den ersten Blick gibt es tatsächlich keinen Grund, Ihnen den Kredit nicht zu gewähren.«

Sie hielt die Luft an. Irgendwie schwebte da noch etwas Unausgesprochenes in der Luft. Etwas, das sie mahnte, das Herz im Zaun zu halten, das am liebsten Luftsprünge vollführen wollte. Ein »Aber« der subtilen Sorte, nebulös und leise, dennoch weder zu übersehen noch zu überhören.

»Im Grunde auf den zweiten auch nicht.« Señor Fuentes klappte die Mappe zu und legte sie auf seinem großen Schreibtisch ab.

Die Luft schien voller Elektrizität. Das unausgesprochene »Aber« surrte, knisterte. Oder bildete sie sich das alles nur ein? War es nur ihre Angst davor, dass er ablehnen könnte?

Sie wagte einen Seitenblick. Sofía saß kerzengerade auf ihrem Stuhl, die Tasche auf dem Schoß, den Blick starr geradeaus gerichtet. Eine Statue. Nur die roten Flecken an ihrem Hals verrieten ihre Nervosität.

Señor Fuentes sah von einer zur anderen und faltete die Hände auf seinem Schreibtisch. »Allerdings gibt es ein Problem.«

Jetzt war es raus.

»Ihr Alter, Señora Marquez.«

Die Luft war auf einmal kalt und dünn. Der Raum schrumpfte, und selbst das Licht verlor an Helligkeit, obgleich die Sonnenstrahlen unverändert durch das Fenster fielen.

»Ich will nicht unhöflich klingen, Señora Marquez«, fuhr Señor Fuentes fort, »aber es ist leider die Politik der Bank, dass neue Unternehmen nur gefördert werden, wenn die Geschäftsführer nicht älter als fünfzig Jahre sind.«

»Aber ich bin noch lange nicht fünfzig!« Die Worte entfuhren Feline schärfer als beabsichtigt.

»Ich kann Ihren Ärger wirklich verstehen, Señora Schwarz, und es klingt in Ihrem Fall sicher ungerecht, aber ich muss mich an die Regeln halten.« Auf seiner Stirn bildeten sich tiefe Falten. Er sah ehrlich unglücklich aus. »Señora Marquez ist nun mal deutlich über fünfzig, und sie wäre diejenige, die das Hotel führt. Sie, Señora Schwarz, sind lediglich die Inhaberin.«

»Aber …«

Sofía legte ihre Hand auf Felines und drückte sie sanft. »Lass gut sein.«

»Ich würde Ihnen wirklich gern helfen.« Señor Fuentes' Blick wanderte in einem fort zwischen beiden Frauen hin und her. »Aber auch die anderen Banken werden Ihnen keine andere Auskunft geben, fürchte ich. Wenn Sie Spanierin wären und hier leben würden, dann fänden wir vielleicht einen Weg, weil wir davon ausgehen könnten, dass das Hotel auch weiterbestehen wird, sollte Señora Marquez aus gesundheitlichen Gründen ausfallen. Aber Sie sind Architektin, leben und arbeiten in Berlin, da ist für uns das Risiko einfach zu hoch.«

»Ich verstehe das trotzdem nicht.« Feline fühlte die Verzweiflung als Knoten im Bauch, der mit jeder Minute härter wurde. »Das Haus, das Land, das sind doch Sicherheiten. Das alles ist doch weit mehr wert als die 200.000 Euro Kreditsumme. Selbst wenn Señora Marquez nicht mehr arbeiten könnte und wir pleitegingen, würden Sie Ihr ganzes Geld durch den Verkauf zurückbekommen.«

»Das ist wohl wahr.« Señor Fuentes zuckte die Schultern. »Dennoch, unsere Regeln lassen es einfach nicht zu. Es tut mir leid.« Er stand auf.

»Entschuldigen Sie, dass ich so emotional reagiert habe«, Feline reichte ihm zum Abschied die Hand, »aber es ist mir eine grauenhafte Vorstellung, dass irgendeine Heuschrecke das Lebenswerk meines Vaters und von Señora Marquez zerstört und einen Hotelklotz auf das Land baut.«

Er winkte ab. »Wie gesagt, ich kann Sie verstehen. Ich wünschte wirklich, ich könnte etwas für Sie tun.«

»Und? Soll ich den Sekt …« Steven sah Tränen in Felines langen Wimpern glitzern und zog sie in den Arm. »Was ist passiert, Sweety?«

»Es gibt keinen Kredit.«

»Was?« Er konnte es gar nicht fassen. Er war zu einhundert Prozent davon ausgegangen, dass alles glattlaufen würde. »Dein Konzept ist doch perfekt. Wie …? Was …?«

Feline erzählte ihm, was der Termin bei der Bank ergeben hatte. »Ich bin mit meinem Latein am Ende«, sagte sie schließlich.

Steven fühlte die Hilflosigkeit als kalten Brocken in seinem Magen. Es gab nichts, was er sagen konnte, um sie zu trösten. »Ich bin fassungslos. Wirklich.« Er strich gedankenverloren über ihren Rücken. »Und jetzt?«

Feline löste sich aus seinen Armen und nahm die Karaffe mit der Limón aus dem Kühlschrank. »Keine Ahnung«, sagte sie mit einem Seufzer, der bitter klang. »Ich schätze, ich muss doch an einen der Interessenten verkaufen. Wenn die die Casa jetzt überhaupt noch haben wollen.«

Steven nahm den Sekt aus dem Kühlschrank. »Wenn wir schon nicht feiern können, können wir wenigstens versuchen, uns diese Scheißsituation schönzutrinken.« Er begann, die Flasche zu öffnen. »Wo ist überhaupt Sofía?«

»Ich hab sie bei Carlos in Cala Santanyi abgesetzt. Ich glaube, sie brauchte einfach den Trost vom besten Freund meines Vaters. Ich hab ihr versprochen, sie nachher dort abzuholen.«

Steven reichte ihr ein Glas Sekt und stieß mit ihr an. »Auf bessere Zeiten.«

»Im Moment geht irgendwie alles schief.« Feline trank einen großen Schluck. »Es ist wie verhext.«

»Das wird schon wieder. Keine Pechsträhne hält ewig an.«

»Es tut mir auch unglaublich leid für Sofía. Ich hätte ihr so gern ihr Zuhause erhalten.«

»Na ja. Du wolltest es ganz schön verändern.«

»Ja, schon, aber sie fand es gut. Hat sie jedenfalls gesagt.« Sie hielt ihm ihr leeres Glas hin. »Wenn ich nur irgendetwas für sie tun könnte.«

Steven setzte sich auf den Tisch, fasste sie an den Hüften und zog sie zu sich. »Du hast alles versucht. Anscheinend soll es einfach nicht sein. Wer weiß, wofür es gut ist.«

»Du hast ja recht. Aber …« In dem Moment begann P!nk, »Trouble« zu singen. Hektisch kramte Feline ihr Handy aus der Tasche hervor und meldete sich.

Steven rutschte vom Tisch und stellte die Flasche zurück in den Kühlschrank. Er hatte keine Ahnung, wer am Telefon war, aber Feline hörte offenbar angespannt zu.

»Tatsächlich?«, sagte sie nach einer Weile, und ihre Züge wurden weicher, offener. »Aber das wäre ja …« Ein Lächeln leuchtete in ihren Augen auf, wurde intensiver, breitete sich über ihr ganzes Gesicht aus und wurde zum Strahlen. »Morgen früh um zehn? Ja, natürlich. Vielen, vielen Dank … Bis morgen dann.« Sie legte das Handy auf den Tisch und sah ihn an, als konnte sie sich kaum im Zaum halten.

»Und? Bekommst du doch den Kredit?«

Sie schüttelte den Kopf und strahlte noch ein wenig mehr.

»Nicht? Aber … worüber freust du dich dann so sehr?«

»Das war Señor Fuentes, der Mann aus der Bank. Er hat einen Käufer.«

»So?« Steven verstand überhaupt nicht, warum das auf einmal solch ein Grund zur Freude war.

»Nicht irgendeinen Käufer.« Sie trat vor ihn und krallte ihre Hände in seinen Hemdkragen. »Einen, der mein Konzept umsetzen wird. Und Sofía als Hoteldirektorin anstellt.«

»Aber …« Nur ganz langsam sank in sein Bewusstsein, was sie ihm gerade mitgeteilt hatte.

»Verstehst du denn gar nicht, was das bedeutet, Steven?« Sie lachte, hob sich auf die Zehenspitzen und küsste ihn.

»Doch … doch …« Ihr Lachen war ansteckend. Er hob sie hoch und drehte sich mit ihr zu einer Musik, einem Rhythmus, der nur in seinem Herzen war. »Siehst du«, sagte er schließlich, als er sie atemlos auf den Boden zurückgleiten ließ, »ich hab's doch gesagt, keine Pechsträhne währt ewig.«

Sie küsste ihn noch einmal wild auf den Mund. »Oh Gott, ich muss sofort Sofía anrufen«, rief sie aus und drehte eine Pirouette.

34

»Noch maximal eine Woche, dann komme ich nach Hause.« Feline klemmte das Handy zwischen Ohr und Schulter fest und begann, die Wäsche auf dem Ständer zu verteilen. »Eigentlich schade. Hier wird es jetzt täglich wärmer.«

»Dann mach dich mal auf einiges gefasst. Der Wetterbericht hat für heute Nacht schon wieder Schnee angekündigt.«

»Oh nee, Mama.« Sie zupfte das feuchte T-Shirt gerade und befestigte es mit Klammern. »Kannst du das nicht abbestellen?«

Ihre Mutter lachte. »Glaub mir, wenn ich das könnte, ich hätte es längst getan. Aber sag mal, wer kauft denn jetzt das Haus?«

»Ein ganz nettes Paar. Der Mann von der Bank wusste, dass die beiden genau so ein Projekt suchen. Er hat ihnen dann meine Mappe gegeben. Als wir uns getroffen haben, konnte ich sie sogar davon überzeugen, dass es einen Versuch wert ist, auf Internet, Fernsehen und Radio zu verzichten. Sollte es nicht klappen, kann man das ja schnell nachrüsten. Aber ich glaube, das wird der totale Renner. Und das Beste ist, dass sie Sofía anstellen und sie auch weiter hier wohnen lassen. Sie wird das kleine Hotel leiten.«

»Klingt, als hättest du eine optimale Lösung gefunden.«

»Ja, schon …« Feline ließ ihren Blick über die Wiese bis hin zum Meer wandern, staubiges Gelbgrün, tiefes Blau dahinter. In den letzten Wochen war ihr dieser Blick ein Zuhause geworden. Das leise Rauschen des Meeres, der Gesang der Zikaden, die Gerüche nach Salz und Sonne, all das war vertraut und auf eigenwillige Art selbstverständlich. Unvorstellbar, dass sie schon in wenigen Tagen wieder nur Berliner Grau sehen würde. Und dass das hier schon jetzt nicht mehr ihr gehörte, dieser Fleck, von dessen Existenz sie bis vor Kurzem nicht einmal gewusst hatte und der ihr doch so schnell ans Herz gewachsen war. »Du wirst es nicht glauben«, sagte sie und konnte Wehmut in ihrer Stimme ausmachen, »aber ich hätte die Casa wirklich gern behalten.«

»Warum hast du es dann nicht getan? Du hättest doch auch abwarten können, ob Sofía es nicht doch allein hinbekommen hätte.«

»Ja, vielleicht.« Feline hängte das letzte T-Shirt auf. »Vielleicht hat mir einfach nur der Mut gefehlt. Oder ich hab nicht verstanden, dass ich tatsächlich an der Casa hänge. Aber …«, sie seufzte, »jetzt ist es zu spät. Die Verträge sind unterschrieben, und vermutlich ist es wirklich besser so.« War es das? Ihr Verstand glaubte daran, doch ihr Herz hüllte sich in einen Mantel aus Trauer.

»Na, du kannst doch dort Urlaub machen.«

»Das hab ich auch vor. Schließlich muss ich doch nachsehen, ob mein Konzept aufgeht.«

»Hört, hört. Bis gerade eben noch dachte ich, du seist ganz überzeugt davon, dass es gar nicht schiefgehen kann.«

»Ach Mama! Das bin ich doch auch, aber du weißt, wie so etwas ist. Wenn andere Leute deine Idee umsetzen, kommt nicht zwangsläufig das dabei heraus, was du dir gedacht hast. Diese bittere Pille habe ich im Studium schon schlucken müssen.«

»Das stimmt natürlich. Wobei ich zugeben muss, dass ich dein medienfreies Konzept ziemlich gewagt finde.«

»Ich weiß, es klingt erst einmal, als könnte man damit niemanden hinter dem Ofen hervorlocken. Aber andererseits gibt es auch Leute, die zum Beispiel für eine Woche in ein Kloster gehen und dort nur schweigen. Wieso sollte es also nicht attraktiv sein, sich hier für eine gewisse Zeit aus der Welt auszuklinken und unerreichbar zu sein? Steven meint, gerade Leute, die in der Öffentlichkeit stehen, fahren darauf ab. Vor allem Künstler.«

»Steven? Ist das der junge Mann, von dem Alina mir berichtet hat?«

»Ähm … ja.« Wenn ihre Mutter diesen Tonfall bekam, dann gingen bei Feline die Alarmlampen an. Dann hatte sie Witterung aufgenommen, mutierte zum Trüffelschwein, das so lange seine Nase hineinsteckte und wühlte, bis sie alle Geheimnisse ans Licht gebracht hatte.

»Dieser Steven ist also immer noch da?«

»Er reist morgen ab. Wieso?«, fragte Feline so beiläufig wie möglich.

»Nur so. Du hast bisher gar nichts von ihm erzählt.«

»Weil es nichts zu erzählen gab, Mama.«

»Ach so?«

Feline konnte hören, dass ihre Mutter sie längst durchschaut hatte. Da war diese Frequenz in der Stimme, eine Art Ultraschall, den nur Mutter und Tochter wahrnahmen. Das musste am Beruf liegen. Konnte man einer Analytikerin etwas vormachen? Wohl kaum. »Ich weiß es nicht, Mama«, presste sie widerwillig zwischen den Zähnen hervor, »er lebt in Los Angeles und ich in Berlin. Wir kennen uns kaum. Und vielleicht ist es nur die Urlaubsstimmung hier, und im grauen Alltag fände ich ihn doof. Oder er mich.«

»Klingt kompliziert«, sagte Kathrin und klang ganz sanft und mütterlich.

»Wir haben bisher nicht darüber gesprochen, wie es weitergehen soll. Und ob überhaupt.«

»Ich muss aber nicht damit rechnen, dass du plötzlich nach Las Vegas durchbrennst und dich von einem Elvis-Imitator trauen lässt?«

Feline musste lachen. »Was für eine Vorstellung«, sagte sie und kicherte, »aber nein, keine Bange, so etwas in der Art habe ich nicht vor.«

»Dann bin ich ja beruhigt. Ich würde es meiner einzigen Tochter nämlich nie verzeihen, wenn sie mich nicht zur Hochzeit einlädt.«

»Was redest du auf einmal ständig von Hochzeit?«

»Oh, ich erinnere mich nur daran, als ich in den USA studiert habe. Da wollten mich die Männer ständig heiraten. Die waren noch ganz beseelt vom ›Fräuleinwunder‹ und wollten mich wohl auf Nummer sicher haben, falls ich die einzige ledige Deutsche sein sollte, die ihnen je begegnet.«

»Oh Mann, nein, ich glaube, die Zeiten sind vorbei.«

»Da wäre ich nicht so sicher.«

»Und selbst wenn, ich habe jedenfalls nicht vor, den erstbesten Ami zu heiraten.«

»Ruf mich an, falls du es dir anders überlegst, ja?«

Feline schüttelte den Kopf. »Klar, Mama, mach ich.«

35

Die Nacht war lang und Schlaf ein Fremder, den weder Feline noch Steven ins Haus ließen. Eng lag sie an ihn gekuschelt, spürte seine Arme, die sie umfingen, den ruhigen Herzschlag in seiner Brust und hielt den Blick auf den Himmel gerichtet, voller Hoffnung, den Silberstreif des drohenden Morgens nie sehen zu müssen. Brannte das Gefühl seiner Haut an ihrer in ihr Gedächtnis, eine Erinnerung, die es zu bewahren galt für kalte, einsame Nächte. »Ich kann mir gar nicht vorstellen, dass du morgen nach Hause fliegst«, sagte sie leise.

»Es ist nur ein Abschied auf Zeit, Sweetheart.«

»Es ist so komisch. Vor wenigen Wochen noch wusste ich nichts von diesem Haus hier, nichts von deiner Existenz. Und jetzt auf einmal ist alles anders.« Sie fühlte sich schwer, der Körper ein Gefängnis, dem sie nicht entkommen konnte, das Atmen mühselig, das Herz gefangen in Rippenbögen aus kaltem Stahl.

»Vor mir liegt leider so viel Arbeit. Mein Management hat mir heute noch eine E-Mail geschickt mit dem Ablaufplan. Wie es aussieht, will Scorsese, dass ich sukzessive an der Musik arbeite. Und er will kein wiederkehrendes Thema.«

»Und das bedeutet?«

»Dass ich kein musikalisches Thema komponieren kann, für das ich dann je nach Szene zum größten Teil Variationen schreibe.«

»Normalerweise macht man das so?« Es war gut, über ein ganz anderes Thema zu sprechen. Sie konnte sich dahinter verbergen, und es half, ihn nicht spüren zu lassen, wie traurig sie jetzt war.

»Ja, schon. Aber Scorsese hat offenbar eine andere Vorstellung.«

»Und das heißt, du musst deutlich mehr Arbeit investieren?«

»Genau, du hast es erfasst.« Er küsste sie auf den Kopf. »Aber selbst das ist irgendwann vorbei. Und dann besuche ich dich in Berlin.«

»Ich bin bald eine reiche Frau«, versuchte sie zu scherzen. »Wenn die Käufer erst mal bezahlt haben, könnte ich mir locker ein Ticket nach Los Angeles leisten.«

»Ich weiß. Und es gibt nichts, was ich lieber hätte, aber glaub mir, bis das Filmprojekt abgeschlossen ist, hätte ich überhaupt keine Zeit für dich.«

»Ich weiß.« Feline seufzte. »Irgendwie habe ich mir das anders vorgestellt. Eine Fernbeziehung war nie mein Lebensplan, erst recht nicht eine, die zwei Kontinente und einen Ozean überbrücken muss.«

»Ach, das ist doch auch ein bisschen romantisch, oder findest du nicht?«

»Na, ich weiß ja nicht.«

»Komm schon, es klingt nach schluchzenden Geigen und zwei Menschen, die weit voneinander entfernt den Mond anstarren.« Er kitzelte sie, und als sie sich kichernd wand, griff er ihre Handgelenke und war nur Sekunden später über ihr.

»Spinner«, flüsterte Feline und ergab sich seinem Kuss.

Irgendwann mussten sie doch eingeschlafen sein, denn als Feline die Augen aufschlug, tanzten Staubkörnchen in den Sonnenstrahlen. Sie streckte sich wohlig. Gedämpft hörte sie das Rauschen der Dusche durch die Tür. Dann fiel ihr Blick auf die Koffer, und das Zimmer schien sich zu verdüstern.

Die Tür ging auf, und Steven trat ein, barfuß, lediglich ein Handtuch um die Hüften geschlungen. »Guten Morgen«, sagte er und lächelte sie an.

»Dieser Morgen kann gar nicht gut sein«, grummelte sie und zog die Decke über ihren Kopf, um sie sogleich wieder von sich zu schieben. »Ich bin nicht gut in Sachen Abschied. Wundere dich also nicht, wenn ich schlechte Laune habe.«

Er lachte und begann sich anzuziehen.

»Du hast unglaublich viel Gepäck, Steven Taylor. Weißt du das?« Sie setzte sich auf.

»Das meiste davon sind Instrumente. Ich hoffe, ich kann den ganzen Kram ab Palma durchchecken bis Los Angeles.«

»Wieso sollte das nicht gehen?«

»Wer weiß? Seit diesen Terroranschlägen in ganz Europa haben sie die Sicherheitsbestimmungen extrem verschärft. Zumindest für Flüge in die USA.«

Feline sah seinen athletischen Körper in Jeans, T-Shirt und Hemd verschwinden und fragte sich, wann sie ihn wohl wirklich wiedersehen würde. Unwillkürlich fröstelte sie, obwohl es warm im Zimmer war. Sie musste diese Gedanken abwerfen. »Soll ich mitkommen zum Flughafen?«

Er hielt einen Moment inne und schüttelte dann den Kopf. »Lieber nicht. Nichts ist schlimmer als Abschiede an Flughäfen.« Er küsste sie sanft auf die Nasenspitze.

»Züge sind viel schlimmer. Da kann man sich nahezu endlos zuwinken, während man sich verliert.«

»Stimmt. Trotzdem.« Er knöpfte das Hemd zu und steckte es in die Hose. »Lass uns das lieber hier machen.«

Wo wir uns kennengelernt haben, dachte sie. Ein Kreis, der sich schließt. Und vielleicht war es das ja.

»Ich komme wieder, versprochen«, sagte Steven und umarmte Sofía, »spätestens wenn all die Umbauten und Renovierungen abgeschlossen sind. Und ich werde allen davon vorschwärmen, was für ein wunderbarer Ort das hier ist. Du wirst sehen, im Nullkommanichts hast du lauter Hollywood-Prominenz als Gäste.«

»Grundgütiger, bloß das nicht.« Sofía küsste ihn auf die Wange, und es sah aus, als musste sie sich für eine lange Zeit von ihrem eigenen Sohn verabschieden. Offenbar hatte sie ihn ins Herz geschlossen.

»Es gäbe Schlimmeres«, mischte Feline sich ein und kämpfte mit den Tränen. Sie wollte nicht weinen, denn das würde alles nur schlimmer machen. »Hast du alles?«, fragte sie Steven, »nichts vergessen?«, und berührte mit den Fingerspitzen seine Hand.

»Ich geh schon mal rein«, sagte Sofía, »gute Reise, Steven.«

Er schloss die Heckklappe des SUVs. »Du wirst mir fehlen, Feline.«

»Das will ich hoffen.« Sie versuchte zu lächeln, aber es fühlte sich verunglückt an. »Komm, ziehen wir das Unvermeidliche nicht in die Länge. Es wird nicht besser davon.«

Er trat dicht vor sie und legte seine Hände auf ihre Schultern. »Sei nicht so traurig, Sweetheart.«

»Bin ich gar nicht.«

Er wischte sanft mit der Fingerkuppe ein paar Tränen weg. »Sieht aber so aus. Und es wäre auch furchtbar, wenn dem nicht so wäre.«

Sie stellte sich auf die Zehenspitzen und küsste ihn. Wie weich seine Lippen waren, daran würde sie sich für immer erinnern, selbst wenn sie ihn nie wiedersehen sollte. »Jetzt fahr schon los, sonst verpasst du noch deinen Flieger.«

Steven zog sie noch einmal in seine Arme. Der Kuss schmeckte bittersüß. Feline hatte das Gefühl, als achtete ihr Körper auf jedes kleine Detail der Berührung. Seine Hände auf ihrem Rücken, seine Brust an ihrer, das Kitzeln der Haare in ihrem Gesicht, als hätte ihr Körper ein eigenes Gedächtnis, dem er all dies anvertraute in diesem Moment.

»Also dann?« Seine Stimme klang rau und brüchig.

»Bringen wir es hinter uns.« Sein Gesicht verschwamm langsam vor ihren Augen.

»Wir sehen uns. Ganz bald.«

Ein letzter Kuss, dann stieg er in den Wagen und fuhr los.

Feline winkte, bis er um die Ecke gebogen war. Sah die Staubwolke sich langsam auflösen, hörte das Motorengeräusch immer leiser werden, bis sie ganz allein in der Sonne stand. Und nur die Zikaden sangen ihr Lied, als wäre nichts geschehen.

36

»Vor mir musst du nicht versuchen zu verbergen, dass du geweint hast.« Sofía reichte Feline ein Taschentuch.

»Mach ich doch gar nicht.« Sie schnäuzte sich die Nase. »Na ja, gut, vielleicht ein kleines bisschen.«

»Warum kommst du nicht einfach mit? Carlos hat eine nette Truppe Taucher, mit denen er den ganzen Tag unterwegs ist, und ich sorge auf dem Boot für das leibliche Wohl aller. Du könntest mir dabei helfen.« Sie fuhr fort, in Dosen verpackte kalte Tapas in den Korb zu stapeln, die sie am frühen Morgen schon zubereitet hatte. »Das würde dich ablenken.«

»Lieber nicht. Ich bin nicht sonderlich seefest.« Abgesehen davon war die Aussicht, einen ganzen Tag mit fröhlichen Urlaubern zu verbringen, nicht gerade attraktiv, so wie sie sich fühlte.

»Dann mach etwas anderes Schönes.« Sofía sah ihr tief in die Augen. »Versprich mir, dass du hier nicht den ganzen Tag allein hockst und dich grämst.«

»Nein, keine Bange. Ich dachte, ich fahr auf den Markt in Santanyi. Ich wollte eh noch ein paar Mitbringsel für meine Mutter und Alina besorgen. Das wird mich ablenken.«

»Gut.« Sofía stapelte die letzten Dosen in den Korb. »Dann bring doch Gemüse vom Markt mit, und wir kochen heute Abend zusammen.«

»Was denkst du, wann du von der Bootstour zurück bist?«

»Spätestens gegen sechs, denke ich. Sollte es doch später werden, rufe ich dich an.«

Die bunten Marktstände säumten die schmalen Gassen rund um die Kathedrale von Santanyi. Hier gab es alles, was man zum Leben brauchte. Bauern der Umgebung boten alles von Obst über Gemüse bis hin zu Käse und Fleisch an. Körbe und allerlei Haushaltswaren gab es gleich nebenan. Eine Gasse weiter roch man eine frische Meeresbrise, noch ehe man die Auslagen des Fischhändlers sah. An anderen Ständen gab es Kunsthandwerk, Keramik, Kleidung und Schuhe. Auch einige wenige Blumenhändler sorgten für fröhliche Farbkleckse zwischen Ständen voller Olivenöl-, Saft- und Weinflaschen.

Feline schlenderte gemächlich von Stand zu Stand, genoss die Betriebsamkeit und das Potpourri an verlockenden Gerüchen, die ihr um die Nase wehten. Sie probierte frische Orangen und Ziegenkäse, trank nebenbei einen Café Americano und beobachtete das Treiben der Mallorquiner.

Das Leben verlief hier einen Tick langsamer. Die Menschen blieben stehen, redeten, sahen sich in die Augen und lachten. Ganz anders als zu Hause, wo jeder nur schnell der nächsten Aktivität hinterherhechtete und keiner mehr Zeit für den anderen zu haben schien.

Sie war froh, dass sie dieses Mallorca erlebte, jenes, das ihrem Vater gehört hatte, nicht das andere, das von Touristen geprägt war.

War er hier auch samstags entlanggeschlendert, hatte eingekauft, Bekannte getroffen? Und wie war er wohl gewesen?

Sie verspürte einen Stich, irgendwo ganz tief in ihrem Innern. Sie hätte diesen Vater gern erlebt, ihn gesehen in seinem Alltag, gehört, wie er sich unterhielt. Sie hatte die Gelegenheit in jugendlicher Unbekümmertheit ausgeschlagen, und jetzt kannte sie nicht einmal den Klang seiner Stimme.

Dabei war sie doch ein Teil von ihm. Warum hatte sie das nicht wahrhaben wollen? Es war töricht gewesen zu glauben, sie hätte nichts mit ihm zu tun, nur weil er auf und davon war, als sie noch nicht einmal zur Schule gegangen war.

Was war das nur für ein Tag, dachte sie und versuchte, die dunkle Stimmung abzuschütteln wie einen Umhang, unter dem es einem zu warm wurde.

Vor einem Stand voller bunter Keramik blieb sie stehen. Teller, Schüsseln, Tassen, alles leuchtete in fröhlichen Farben. Das wäre etwas für ihre Mutter. Eine von diesen Schüsseln machte sich sicherlich wunderbar in ihrer Küche. Aber bekam sie die auch heil nach Berlin?

Papperlapapp, dachte Feline, wenn sie die Schüssel in ein paar Pullis einwickelte und in der Mitte des Koffers platzierte, konnte eigentlich gar nichts schiefgehen.

Doch welche sollte sie nehmen? Eine war schöner als die andere, und keine glich einer anderen. Die Ränder waren uneben, die Form nie perfekt rund. Was würde ihrer Mutter wohl besser gefallen? Sonniges Gelb, das Türkis des Wassers in der Cala Santanyi oder doch eher ein kräftiges Orange?

Nach langem Hin und Her entschied sich Feline schließlich für eine bunte Schüssel, in der alle Farben wie kleine Quadrate angeordnet waren. Allein die Schüssel anzusehen, bereitete ihr gute Laune.

Für Alina kaufte sie einen Pullover aus safranfarbener Wildseide. Er war so weich, dass sie gar nicht aufhören wollte, den Pulli anzufassen. Er kostete zwar ein kleines Vermögen, aber Feline wusste, dass sie es sich nie verzeihen würde, wenn sie ihn ihrer besten Freundin nicht mitbrächte. Er passte perfekt zu Alina, da gab es gar keine Frage.

Steven ließ sich erschöpft auf den Stuhl fallen. Was war das nur für ein Flughafen! Erst hatte es im Parkhaus, wo er den Mietwagen abgegeben hatte, keinen einzigen Kofferwagen gegeben, dann hatte er feststellen müssen, dass man für Abflüge ins obere Stockwerk musste, es aber offenbar nur ein paar Lifts gab, um dorthin zu gelangen. Zunächst hatte er davor in der Schlange stehen müssen, dann trotz Online-Check-in am gestrigen Abend an einem normalen Schalter, weil es nicht einen einzigen für einen simplen Bagdrop gab. Nachdem die Lady genervt seine sämtlichen Instrumente und das Gepäck aufgegeben hatte, war die Security fast ein Kinderspiel gewesen. Jetzt hatte er noch eine Stunde Zeit, ehe er den langen Flug über Madrid nach Los Angeles antrat.

Er rührte in seinem Kaffee und biss in das Sandwich. Es war ein bisschen pappig und zu kalt. Statt Tomate und Käse schmeckte man nur Kühlschrank. Egal.

Sollte er Feline anrufen? Was sie wohl jetzt gerade machte? Er musste lächeln. Vermutlich hatte sie sich schon wieder in irgendein kleines Projekt gestürzt. Pflanzte noch einen Busch oder kärcherte die Terrasse. Sie hatte immer eine Idee und stets einen Plan. Das mochte er an ihr. Das und noch so vieles mehr.

Den Geruch ihrer Haare zum Beispiel. Oder die Zartheit ihrer Haut. Die feinen blonden Härchen auf ihren Armen, die wie Sternenstaub in der Sonne glitzerten. Nicht auszudenken, dass er auf all das in den nächsten Wochen verzichten musste.

Wie gern hätte er sie einfach eingepackt und mitgenommen. Und dann nie wieder weggelassen. Aber sie wollte das bestimmt nicht, hatte irgendein eigenartiges Ding mit ihrer Freiheit aufrechtzuerhalten. Das hatte sich bei der Diskussion um das Land gezeigt. Als wollte er sie einsperren oder ihr ihre Unabhängigkeit abkaufen. So ein Quatsch.

Er schob sich das letzte Stück Sandwich in den Mund und setzte darauf, dass sie ihn nur genug vermissen musste, um ihre Meinung zu ändern.

37

Als Feline am frühen Nachmittag vom Markt kam, fand sie die Casa still und leer vor. Sofía war noch nicht vom Bootsausflug zurück, aber das war im Grunde auch nicht zu erwarten gewesen. Sie verstaute die Lebensmittel im Kühlschrank, kochte sich einen Kaffee und wusste auf einmal nicht, was sie mit sich anfangen sollte.

Die Stille kam ihr bedrückend vor, wie sie sich ausbreitete, die ganze Küche einnahm. Selbst das monotone Ticken der Uhr schien zu unterstreichen, dass sie allein hier saß und in ihren Kaffee starrte.

Sie musste etwas tun. Sich ablenken. Irgendwie beschäftigen. Egal, womit. Hauptsache, nicht hier sitzen und den Gedanken zuhören, die sich im Kreis drehen würden, wenn sie ihnen die Chance dazu gab.

Vielleicht sollte sie einfach Stevens Zimmer sauber machen.

Ein komischer Gedanke. Löschte sie damit nicht seine Anwesenheit hier völlig aus? Wenn sie all die Spuren beseitigte? Das zerwühlte Bett, die feuchten Handtücher?

Andererseits war dies sowieso nicht zu umgehen. Wenn sie es nicht tat, dann machte es Sofía, und wieso sollte sie ihr nicht die Arbeit abnehmen? Wenn sie es genau bedachte, war es ihr sogar lieber, sie kümmerte sich selbst darum, als dass ihre Stiefmutter in diese kleine intime Welt eindrang, die sie heute Morgen noch mit Steven geteilt hatte.

Kurz entschlossen holte Feline das Putzzeug und frische Bettwäsche aus der Kammer und machte sich auf den Weg in den Gästeflügel.

In der Tür zu Stevens Zimmer blieb sie stehen. Alles war noch so, wie sie es zusammen verlassen hatten. Die Bettdecken zurückgeschlagen, das Fenster geöffnet, die Vorhänge nur halbseitig zugezogen. Für einen Moment konnte sie sich einreden, er würde gleich zurückkommen. Doch dann fiel ihr Blick auf die geöffnete Schranktür, die Leere, die dahinter klaffte.

Die Schwere des Morgens kam zurück, mit Wucht. Eine Kraft, die gegen sie prallte, sie umzuwerfen drohte.

Wie hatte es nur so weit kommen können? Sie brauchte das nicht, es machte alles nur komplizierter. Sie hatte ihn nicht in ihr Herz lassen wollen, und dann war es doch passiert. Klammheimlich. Im Vorübergehen. Eben noch war Steven ein Abenteuer, ein Bettgespiele gewesen und plötzlich …

Feline straffte die Schultern. Es brachte nichts, zurückzuschauen. Ihre Zeit hier mit ihm war verstrichen. Alles, was ihr blieb, war die Erinnerung an wundervolle Tage und Nächte und immerhin die Neugier auf das, was kommen mochte. Kein Grund, Trübsal zu blasen.

Entschlossen schob sie die Vorhänge ganz zur Seite, ließ Luft und Licht in den Raum wie einen neuen Anfang. Bezog das Bett, richtete Kissen und Decken, schob den Stuhl unter den Tisch und die Lampe zurück in die Ecke. Wenn sie gleich noch durchwischte, sah das Zimmer wieder frisch und unbewohnt aus. Sofía würde sich freuen, wenn sie ihr heute Abend davon erzählte.

Feline raffte die dreckige Bettwäsche zusammen. Dabei fiel ihr Blick auf den kleinen Papierkorb, der unter dem Tisch stand. Etwas war danebengefallen, ein Zettel. Vielleicht war er aber auch nur vom Tisch geweht worden und Steven hatte ihn übersehen? Sie hob ihn auf und schaute darauf.

Sie las ihn dreimal. Und bei jedem Mal kam ihre Welt ein bisschen mehr ins Schlingern, während sie versuchte zu verstehen und Erklärungen zu finden, die mehr wie Ausreden klangen, egal, wie sie es auch drehte und wendete.

Hatte er sie die ganze Zeit belogen? War sie nicht mehr als ein kleines Abenteuer gewesen? Ein Urlaubsflirt? Oder irrte sie sich?

Aber das war kein Missverständnis, konnte gar keines sein. Ihr hatte er keine Ohrringe geschenkt. Und wem sonst kaufte man goldene, handgefertigte Creolen für eintausendfünfhundert Euro bei einem Juwelier in Palma, wenn nicht der Frau, die man liebte? Wem sonst brachte man ein solch kostspieliges Souvenir von einer Reise mit?

Sie knüllte den Zettel zusammen und warf ihn in den Papierkorb. Sah eine Feuersbrunst auf sich zukommen, tosend, heiß. Ihr Blut kochte. Sie konnte es förmlich brodeln hören. In den Ohren rauschte es mit jedem harten Herzschlag gewaltiger, durch die Adern brandete es. Ein Tsunami.

Dieser Bastard!

All die schönen Liebesschwüre, nichts als Lüge und Betrug. Dabei war das nicht einmal nötig gewesen. Er hatte sich doch gar nicht anstrengen müssen, um Beute zu machen. Sie war blöd genug gewesen, ihm mit beiden Beinen um den Hals zu springen.

Feline gab dem Knäuel Bettwäsche einen Tritt. Ha, was hatte er gesäuselt davon, wie wunderbar und einzigartig sie war, die tollste Frau, die ihm je begegnet sei. Nichts als Süßholz.

Jetzt machte es auf einmal auch Sinn, dass er ihr erzählt hatte, er hätte in der nächsten Zeit so viel zu tun, dass er sich gar nicht um sie kümmern könnte, wenn sie ihn besuchen würde.

Dieser elende Mistkerl! Nahm sie hier Nacht für Nacht mit in sein Bett und hatte zu Hause eine Frau hocken, die vermutlich nicht mal ahnte, was der Herr Musiker so trieb.

Oh, dieses elendige Klischee. Ein Musiker. Klar. Und sie, Feline, war darauf reingefallen und ungewollt zum Groupie geworden. Unglaublich. Am liebsten hätte sie sich selbst geohrfeigt.

Diesem Mistkerl hatte sie heute Morgen zu allem Überfluss auch noch einen tränenreichen Abschied beschert. Grundgütiger! Nicht auszudenken, wie sein verfluchtes Ego gewachsen sein musste. Der hielt sich vermutlich für Superman.

Aber der sollte mal wagen, bei ihr in Berlin aufzuschlagen. Wenn er meinte, sie hielt ihm dort das Bett warm, damit er sich mal ein paar nette Tage auf ehelichen Abwegen machen konnte, dann hatte er sich aber getäuscht. Und zwar gewaltig. Fertig war sie mit dem, so was von fertig.

Pah. Steven Taylor? Nie gehört.

38

»Jetzt musst du mir noch verraten, wie du die Leute am Check-in überredet hast, all dieses Gepäck mitzunehmen.« Candice drückte die Heckklappe ihres SUVs unter vollem Körpereinsatz zu. »Man könnte meinen, du bist eine ganze Rockband.« Sie hob die letzte Tasche auf, die nicht mehr in den Kofferraum gepasst hatte, und schob sie Steven auf den Schoß. »Was ist das nur alles für Zeug?«

»Alles nur eine Frage von Geld«, sagte er und umarmte die kleine Tasche. »Ich hab einfach alles als Zusatzgepäck deklariert.«

»Ich wusste es«, sagte Candice, seufzte und glitt auf den Fahrersitz, »mit Geld geht alles.« Sie fädelte sich in den Verkehr ein. »Aber sag mal, was hast du da eigentlich alles eingekauft?«

»Instrumente. Ximbombas, eine Ukulele, eine Gitarre … Ich hatte ja kaum was dabei.«

»Das alles für den einen Song, den du geschrieben hast?« Sie hieb mit der flachen Hand auf die Hupe. »Blind oder was?«, schnauzte sie einen jungen Mann in einem gelben Sportwagen an.

Steven setzte seine Sonnenbrille auf. Fast hatte er ganz vergessen, wie vollkommen irre der Verkehr in Los Angeles war. Jeder hatte Vorfahrt und manchmal meinte man, keiner einen

Führerschein. Dafür aber eine Überdosis Testosteron im Blut und wer wusste schon, was noch alles an Hormonen, übersteigertem Selbstbewusstsein und Rechthaberei. Und wenn er Candices Fahrstil so betrachtete, dann musste er sich unwillkürlich fragen, wer in dieser Stadt die größeren Machos waren – Frauen in SUVs oder Männer in Sportwagen? »Ich würde übrigens gern lebend zu Hause ankommen«, sagte er einigermaßen belustigt.

»Noch ein Wort, und du steigst aus.«

»Mitten auf dem Highway?«

»Du hast es erfasst, Steven.« Sie trat aufs Gas und wechselte knapp vor einem Chrysler auf die mittlere Spur. Der Fahrer des Chryslers hupte wie verrückt, doch Candice sah nicht einmal in den Rückspiegel. »Jetlag kannst du dir übrigens nicht erlauben. Du hast morgen Vormittag das erste Meeting mit Scorsese im Schneideraum.«

»Man kann es gar nicht übersehen, ich bin zurück in dieser verrückten Stadt«, stellte er fest. »Und ich Dussel hatte gehofft, du gönnst mir wenigstens ein paar Tage, um anzukommen.«

»Beschwer dich nicht bei mir«, sie warf ihm einen schnellen Seitenblick zu, »du wolltest unbedingt bis zum letztmöglichen Termin auf diesem Eiland im Mittelmeer bleiben.«

»Ich hatte gute Gründe.« Er grinste breit.

»Die fremde Schöne?«

»Was dagegen?«

Candice schüttelte den Kopf. »Nicht, solange sie dir nicht das Herz bricht und du nur noch melancholische Selbstmordnummern schreibst.«

»Keine Bange, dieses Mal ist alles anders.«

»So?«

»Feline ist einfach wunderbar.« Er sah sie vor seinem inneren Auge auftauchen, umgeben von warmem Licht, in dem ihr Lächeln noch eine Spur heller strahlte. Sah das Blitzen in den Augen, den Schelm, das Feuer der Leidenschaft. Spürte die Leere, die nur sie zu füllen vermochte. »Sie ist überhaupt nicht wie die anderen. Sie ist so … fröhlich. Lustig. Unbeschwert. Und es ist ihr völlig egal, wer ich bin. Sie lässt sich gar nicht beeindrucken von irgendwelchen Berühmtheiten.« Er drehte sich in seinem Sitz ein wenig, sodass er Candice besser ansehen konnte. »Sie hat sogar gesungen. Einfach so. Stell dir das mal vor.«

»Vielleicht dachte sie, du entdeckst sie? Könnte schließlich sein, dass sie ganz besonders raffiniert ist.«

»Niemals«, sagte Steven und lachte. »Sie hat einfach nur aus Spaß gesungen. Mit ihrer Freundin zusammen.«

»Kann sie es denn?«

»Nicht wirklich. Aber das ist total egal. Sie hatte einfach Spaß.«

»Und jetzt ist sie zurück nach Hause gefahren und du bist hier?«

Er erklärte ihr in Kurzform, woher Feline kam, was sie nach Mallorca verschlagen hatte und was ihr Plan war. »Sobald ich mit der Filmmusik durch bin, fliege ich nach Deutschland, und dann sehen wir, wie es weitergeht.«

»Ein bisschen sehr long distance, eure Beziehung. Findest du nicht?«

Steven zog das Handy aus seiner Hosentasche. »Das wird ja so nicht bleiben«, sagte er und sah dabei aufs Display. »Mist, der Akku ist fast leer. Drei Prozent. Jetzt kann ich sie gar nicht anrufen und ihr sagen, dass ich gut angekommen bin.«

»Schreib ihr doch eine SMS. In Europa ist es sowieso mitten in der Nacht.«

»Stimmt auch wieder. Was täte ich nur ohne dich?«

»Lass stecken, Steven.« Candice lachte. »Immer wenn du alter Charmeur so anfängst, dann willst du etwas. Und meistens geht das für mich nicht sonderlich gut aus.«

»Ein kleiner Abstecher zu Boa's Steakhouse würde schon reichen. Fürs Erste.«

Feline sah auf ihr Handy. 3.37 Uhr. Auf dem Display leuchtete die Mitteilung über eine neue Textmessage auf. Steven. »Hallo Feli. Bin gut angekommen. Melde mich später. Schlaf …« Das Nachrichtenfeld verschwand, zurück blieb nur das Foto vom Sonnenuntergang, das sie an ihrem ersten gemeinsamen Abend aufgenommen hatte und seitdem als Hintergrundbild nutzte. Sie legte das Handy auf den Nachttisch, sie wollte die Nachricht nicht lesen. Was konnte er ihr schon zu sagen haben, das jetzt noch etwas bedeutete?

Morgen würde sie das Hintergrundbild durch eins ersetzen, das sie nicht an ihn erinnerte. Und die Nachricht lesen. Vielleicht eine kurze Antwort schreiben, vielleicht auch nicht.

Sie starrte an die Decke. Der angekündigte Sturm hatte sich in der Nacht angeschlichen und jaulte nun ums Haus. Ein gieriges, schlecht gelauntes Biest fauchte, bleckte die Fänge, blitzte aus zitrinfarbenen Augen, peitschte den Regen gegen die Scheiben.

Feline schlug die Decke zurück und schwang die Beine aus dem Bett. Nachtkalte Luft traf auf ihre nackte Haut. Sie langte nach dem Bademantel, der auf dem Fußende lag, zog ihn über und hielt für einen Moment die Luft an.

Dieser leise Hauch seines Aftershaves, so unerwartet, traf sie wie ein Schlag ins Gesicht. Ihre Augen brannten, und sie versuchte sich einzureden, dass das von der schlaflosen Nacht kam, und an der war natürlich nur der Sturm schuld. Wenn sie sich das lange genug vorsagte, konnte sie es dann irgendwann glauben?

Sie schlug den Kragen hinunter und zog den Gürtel fest. Schluss mit dem Selbstmitleid. Was hatte sie denn gedacht? Dass aus ihnen etwas Ernstes werden könnte? Wo hatte sie nur ihren Verstand gelassen?

Leise schlich sie den Gang entlang. Aus der Küchentür fiel warmes Licht. Etwas klapperte.

Feline verharrte reglos in der Diele, hörte die gedämpften Geräusche, roch Schokolade, taumelte in eine Wolke aus Erinnerungen.

Wie oft war sie als Kind spät am Abend noch einmal aufgestanden und hatte dann genau so wie jetzt in der Diele gestanden, während ihre Mutter in der Küche hantiert hatte?

Das warme Licht, die Geräusche, all das war Zuhause. Geborgenheit, der Ort, wo sie hingehört hatte. Und am besten war es im Winter gewesen, wenn es draußen vor Kälte nur so klirrte und drinnen nach frisch gebackenem Kuchen roch. Wenn Kerzen auf den Fensterbrettern standen und sie im Schlafanzug in eine Decke gekuschelt auf dem Sofa gelegen hatte, die Holzscheite im Kamin so herrlich geknackt hatten und sie heiße Schokolade getrunken hatte. Mit Sahne. Immer mit Sahne. Und manchmal auch mit Schokostreuseln obendrauf.

Für einen Moment schloss Feline die Augen, roch und spürte all dies und erwartete fast, jeden Moment ihre Mutter ihren Namen rufen zu hören.

Aber es war Jahre her. Es war bedauerlich, wie selbstverständlich ihr all das als Kind vorgekommen war und wie sehr sie diese Art von Fürsorge als Teenager abgelehnt hatte. Dass sie nie geahnt hatte, dass es einen Tag geben würde, an dem sie nichts mehr vermissen würde als zurückschlüpfen zu können in jenen Pyjama mit den Micky Mäusen drauf, unter die Decke mit den roten Sternchen, den Becher mit heißer Schokolade in den kleinen Händen.

Ein alter Kate-Bush-Song fiel ihr ein. Den Titel wusste sie nicht mehr, aber eine bestimmte Zeile war sehr präsent: *Leave the breast, and then the nest, and then regret you ever left.*

Als Teenager hatte sie darüber gelacht, es weggewischt mit all der Arroganz der Jugend, die einem vorgaukelte, man wisse längst alles. Und dabei war man doch so unglaublich dumm und unerfahren.

»Kannst du auch nicht schlafen?« Feline lehnte sich gegen den Rahmen der Küchentür, die Arme vor der Brust verschränkt.

Sofía stand am Herd und rührte versonnen in einem Topf. »Bei dem Sturm? Wie soll man da ein Auge zutun?« Der Saum ihres Nachthemdes lugte unter dem Bademantel hervor. »Wie wär's mit einer heißen Schokolade?«

»Klingt nach einer guten Idee.« Sie nahm ein paar Kerzen oben aus dem Regal, stellte sie in die Mitte des Tisches und zündete sie an. »Meine Mutter hat mir als Kind auch oft heiße Schokolade gekocht.« Sie bremste sich. Das gehörte nicht hierher, nicht zwischen Sofía und sie. Warum nur hatte sie überhaupt damit angefangen?

»Ich gebe ganz gern einen Schluck Orangenlikör dazu.« Sofía grinste verschmitzt, und Feline war froh, dass sie ihre Kindheitserinnerung einfach links liegen ließ. »Willst du mal probieren?«

»Auf jeden Fall.« Feline zog sich einen zweiten Stuhl heran und stellte ihre Füße darauf ab. »Stellst du den etwa selbst her?« Die Flasche hatte kein Etikett.

Sofía zog nur die Augenbrauen hoch und zwinkerte ihr zu. Dann goss sie einen ordentlichen Schluck Likör in die beiden Becher. »Da, probier.«

Feline nippte erst vorsichtig, nahm dann einen Schluck und behielt ihn einen Moment im Mund, ehe sie ihn hinunterschluckte. »Das ist richtig gut.« Sie trank noch einen Schluck. »Herb und dazu ein Hauch fruchtig, irgendwo zwischen sauer und süß.«

»Den hat dein Vater noch kurz vor seinem Tod angesetzt.« Sofías Augen glänzten feucht, aber vielleicht war es auch nur das Licht. »Er hat immer ein bisschen Likör aus den Orangen hier hinter dem Haus gemacht. Einmal hat er Mandeln dazugemischt, aber das hat grausam geschmeckt.« Ein Lächeln huschte über ihr Gesicht, als tauchte sie für einen Augenblick in ein Meer glücklicher Erinnerungen. »Das Verhältnis zwischen Orangen und Mandeln hat wohl nicht gestimmt.«

»Wie war er so?«

Sofía richtete den Blick auf das Fenster, an dem der Regen herabrann, und wirkte auf einmal weit entfernt. Ihre Züge entspannten sich, und etwas strahlte aus ihr heraus. »Er hat das Leben mit einer fröhlichen Leichtigkeit genommen«, sagte sie schließlich. »Mit ihm war es immer leicht. Es gab immer eine Lösung, immer einen Weg.« Sie richtete den Blick wieder auf Feline. »Er hat nie den Mut verloren, egal, was auch geschah. Dein Vater war ein Mann, der in sich ruhte.«

»Komisch. Das will so gar nicht zu dem passen, was ich von meiner Mutter über ihn gehört habe. Nicht dass sie schlecht über ihn geredet hätte, aber sie hat ihn eher als eine Art Hippie beschrieben. Einer, der das Leben nicht ernst nahm, keine Verantwortung übernehmen wollte. Einer mit einer Million Plänen, dem aber das Durchhaltevermögen fehlte.«

»Ich hatte immer den Eindruck, dass er hier zu sich gefunden hat.«

»Du meinst, hier war er ein anderer als in Berlin?«

Sofía zuckte die Schultern. »Ich weiß es nicht, aber ich kann es mir gut vorstellen.« Sie schenkte Schokolade nach. »Er hat kaum über seine erste Ehe gesprochen. Und lange Jahre auch nur sehr selten über dich. Ich habe immer gedacht, dass es zu schmerzvoll für ihn war.«

»Aber warum hat er sich dann nie bei mir gemeldet?« Feline griff nach dem Orangenlikör. »Meine Mutter hätte den Kontakt niemals behindert. Das musste er doch wissen.«

»Ich glaube, er hatte ein schlechtes Gewissen.«

»Weil er uns verlassen hat?«

»Dich.«

»Hm.« Feline legte die Hände um den Becher. Es tat gut, die Wärme in ihre Handflächen strömen zu fühlen.

»Und dann war es ihm peinlich, wie simpel wir hier lebten im Vergleich zu dem, was deine Mutter dir bieten konnte. Er hat es nie direkt gesagt, aber ich konnte es zwischen den Zeilen hören, dass er dachte, wenn du ihn hier besuchen würdest, würdest du dich nicht wohlfühlen.«

»Klingt irgendwie feige«, stellte Feline traurig fest.

»Vielleicht war es das«, räumte Sofía ein, »aber so, wie du die Casa kennengelernt hast, so war es nicht immer. Wir hatten lange Zeit kein fließendes Wasser, keinen Strom. Wir waren arm. Er hätte dir nicht einmal den Flug finanzieren können. Und ich glaube, er war zu stolz, um deine Mutter zu fragen, ob sie das übernehmen könnte.«

Das war alles neu für Feline. Und irgendwie auch schwer verdaulich. »Als ich am ersten Tag die Fotos gesehen habe …«

»Die auf der Kommode unter dem Fenster?«

»Ja, genau. Da war ich sehr erstaunt. Ich hätte nie damit gerechnet, dass er auch nur ein einziges Foto von mir aufgestellt hatte.«

»Aber du bist sein einziges Kind.«

»Ja, aber … Ich meine, bis auf diesen einen Brief hat er sich nie bei mir gemeldet. Er war nie da. Nicht, als ich in die Schule kam oder Abitur gemacht habe, nicht, als ich die Abschlussprüfung an der Uni hatte …« Ihre Stimme brach, und sie erschrak. Die Trauer rollte über sie. Träge Wogen kalten Wassers. »Ich hätte … damals …«

»Hast du aber damals nicht gekonnt.«

Sie spürte Sofías Hand auf ihrem Arm, hörte das Verständnis im sanften Ton ihrer Stimme, aber trösten konnte es sie nicht.

»Warum auch immer, damals konntest du eben nicht auf deinen Vater zugehen. Das ist schade, für euch beide, aber doch leider nicht zu ändern und niemandes Schuld. Er hat vielleicht zu lange gewartet, du warst vermutlich noch zu jung, um das zu sehen, und so habt ihr beide euren Moment verpasst, seid blind daran vorbeigelaufen. Immerhin bist du hier, hast all das gesehen, was sein Leben war und ihn glücklich gemacht hat, und hast angenommen, was er dir hinterlassen hat. Ich bin sicher, wenn du nach Hause fährst, kannst du ihn in deinem Herzen mitnehmen. Und das ist mehr, als er sich erhofft hat.«

»Es fällt mir so schwer zu akzeptieren, dass ich ihn nie wirklich kennenlernen werde.« Feline wischte sich die Tränen aus den Augen.

»Das ist ja auch nicht leicht. Aber ich fürchte, es fällt dir noch viel schwerer, dir selbst zu verzeihen. Das solltest du aber versuchen. Das würde er dir jetzt auch sagen, glaub mir, dein Vater war kein nachtragender Mann. Verzeihen konnte er leicht, wenn auch nicht sich selbst. Das hast du wohl von ihm geerbt.« Sofía goss Orangenlikör in zwei kleine Gläser. »Ich glaube, ich hab noch eine Flasche davon in der Kammer. Die solltest du mitnehmen nach Berlin. Da ist der Geist deines Vaters drin. Und die Sonne von Mallorca.«

»Die Bücher im Kaminzimmer …«

»Gehörten deinem Vater.«

»Eigenartige Mischung.«

»So war er eben. Ein fröhlicher Philosoph, der aber auch Rockmusik liebte und einen Krimi nach dem anderen las. Dein Vater war ein Mann, der fest davon überzeugt war, dass wir uns unsere Gegenwart nur mit dem Wissen der Geschichte erklären und unsere Zukunft nur auf Grundlage von wohlüberlegten Werten aufbauen können.«

Sie sahen sich mehrere Atemzüge lang nur an, und es war tröstlich, dass sie schweigen und dem Regen zuhören konnten, ohne jenes nagende Gefühl zu verspüren, das einen drängte, die Stille mit Worten zu füllen.

»Du glaubst gar nicht, wie sehr ich jetzt gerade bedaure, meinen Vater nicht gekannt zu haben. Nicht wirklich. Das ist doch irgendwie auch, als kenne ich einen großen Teil von mir selbst gar nicht.«

»Du bist ihm sehr, sehr ähnlich«, sagte Sofía und fuhr mit den Fingerkuppen sanft über Felines Handrücken. »Vielleicht eine Spur abenteuerlustiger, ein Quäntchen leichtfüßiger, mit einem Sack mehr Temperament im Gepäck als er, aber dennoch ganz seine Tochter. Ich bin froh, dass wenigstens wir uns kennengelernt haben.« Sie drückte Felines Hand ganz fest. »Und ich hoffe doch, dass wir beide uns noch ganz oft wiedersehen werden.«

»Mit Sicherheit, Sofía. Mit absoluter Sicherheit.«

39

Feline sah aus dem Fenster. Mallorca lag satt grün im glitzernden dunkelblauen Meer, die Strände weiß leuchtende Linien, die Häuser bunte Klötzchen, aufgereiht an grauen Straßenstrichen. Mit jeder Minute wurden sie mehr und mehr zu Spielzeug, bis das Flugzeug eine Linkskehre nahm. Unter ihr verschwand erst die Serra de Tramuntana, dann das Cap Formentor, und schon war alles nur noch blau. Dunkelblau das Meer, milchig blau der Himmel.

Ob Sofía den Briefumschlag inzwischen gefunden hatte? Feline hatte ihr Gepäck ins Auto geladen und dann behauptet, sie hätte etwas vergessen. Eine Notlüge. Sie hatte extra ihr Handy in der Küche liegen gelassen, um den Brief auf dem Tisch deponieren zu können, bevor Sofía sie zum Flughafen fuhr. Sie sollte ihn erst finden, wenn sie in der Luft war.

Es war ein Abschiedsbrief, und mehr als das. Die Worte waren wohlüberlegt gewählt. Feline hatte tagelang daran gebastelt.

Sie hatte ihr danken wollen. Vor allem aber hatte sie ihr den Scheck über fünfhunderttausend Euro zukommen lassen wollen, und das auf eine Art, dass Sofía ihn einerseits nicht ablehnen konnte, sich aber andererseits auch nicht beschämt fühlte. Und das war kein leichtes Unterfangen. Immerhin waren Felines Sinn für Gerechtigkeit und Sofías Stolz in dieser Sache zwei Streithähne, die ohne auch nur einen Gedanken zu verschwenden sofort aufeinander losgingen. Da brauchte es schon eine Menge Einfühlungsvermögen, damit sich beide nicht die Augen auspickten.

Am Ende hatte Feline einfach geschrieben, was sie empfand. Nämlich dass es ihr egal war, was das spanische oder irgendein Recht sagte, dass sie es einfach ungerecht fand, wenn die Kinder oder in ihrem Fall gar das verlorene Kind am Ende alles erbten und die Ehefrau, die ein Leben lang an der Seite des Mannes alle Stürme mit überstanden hatte, leer ausging.

Ein bisschen fürchtete sie, Sofía würde den Scheck einfach zerreißen. Gut, das konnte sie nicht ändern, wenn es tatsächlich so kam, aber dann hätte sie, Feline, wenigstens das Richtige getan. Jedenfalls das, was sie für richtig hielt.

Sie war plötzlich Millionärin. Ein absurder Gedanke. Vor ein paar Wochen noch arbeitslos und bei der besten Freundin untergeschlüpft und jetzt auf einmal das. Das Leben ging schon komische Wege.

Millionärin in der Holzklasse eines Billigfliegers. Sie musste unwillkürlich kichern.

Aber wie ging es jetzt weiter?

Der Geruch nach Currywurst und Kaffee breitete sich im Flugzeug aus. Die französische Mittelmeerküste kam in Sicht.

Was sollte sie mit all dem Geld anfangen? Sich selbstständig machen? Dazu fehlte ihr die Erfahrung. Es auf die hohe Kante legen für später?

Steven fiel ihr ein. Und die SMS, die sie nicht beantwortet hatte.

Sie zog das Boardmagazin aus der Tasche, die an der Rückenlehne des Vordersitzes befestigt war, und begann, einen Artikel über Dubai zu lesen, der sie nicht im Geringsten interessierte.

»Und was darf es für Sie zu trinken sein?« Das Lächeln der Stewardess wirkte genervt.

»Kaffee und Orangensaft, bitte«, antwortete Feline mit einer Extraportion Freundlichkeit.

Als Feline endlich ihr Gepäck hatte und die Glastüren sich mit einem Zischen vor ihr öffneten, erblickte sie ihre Mutter und Alina, die sich vor der Absperrung postiert hatten und ihr wild zuwinkten.

Alina hatte den schrill roten Sonnenhut auf, den sie in ihrem letzten gemeinsamen Urlaub in Kroatien gekauft hatte. Zu Winterjacke, Schal und blasser Haut sah sie damit ziemlich schräg aus. Außerdem hielt sie zwei Flaschen San Miguel hoch und drehte Pirouetten.

Ihre Mutter hingegen hielt sich einen großen Strauß Sonnenblumen vor die Brust, und Feline fragte sich, wo sie die wohl zu dieser Jahreszeit herbekommen hatte.

Alina beugte sich hinab, und erst jetzt bemerkte Feline den Ghettoblaster zu ihren Füßen. Dann sangen auch schon die Gipsy Kings ihr unvergessliches »Bamboleo« in ohrenbetäubender Lautstärke und Alina tanzte dazu wie wild auf Feline zu, warf den Hut in die Luft und grölte lauthals mit.

Feline gab ihrem Koffer einen Tritt. Der rollte auf ihre Mutter zu, sie selbst warf den Arm über Alinas Schulter und tanzte drauflos.

Die umstehenden Wartenden warfen sich verdutzte Blicke zu, bis ein junger Mann zu klatschen anfing. Am Ende des Songs jubelten ihnen fast alle zu, und Alina und Feline verneigten sich lachend, ehe sie sich um den Hals fielen.

»Ich bin so froh, dass du wieder da bist«, sagte Alina.

»Das klingt, als käme ich von einer Weltreise zurück.« Feline lachte. »Dabei ist es noch gar nicht lange her, dass ich dich zum Flughafen von Palma gebracht habe.«

»Gefühlt eine Million Jahre«, sagte Alina und gab ihr einen Kuss, »mindestens.«

»Hallo Mama«, wandte sich Feline ihrer Mutter zu und drückte sie.

»Schön, dass du wieder da bist.«

Alina hielt ihr die beiden Flaschen hin. »Ich hab blöderweise den Öffner zu Hause vergessen.«

Feline verhakte den Kronkorken der einen unter den der anderen Flasche und machte eine rasche drehende Handbewegung. Die Korken flogen im hohen Bogen davon, Schaum quoll aus dem Hals einer Bierflasche. »Prost«, sagte sie feierlich und stieß mit Alina an. Es tat gut, wieder da zu sein.

Steven starrte auf sein Handy. Die Liste der Nachrichten leuchtete ihm entgegen, Fotos von Freunden und anderen Musikern verbunden mit den jeweils ersten zwei Zeilen der letzten SMS. Ganz unten das Bild von Feline, daneben die Zeilen »Hallo Feli. Bin gut angekommen. Melde mich später. Schlaf ...«

Wie lange war das her? Drei Tage, und keine Antwort.

Er checkte die aktuelle Uhrzeit in Berlin. Zwei Uhr nachts, 37,4 Grad Fahrenheit und Regen informierte ihn seine App.

Unwillkürlich schüttelte er sich. Fast Gefrierpunkt, und das Ende März. Aber leider keine Uhrzeit, zu der man jemanden anrufen konnte. Nicht einmal die Frau, die man liebte.

Okay, er hatte geschrieben, er würde sich später melden, und es dann nicht getan. Vielleicht wartete sie also immer noch darauf?

Diese Zeitverschiebung von neun Stunden war einfach katastrophal. Wenn er schlief, war sie wach. Wenn er arbeitete, hatte sie Spaß mit Freunden. Und wenn er Feierabend machte, war sie längst ins Land der Träume entschwunden. Wie sollte man es da einrichten, miteinander zu sprechen?

Trotzdem hätte Feli natürlich kurz antworten können. Oder?

Er drehte das Smartphone in den Händen hin und her, legte es auf den Tisch und starrte es an. Das Telefon war plötzlich Freund und Feind zugleich.

Vielleicht hatte sie einfach zu viel zu tun. Oder mit dem Verkauf hatte es doch noch unerwartete Probleme gegeben. Oder sie hatte eine Erkältung mit Fieber …

Oder er fand hier einen Haufen Entschuldigungen, um nicht in Betracht zu ziehen, dass er wieder der Falschen hinterherrannte. Einer, für die er nicht mehr als ein Urlaubsflirt war. Die ihn schon vergessen hatte, kaum dass er vom Hof gefahren war. Der er nichts bedeutete.

Aber hatte sie nicht gesagt, sie könnte ihn in Los Angeles besuchen kommen?

Er griff nach dem Telefon und zog es ein Stück näher.

Vielleicht war es nur ein Scherz gewesen. Vielleicht hatte sie es nie ernst gemeint. Oder sie hatte es sich anders überlegt. Hatte festgestellt, dass sie ihn nicht vermisste, dass es für sie nur Spaß gewesen war.

Steven stand auf und stellte sich ans Fenster. Der Pazifik war aufgewühlt. Wolken trieben in Fetzen über den grauen Himmel. Die Wellen peitschten auf den Strand.

So ein Blödsinn. Er fuhr sich mit beiden Händen durch die Haare, strich sie zurück, als könnte er so seine trüben Gedanken aus dem Kopf verbannen.

Feline war anders. Das hatte er vom ersten Moment an gewusst. Und dass sie seine SMS nicht beantwortet hatte, hatte gar nichts zu sagen.

Er nahm das Telefon in die Hand und schrieb ihr eine neue Nachricht: »Sorry, dass ich mich nicht gemeldet habe. Wie geht es dir? Bist du noch auf Mallorca oder schon zurück in Berlin? Lass uns doch mal ein Skypedate machen. Meld dich einfach. xx«

40

»Ich kann das nicht annehmen, Feline.«

»Natürlich kannst du, Sofía.« Feline klemmte das Smartphone zwischen Ohr und Schulter und goss den Tee auf.

»Aber das ist viel zu viel Geld.«

»Unsinn.« Sie nahm die Teetasse und setzte sich an den kleinen Küchentisch unter dem Fenster. »Mach was Schönes damit. Eine Reise zum Beispiel. Kauf dir eine Wohnung oder leg es einfach an. Es ist nur ein Bruchteil von dem, was du dir mit meinem Vater zusammen erarbeitet hast.«

»Aber …«

»Papperlapapp«, fiel Feline ihr ins Wort, »ich bin schon groß, ich weiß, was ich tue.«

»Aber …«

»Ende der Diskussion, Sofía. Freu dich doch einfach.«

»Mach ich ja, aber …« Man konnte hören, wie sie mit den Tränen kämpfte. »Ich weiß gar nicht, wie ich dir dafür danken soll.«

»Schon gut.« Feline schwenkte den Teebeutel in der Tasse hin und her. Dunkle Schlieren durchzogen das Wasser, dann gewann die Farbe die Oberhand. Vor dem Fenster ging der Regen in Schnee über. Nasse Flocken zerbarsten an der Scheibe, bildeten wässrige Rinnsale, die in Zeitlupe über das Glas krochen. »Haben sie schon mit dem Umbau begonnen?«, wechselte sie das Thema.

»Gestern war der Architekt hier. Der ist mit deinen Plänen durchs ganze Haus gezogen, hat Fotos gemacht und jede Menge Fragen gestellt. Es soll übernächste Woche losgehen.«

Es war ein eigenartiges Gefühl, dass jemand anderes ihre Pläne umsetzen würde. In einem Haus, das ihr für kurze Zeit gehört hatte. Und das sie vermisste, wenn sie ehrlich mit sich war. Der Gedanke verursachte einen Knoten in ihrem Bauch. Steinhart und kalt. »Aber er hat nicht alles über den Haufen geworfen, oder?« Sie wusste gar nicht, ob sie es wirklich wissen wollte. Aber die Frage war einfach so herausgerutscht, und jetzt konnte sie sie nicht mehr zurücknehmen.

»Nein. Im Gegenteil, er war ganz begeistert von deinen Ideen.«

Der Knoten löste sich ein wenig. »Du kannst ihm ruhig sagen, dass er sich an mich wenden kann, wenn er Fragen hat.« Sie erschrak. Wie verzweifelt sie klang, ganz klein und so anbiedernd.

Aber war es ein Wunder? Ihr Baby wurde nicht nur von einer Leihmutter ausgetragen, nein, sie würde es nach der Geburt auch nicht in die Arme gelegt bekommen.

»Und hast du etwas von Steven gehört? Wie läuft seine Zusammenarbeit mit diesem großen Regisseur?«

Feline musste für einen Moment die Augen schließen und die Luft anhalten. »Ich weiß nicht«, sagte sie schließlich und konnte hören, wie gequält sie klang, »ich glaube, er hat irre viel zu tun.«

»Mach dir keine Sorgen, Feline. Selbst wenn Steven sich im Moment nicht oft bei dir meldet, er denkt bestimmt andauernd an dich.«

»Sicher.« Sie hatte plötzlich einen bitteren Geschmack im Mund.

»Nimm's mir nicht übel, aber ich muss los. Ich bin mit Carlos und seiner Frau verabredet. Wir gehen in dieses tolle kleine Restaurant, das du in S'Horta entdeckt hast.«

»Na, dann lass dich nicht aufhalten. Ich melde mich demnächst wieder bei dir. Und grüß Carlos bitte von mir.«

Nachdem Feline aufgelegt hatte, gab sie Honig in ihren Tee. Eine U-Bahn fuhr auf der Hochtrasse vorbei, verschwamm in den Rinnsalen zu einem unscharfen Bild.

Steven. Sie musste nur den Namen hören, schon tauchte er vor ihrem inneren Auge auf. Der große Junge, immer ein Lächeln im Gesicht. Konnte ihn riechen, fühlen. Jeder Zentimeter ihrer Haut eine Erinnerungszelle.

Aber sie wollte das nicht, wollte nicht ständig über diese Linie gehen. Barfuß, über mindestens zweihundert kleine scharfe Messer zwischen ihr und der Erinnerung an ihn. Wollte ihn vergessen und mit ihm die Wunden, die er in ihren Stolz geschlagen hatte.

Und das war es doch, oder? Nichts außer verletztem Stolz. Die Höllenqual der Eitelkeit, der Aufschrei ihrer dummen kleinen Geltungssucht.

Seit wann war sie solch eine Prinzessin? Es sollte ihr komplett egal sein, ob sie für diesen dahergelaufenen Musiker nur ein kleiner Flirt gewesen war. Sie sollte lachen darüber, schließlich hatte sie doch auch nur Spaß haben wollen.

Feline trank den Tee aus und sah auf die Uhr. In einer Stunde kam Alina vom Spätdienst. Ein guter Zeitpunkt, um diesem Unsinn ein für alle Mal ein Ende zu bereiten.

Sie holte das Handy aus ihrer Handtasche, rief Stevens letzte Nachricht auf und drückte auf »antworten«. Der Cursor blinkte im leeren Feld.

»Hi Steven«, schrieb sie, »alles okay hier. Liebe Grüße, Feli.«

Sie starrte darauf, unschlüssig. Das war nicht wirklich ein Ende, oder? Ein bisschen zögerlich löschte sie die SMS.

»Hi Steven«, begann sie erneut und wusste dann nicht weiter. Was wollte sie ihm sagen?

Dass es keinen Sinn ergab. Dass er sie in Ruhe lassen sollte. Dass es eine nette Zeit auf Mallorca gewesen war, aber eben nicht mehr. Dass sie es dabei belassen sollten, es nicht zerstören.

Alles Lüge. Nichts, aber auch gar nichts davon war wahr.

Aber hatte sie irgendetwas davon, wenn sie ihm sagte, dass sie die Rechnung über die Ohrringe gefunden hatte, dass sie wusste, dass er sie belogen hatte? Nein.

»Hi Steven, es war eine tolle Zeit, aber mehr nicht. Ich wünsch dir ein super Projekt mit Scorsese und ganz viel Erfolg. Und dass du Miss Right bald findest. Mach's gut, liebe Grüße, Feli.«

Sie drückte auf »senden«.

41

»Martin ist sehr zufrieden«, sagte Brent und lächelte selbstgefällig in seiner Rolle als Regieassistent des großen Martin Scorsese. »Er lässt nachfragen, ob du die Musik für diese Liebesszene hier bis Montag fertig machen kannst?« Er hielt Steven einen USB-Stick hin.

»Ich versuch's, aber versprechen kann ich es nicht.« Steven fädelte den Stick an seinen Schlüsselbund, den er mit einer Kette an der Jeans befestigt trug. Sicher war sicher. »Das sind schließlich nur drei Tage.« Dieses junge Bürschchen ging ihm auf die Nerven. Spielte sich auf wie König Kallewirsch, aber kaum kam Scorsese persönlich um die Ecke, gab er den unterwürfigen Lakaien. Steven hatte Typen mit zwei Gesichtern noch nie gemocht, aber der hier war eine besondere Nummer.

»Du wirst das schon hinkriegen.«

Brents Lächeln war eine Spur zu süß, in seinen Augen blitzte etwas auf. War es Verachtung?

»Giltst du nicht als so etwas wie Hollywoods musikalischer Gott der Liebesszenen?« Brent lachte kehlig.

Es war Verachtung. Oder etwas Schlimmeres. Aus irgendeinem Grund konnte der Typ ihn nicht leiden. Steven hatte keine Ahnung, warum. Aber vielleicht mochte er einfach niemanden, vielleicht ging das gar nicht, wenn man so bis unter die Schädeldecke mit Selbstgefälligkeit vollgepumpt war. Steven tröstete bloß die Tatsache, dass auch der Typ noch geschliffen werden würde. Hollywood war gnadenlos. Niemand kam ohne Blessuren davon, erst recht keiner, der noch grün hinter den Ohren und so überzeugt von sich war wie dieser Brent, der sich blind selbst überschätzte.

»Ich seh mir die Szene in meinem Studio erst mal an, dann lasse ich Martin wissen, in welchem Zeitrahmen er mit dem Songfile rechnen kann.« Steven nahm seine Jacke und verließ das Büro.

Als er das Studiogelände verlassen und im dichten Freitagnachmittagsverkehr mehr stand als fuhr, musste er dann doch lachen. Wie dieser Brent geglotzt hatte, als er ihn da einfach so stehen gelassen hatte. Wie ein Pinscher, der sich die ganze Zeit für eine Bulldogge gehalten hatte und sich plötzlich im Spiegel sah. Geschah ihm nur recht. Was führte er sich so auf?

Martin Scorsese selbst war Steven bisher nur zweimal begegnet. Er hatte sympathisch, bescheiden gewirkt, und Steven fragte sich, wie er wohl zu diesem Regieassistenten gekommen war, der so gar nicht zu ihm zu passen schien. Allerdings, bedachte man, wie Brent sich verhielt, wenn der große Meister selbst anwesend war, dann musste man vermuten, dass Scorsese gar nicht wusste, wie sein Assistent wirklich gestrickt war.

Egal. Es war verschwendete Energie, sich derart viele Gedanken über Brent zu machen.

Mehr als das, wenn er ehrlich war, und das hatte er doch mit sich selbst vor vielen Jahren abgemacht, ehrlich zu sein, wenigstens zu sich. Weil man sich sonst selbst verlor, während man in diesem Haifischbecken der Lügner schwamm.

Hollywood, so viel Glanz und Gloria, alles nur Patina über Gletscher und Geröll.

Wie viele hatte er sich kopfüber hineinstürzen sehen, nur um in Lichtgeschwindigkeit verloren zu gehen? Alles für den Ruhm, das schnelle Geld. Jede Lüge recht, jedes Mittel. Aber irgendwann wachte ein jeder auf, und wenn man sich dann nicht mehr wiedererkannte, über zu viele Leichen gerannt war, wenn man erschrak vor dem, zu was man geworden war, der verzerrten Fratze, was blieb einem dann?

Zu lange mit dem Teufel gegessen und immer den Löffel mit dem kurzen Stiel gewählt, da war oft nichts mehr übrig außer dem Griff zu Flasche oder Spritze.

Nein, ehrlich, wenigstens mit sich musste man ehrlich bleiben, das war die Überlebensstrategie. Und für ihn hieß das jetzt, der Angst ins Gesicht zu sehen, die letzte SMS von Feli nicht vergessen, nicht so tun zu können, als ob es sie nicht gab, und zu wissen, er musste eine Liebesszene ansehen, wieder und wieder, und dazu Musik schreiben. Rhythmen eines fremden Liebesspiels, Tonfolgen in der Farbe der Gefühle, Melodien aus Leidenschaft. Und all das ging nur, wenn er es fühlte. Wenn er in diesen Raum seiner Seele trat, dessen Tür er fest verschlossen hatte. Wenn er es schaffte, dem Schmerz auszuweichen, der hinter der Tür lauerte, wenigstens für jene Stunden, die es brauchte, Gefühl in Noten zu übersetzen.

Feline zog die Füße an, sah ihrer Mutter zu, wie sie im Kamin stocherte, und fragte sich zum ersten Mal, ob sie wohl glücklich war, so allein.

»Man könnte meinen, dieses Jahr wird es gar nicht mehr Frühling«, sagte Kathrin und stellte das Kaminbesteck zur Seite. »Für dich muss das furchtbar sein, Feli. Schließlich hattest du auf Mallorca schon so etwas wie Frühsommer.« Sie nahm ihr Weinglas und setzte sich in den Schaukelstuhl.

»Ist es auch. Seit ich zurück bin, weiß ich gar nicht, was ich mir alles anziehen soll.«

»Und du wirkst bedrückt.« Kathrin neigte den Kopf ein wenig und bekam diesen nachdenklichen Gesichtsausdruck. »Oder täusche ich mich?«

Feline stand auf. »Ich hole mir ein Glas Wasser. Soll ich dir eins mitbringen?«

Ihre Mutter schüttelte nur den Kopf.

Feline wusste, wie leicht sie zu durchschauen war. Sie stand in der geöffneten Kühlschranktür, atmete die leblose Kühle ein und spielte auf Zeit. Was sollte sie ihrer Mutter antworten? Und war keine Antwort nicht bereits ein Eingeständnis? War allein der Gang in die Küche nicht schon Beweis genug?

Sie schlug die Tür zu und kehrte ohne Wasserglas ins Wohnzimmer zurück. »Er hat mich von Anfang an belogen«, sagte sie ohne Umschweife und ließ sich auf die Couch fallen. Dann erzählte sie ihrer Mutter vom Fund der Rechnung, von jenem Puzzlespiel, in dem sie gewissenhaft Gesprächsteilchen für Gesprächsteilchen aneinandergepasst hatte – wie als er ihr gesagt hatte, er würde die kommenden Monate sowieso keine Zeit für sie finden. Bis das große ganze Bild in aller Klarheit vor ihr gelegen hatte.

»Und du hast gar nicht versucht, mit ihm darüber zu sprechen?« Im Tonfall ihrer Mutter lag kein Vorwurf, lediglich Verwunderung und eine Spur von Bedauern.

»Welchen Sinn hätte das gemacht?« Feline trank ihr Glas leer und schenkte nach. Ihr war danach, sich zu betrinken, das ganze Unglück zu ersäufen, auch wenn sie wusste, dass sie am nächsten Morgen dafür doppelt und dreifach zahlen würde. »Er war da längst auf dem Weg zurück nach Hause. Steven hätte mir alles Mögliche erzählen können. Was hätte es geändert?«

»Ich weiß nicht. Vielleicht gab es eine Erklärung.«

»Mama, bitte! Wem schenkt man so teure Ohrringe?«

»Seiner Schwester?«

»Er hat keine.«

»Seiner Mutter?«

»Lange tot.«

»Schwägerin?«

»Steven hat auch keinen Bruder.«

Kathrin seufzte und hob abwehrend die Arme. »Okay, ich gebe auf.« Der Wein in ihrem Glas fing das Licht des Feuers ein und funkelte tiefrot. »Trotzdem denke ich, ein klärendes Gespräch hätte dir gutgetan.«

»So?«

»Du hättest ihm immerhin deinen Ärger an den Kopf werfen können, anstatt jetzt endlos darauf herumzukauen.«

»Ich kaue nicht darauf herum.«

»Aber es bedrückt dich.«

»Und wenn schon, Mama. Können wir bitte das Thema wechseln?«

Kathrin sah sie nur an und schwieg.

Ein Holzscheit barst, das Kaminfeuer fauchte. Ein Raubtier mit glühend roten Augen und orangefarbenen Fängen.

Feline hasste es, wenn ihre Mutter das tat. Dieses Warten, die Stille wachsen lassen, bis sie ein Monstrum war, das man nicht mehr ertrug, das man füttern musste. Nicht zum ersten Mal fragte sie sich, ob sie das mit ihren Patienten auch so machte.

»Vielleicht kann ich das eben nicht, das mit den Beziehungen«, sagte sie leise und fühlte sich dabei, als tappte sie sehenden Auges in die Falle.

»Ist das ein Vorwurf?«

Feline hob den Kopf und sah ihrer Mutter in die Augen. Zwei dunkle Teiche, abgründig tief, die nichts verrieten. »Komm mir jetzt nicht auf die Psychotour.« Sie wusste selbst nicht, wieso sie plötzlich so auf Krawall gebürstet war.

»Nichts liegt mir ferner«, sagte ihre Mutter ruhig. »Aber du hättest alles Recht der Welt dazu, mir diesen Vorwurf zu machen.«

Felines Gedanken stolperten, verloren die Balance. Ein Luftloch, jene eigenartige Leichtigkeit im Magen, kurz vor der Übelkeit. »Wieso das?«

»Immerhin hab ich dir das nicht vorgelebt, eine funktionierende Beziehung. Du konntest dir das nicht bei mir und deinem Vater oder einem anderen Mann abgucken. Alles, was du gesehen hast, war unser Scheitern.« Sie trank einen Schluck und sah in das Glas, als schwamm ihr Leben auf der Oberfläche des Weins. »Und mein Alleinsein«, ergänzte sie leise.

Im ersten Moment wusste Feline nicht, was sie dazu sagen sollte. So hatte sie das noch nie gesehen. Nie wäre sie darauf gekommen, dass ihre Mutter sich Vorwürfe machte, dass sie für sie ein schlechtes Beispiel abgegeben hätte. »Aber du und ich, wir haben doch eine funktionierende Beziehung.« Sie schüttelte den Kopf, und es fühlte sich auf unerklärliche Weise gut an. »Mit Alina bin ich auch schon Jahrzehnte befreundet. Nein, das war Quatsch, was ich da eben gesagt habe. Ich weiß nicht, ich glaube, ich bin einfach verletzt, dass er mich so belogen hat.« Sie konnte nicht sagen, warum es immer so besonders wehtat, wenn sie seinen Namen aussprach, also ließ sie es lieber sein.

»Aber das ist es, was Liebe ausmacht. Dass man sich zeigt, dass man sein Herz öffnet … Leider auch für Verletzungen. Vielleicht sogar in erster Linie für den Schmerz.«

»Ich verstehe einfach nicht, warum er das getan hat. Es war nicht nötig.«

»Ist es das jemals?«

»Weiß ich nicht.« Feline zuckte die Schultern. Es fühlte sich hilflos an. Alles fühlte sich auf einmal an, als hatte sie keine Kontrolle darüber.

»Vielleicht wollte er gar nicht lügen und hat es nur nicht geschafft, dir zu sagen, dass es da zu Hause jemand anderen gibt. Nicht fair, aber allzu menschlich.«

»Selbst wenn, was hilft mir das?«

»Na ja, es würde bedeuten, dass er dich nicht verletzen wollte. Und das wiederum sollte dir sagen, dass ihm sehr wohl etwas an dir lag.«

»Vielleicht.« Feline konnte den Trost nicht zu fassen bekommen, der in den Worten ihrer Mutter lag. Egal, wie oft sie danach griff, er floss wie Quecksilber davon.

42

»Dieser Rafael macht mich wahnsinnig!« Alina knallte ihre Tasche auf den Tisch. »Für wen hält der sich? Für einen Erzengel oder was?«

»Rafael?« Feline sah über ihren Laptop hinweg auf Alina, die eine Schranktür zuknallte und Wasser mit so viel Schwung in ein Glas goss, dass es überschwappte.

»Die neue Pfeife von einem Arzt im Praktikum«, schnaufte sie verächtlich. »Aber Papi ist schließlich der große Guru an der Charité, da kann man sich ja jeden Schwachsinn erlauben und immer noch meinen, man sei ein Geschenk Gottes an die ganze verdammte Menschheit.«

Feline hatte Mühe, nicht lauthals loszulachen. So wie Alina wild gestikulierte und dabei das Gesicht verzog, das hatte etwas unfreiwillig Komisches. »Was hat er denn so Furchtbares getan?«

»Aus einem Noro eine akute Appendizitis gemacht. Dieser Vollpfosten!«

»Und das kann man nicht verwechseln?«

»Anhand der Blutwerte?« Alina sah aus, als hätte Feline etwas unsagbar Dummes gefragt. »Ich bitte dich, wer nicht mal Leukozyten von Viren unterscheiden kann, der ist in dem Beruf so was von falsch.« Sie rollte die Augen.

»Okay, okay«, versuchte Feline Alina zu beschwichtigen, »jetzt erklär mir noch, warum dich das so dermaßen aufregt, bitte.«

»Der Knallkopf wollte ernsthaft eine Not-OP machen. Bei einem Achtzigjährigen mit eindeutiger Appendektomie-Narbe und Viren bis unters Dach.«

»Auf Deutsch?«

»Der Patient hat eine Narbe, die nur von einer Blinddarm-OP stammen kann.«

»Oh.«

»Genau, Doktor Superschlau wollte einen Appendix entfernen, der gar nicht mehr da ist.« Alina angelte einen Keks aus der Dose neben der Kaffeemaschine. »Und als ich ihn darauf hingewiesen habe, hat er mich angefahren, ich solle mich raushalten, es sei schließlich nicht mein Patient.«

»Als Arzt im Praktikum darf der operieren?« Feline hatte bereits einiges Vertrauen in das Gesundheitssystem verloren, seit Alina Ärztin war, aber das hier drohte, ihr den Rest auch noch zu rauben.

»Natürlich nicht.« Alina schob sich einen weiteren Keks in den Mund. »Zum Glück. Stell dir das mal vor …«

Gerade das wollte Feline am allerwenigsten tun. »Aber wie kann er dann entscheiden, dass der Patient operiert wird?«

»Na, gar nicht. Aber er wollte. Und als ich mich geweigert habe, den Patienten für den OP anzumelden, ist er ausgeklinkt. Der hat tatsächlich den Chef herbeizitiert. Kannst du das glauben?«

»Und dann?«

Alina zuckte die Schultern. »Da Rafael der Sohn des Gurus ist, hat der Chef erst mal getan, als wollte ich nur nicht die Diagnose eines AiP akzeptieren.«

»Oh nein …«

»Na ja, die Fakten sprachen dann für mich.« Sie angelte einen weiteren Keks heraus und drehte den Deckel wieder auf die Dose. »Aber weißt du, wie sich das anfühlt, wenn einem so ein Scheiß unterstellt wird und man sich rechtfertigen muss, als sei man eine unkollegiale Ziege?«

»Ich kann es mir vorstellen. In etwa so, wie wenn man als frischgebackene Architektin den alten Hasen von Bauingenieur auf einen Fehler in seiner Statik-Berechnung aufmerksam macht und der einem vorwirft, man wolle sich nur profilieren.«

»Schuster bei deinem ersten Projekt?«

»Genau.« Feline erinnerte sich nur ungern an die unschöne Auseinandersetzung. »Und dabei hab ich damals sogar im großen Meeting die Klappe gehalten und ihm das hinterher unter vier Augen gesagt.«

»Stimmt, ich erinnere mich. Das war ziemlich nobel von dir.«

»Ja, aber blöd.«

»Gibt gutes Karma.« Alina zwinkerte ihr zu. »Ich hingegen werde irgendwann in der Hölle schmoren.«

»Glaub ich nicht. Immerhin rettest du andauernd Leben. Ich hab nur irgendjemandes guten Ruf erhalten.«

»Egal. Auf jeden Fall geht es mir jetzt besser, nachdem ich Dampf ablassen konnte.« Alina öffnete den Kühlschrank und starrte hinein. »Sollen wir was kochen?«

»Tu dir keinen Zwang an. Ich brauch hier noch eine halbe Stunde.«

»Was machst du denn da?« Alina trat hinter sie. »Bewerbung?«

»Hm.«

»Und ich dachte, so als Millionärin wirst du jetzt Privatier.«

»Klar.« Feline schüttelte den Kopf. »Und ich dachte, du kennst mich.«

»Ach«, Alina winkte ab, »Geld hat schon so manchen Charakter verdorben.« Sie holte Gemüse aus dem Kühlschrank. »Wie wär's mit meinem berühmten Curry?«

»Klingt gut.«

»Bei wem bewirbst du dich denn?«

»Friedrich und Partner. Die haben eine echt interessante Stelle ausgeschrieben. Außerdem haben sie einen ziemlich großen Namen und Büros überall auf der Welt.«

»Okay.«

»Sie suchen hauptsächlich für Planung und Entwurf. Und sie sind bekannt dafür, ungewöhnliche Bauten zu machen. Mut zum Design halt.«

»Klingt doch, als wäre das genau auf dich zugeschnitten.«

»Ich fürchte nur, ich bin zu jung und unerfahren für die.«

Alina zückte das Skalpell und ging einer Paprikaschote an den Kragen. »Wer nicht wagt, der nicht gewinnt.«

43

Steven setzte sich auf die unterste Stufe der Holztreppe. Der Sand unter seinen nackten Füßen war feucht und kühl von der Nacht. Ein leichter Wind brachte den Geruch nach Salz mit sich, und am Horizont kündigte ein goldroter Streifen den nahenden Tag an.

Er hatte die Nacht durchgearbeitet. Manchmal tat er das. Wenn es besonders gut lief oder wenn er die stille Einsamkeit brauchte, die Gewissheit darum, dass die Welt schlief. Oder aber, wenn Schlaf der Freund war, der sich bei ihm nicht mehr blicken ließ.

Dieses Mal war es von all dem ein bisschen gewesen. Dazu ein Spritzer Termindruck, eine Prise Vergessenwollen, ein Dash Ringen um Erschöpfung, die es vermochte, ihn in traumlosen Schlummer zu schicken.

Er legte die Hände um den Kaffeebecher. Die Wärme tat gut. Er hätte nicht gedacht, dass es so gut laufen würde, aber die Musik war aus ihm herausgeflossen. Ein stetiger Strom, der irgendwo in seinem Unterbewusstsein entsprang, klar und frisch.

Die Szenen auf dem Bildschirm hatten zu ihm gesprochen wie nie zuvor. Adagio, Andante, Fortissimo. Pauken und

Trompeten. Dann wieder Streicher, ein Meer von Streichern, sanft und doch überwältigend. Und mittendrin trieb ihr Gesicht. Das Lächeln um Augen und Mund, das Blitzen in den dunklen Pupillen, die fein geschwungenen Brauen, das markante Kinn.

Er stand auf und ging langsam über den feuchten Sand der Schwärze des Pazifik dem bläulichen Licht der Dämmerung, dem roten Glühen am Horizont entgegen. Ging, bis das Wasser die Füße neckte, beißend kalt.

Sollte das wirklich alles gewesen sein? Wenige Tage unter mediterraner Sonne, ein paar Nächte voller Leidenschaft? Das war's?

Steven stand still, atmete die salzige Luft ein. Tastete nach jener Stimme der Weisheit in sich, von der er hoffte, dass sie ihm die Antwort geben würde, die er sich so sehr wünschte. Dass es nichts als ein Missverständnis war, leicht aufzuklären, nicht der Rede wert.

Aber dort, wo der Instinkt wohnte, war nichts als Stille. Ein leeres Haus, in dem Staub in der schalen Luft stand. Die Möbel mit Tüchern zugedeckt, der Strom abgestellt, die Fensterläden geschlossen.

Er trank den Kaffee aus und ließ die Schultern hängen. Wenn es doch nur irgendetwas gäbe, das er tun könnte. Aber er konnte hier jetzt nicht weg, musste erst das Projekt durchziehen, und das stand noch am Anfang.

Nicht einmal das Telefon taugte als Rettungsschnur. Er hatte es versucht, unzählige Male, zu allen erdenklichen Uhrzeiten. Aber dort drüben, auf der anderen Seite der Welt, nahm niemand ab.

44

Zwei Monate waren vergangen, seit Feline aus Mallorca zurück war, und fast sechs Wochen, seit sie die Bewerbung abgeschickt hatte. Ein launischer Sommer hatte inzwischen die Stadt erobert, und sie vermisste die spanische Sonne und die seidige Luft, während sie die ruhige Straße entlangging, vorbei an hohen Hecken und schmiedeeisernen Zäunen.

Das Haus wirkte seltsam deplatziert. Ein Quader aus Glas und Stahl, strotzend vor Selbstbewusstsein inmitten historischer Villen im altehrwürdigen Grunewald. Ein Statement dafür, dass sich auch hier die Zeit nicht aufhalten ließ, dass alles voranschritt.

Feline hatte ein bisschen weiche Knie, als sie den Kiesweg entlangging, vorbei an zu Skulpturen geschnittenen Buchsbäumen und Stahlgebilden, die wie Büsche aussahen. Verkehrte Welt, aber dafür war das Architekturbüro Friedrich und Partner bekannt.

Noch ehe sie klingeln konnte, hielt ihr eine junge Frau die Tür auf. »Feline Schwarz?« Sie reichte ihr die Hand. »Willkommen. Ich bin Sonja Klein. Sie haben gut hergefunden?«

»Ja, danke.« Feline war beeindruckt. Das Parkett glänzte, Licht flutete in alle Ecken, und an einer Wand waren unzählige kleine Sockel angebracht, auf denen die diversen Preise präsentiert wurden, die die Architekten gewonnen hatten. Die andere zierten Fotos der verschiedenen Bauten in Schwarz-Weiß neben handgezeichneten Plänen.

»Kaffee? Wasser? Tee?« Frau Klein wies auf ein Ledersofa im Bauhausstil. »Nehmen Sie Platz.«

»Danke, ich nehme gern ein Glas Wasser.« Feline setzte sich. Dass Friedrich und Partner sie überhaupt eingeladen hatten, war schon eine Sensation, aber diese Büroräume konnten selbst gestandene Architekten einschüchtern.

Erstaunlich leise war es. Die Wände waren aus Glas, die Decke aus Milchglas. Man konnte allen bei der Arbeit zusehen, und Feline fragte sich, ob einen das nicht nervös machte. Kam man sich nicht ständig beobachtet vor?

Ein kleiner, älterer Mann kam die gläserne Treppe hinunter, die durch ihre Konstruktion und die Materialien wirkte, als schwebte sie frei im Raum. Er trug eine braune Cordhose, die mindestens drei Zentimeter zu kurz über ausgetretenen roten Chucks endeten. Das dunkelblaue Hemd hing ihm aus der Hose, und die silberweißen Haare standen wüst in alle Richtungen.

Unwillkürlich stand Feline auf, ein bisschen atemlos. Der Mann, der geradewegs auf sie zukam, war kein Geringerer als der große Gregor Friedrich persönlich.

»Frau Schwarz«, lächelte er sie aus blassblauen Augen an, »freut mich, Sie kennenzulernen.« Sein Händedruck war fest. »Kommen Sie, gehen wir in mein Büro.« Am Fuß der Treppe drehte er sich um. »Sonja? Bringst du uns bitte Kaffee? Und ein paar von diesen tollen Keksen?« Er wandte sich wieder Feline zu. »Sie trinken doch Kaffee, oder?«

Feline folgte ihm Stufe um Stufe nach oben und versuchte, ihren Herzschlag in den Griff zu bekommen. Nie und nimmer hatte sie damit gerechnet, dass der Meister persönlich das Gespräch führen würde. Und prompt fielen ihr all die Geschichten ein, die über ihn kursierten.

Als kauzig war er verschrien, als alter Mann mit schrägem Humor und Vorliebe dafür, alle und jeden hochzunehmen. Arrogant, von sich eingenommen, ungeduldig – alles Attribute, die ihm seit Jahren anhingen und die so gar nicht zu ihm zu passen schienen, wenn man ihn so direkt vor sich sah.

Aber wer weiß, dachte Feline und trat in sein Büro, das viele Quadratmeter Leere und einen alten Schreibtisch beherbergte, sonst nichts. Sei auf der Hut, sagte sie sich, vielleicht war es doch alles wahr und seine sympathische Art nur eine Fata Morgana.

»Setzen Sie sich.« Er gab dem Chefsessel einen Stoß, sodass er auf Feline zurollte, und setze sich auf die vordere Kante des Schreibtisches. Für sein Alter war er unglaublich agil. »Wissen Sie, wie ich unser Büro nenne?« Er lachte trocken, und es klang ein bisschen überdreht.

»Keine Ahnung.« Feline hatte sich selten so unwohl gefühlt.

»Das Aquarium.« Gregor Friedrich wieherte vor Lachen und schlug sich auf die Oberschenkel. »Dabei hasse ich Wasser.« Er stand auf, griff mit beiden Händen in eine Kiste und warf Streichholzschachteln auf den Tisch. »Wissen Sie«, er sah Feline an und war plötzlich ernst, »ich fand es mutig, dass Sie sich beworben haben.«

Feline machte sich ein wenig gerader. Er hatte sich verändert, eine Maske fallen lassen, war kühler, schärfer.

»Sie haben doch quasi keinerlei Erfahrung, oder?«

Sie räusperte sich und hasste sich sogleich dafür. Schwäche. Einem Typen wie Friedrich zeigte man keinerlei Schwäche, aber nichts anderes hatte sie gerade getan. »Ich habe die Staatsoper …«

»Sie sind rausgeflogen«, fiel er ihr ins Wort. »Wieso?« Sein Blick bekam etwas Stechendes.

Wollte sie wirklich für so jemanden arbeiten?

»Keine Antwort ist auch eine Antwort.« Er lachte.

»Ich bin sicher, Sie haben meinen Exchef gefragt.« Irgendwo tief in ihrem Innern regte sich Groll. Er bäumte sich auf, boxte sie in den Magen.

»Hört, hört.« In Friedrichs Augen blitzte etwas auf. »Revoluzzergeist haben Sie ja.« Er trat hinter den Schreibtisch. »Mal sehen, ob Sie auch etwas können.« Er wies auf die Schachteln mit den Zündhölzern. »Machen Sie was draus. Bauen Sie mir ein Gebäude, das mich begeistert.«

»Damit?«

»Wieso nicht? Sind Sie Architektin oder nicht?«

»Ja, aber …«

»Was heißt hier aber? Haben Sie Ideen oder nicht?« Er trat einen Schritt zurück. »Beweisen Sie mir, dass Sie was draufhaben … Frau Schwarz.«

Der Typ war irre, und all die Geschichten, die sie über ihn gehört hatte, waren untertrieben. Profane Verharmlosungen. Machte ihm das Spaß? Fremde Menschen in unangenehme Situationen bringen, um zu schauen, wie sie reagierten? Was bezweckte er damit?

Egal. Der Widerstand in Feline, eben noch ein kleines kesses Ding, richtete sich nun auf, wuchs über sie hinaus. Niemand redete so mit ihr, nicht mal ein Gregor Friedrich. »Wissen Sie was? Diesen Unsinn habe ich gar nicht nötig.« Sie wandte sich um und ging Richtung Tür.

»Wusste ich's doch«, höhnte er, »Sie können gar nichts. Sie bluffen nur.«

Was bildete sich dieser Kauz ein? Feline spürte die Wut hochkochen, glühend giftige Lava. Sie atmete tief ein und marschierte zum Schreibtisch zurück, all die Zerstörungskraft, die in ihr tobte, nur vage im Griff. Selbst ihr Atem war heiß, sie konnte es spüren, wie er beißend über ihre Lippen rauschte.

Jeder andere würde jetzt zu stottern anfangen, aber nicht sie. Sie war nicht die kleine dumme Göre, zu der er sie degradieren wollte. Nein, sie war jemand.

In Windeseile zerbrach sie Zündhölzer in unterschiedliche Längen, steckte mit ihnen Schachtel für Schachtel an- und übereinander, bis ein filigranes, dreistöckiges Gebilde entstanden war. Dann griff sie den Tesafilm-Abroller, wickelte Klebeband um ihr Gebäude, bog vier Büroklammern zurecht und steckte sie an verschiedenen Stellen kreuz und quer hinein, sodass sie eine Art Hängebrücke zwischen zwei Gebäudeteilen ergaben. Zum Schluss jagte sie einen Bleistift durch das Dach, zog ihren Lippenstift aus der Tasche, brach die Spitze ab und drückte sie in einen Zwischenraum, der eine Art Atrium bildete.

Mit feurigen Augen blickte sie Gregor Friedrich an. Er sah herrlich verdattert aus und strich sich nachdenklich mit der Hand übers Kinn.

»Viel Glück bei der Suche«, schnaubte sie verächtlich und verließ sein Büro.

»Was für ein Auftritt!« Alina hielt ihr Weinglas hoch und prostete Feline zu. »Du glaubst gar nicht, wie gern ich da dabei gewesen wäre.«

»Ich lieber nicht«, sagte Feline. Ihr zitterten immer noch die Knie, wenn sie an ihr missratenes Vorstellungsgespräch bei Gregor Friedrich dachte. »Ich hab mich so vorgeführt gefühlt.« Sie trank einen großen Schluck Wein.

»Also ich weiß nicht, ich finde, du hast es ihm ganz schön gegeben.«

»Ich war sauer.« Feline schüttelte den Kopf. »Stinkwütend.«

»Ich hoffe, es war kein teurer Lippenstift, den du geopfert hast?«

Feline winkte ab. »Frag nicht.«

»Chanel?« Alina zog die Stirn in Falten.

Feline nickte. »Ich hatte nur den dabei.«

»Den Glückslippenstift? Du musst dir unbedingt einen neuen kaufen.«

»Gleich morgen«, stimmte Feline zu.

»Du hast diesen Friedrich bestimmt beeindruckt.«

»Na, ich weiß nicht. Ich hoffe nur, der erzählt das nicht in der ganzen Branche herum. Dann bin ich erledigt.«

Alina zuckte die Schultern. »Ich denke, der hat eh den Ruf, irre zu sein? Dann wird jeder verstehen, dass er dich zur Weißglut gebracht hat.« Sie goss sich Wein nach und hielt Feline die Flasche hin. »Vermutlich würden dich alle bewundern, dass du ihn so furchtlos in die Schranken gewiesen hast.«

»Ja, aber blöd ist es schon. Ich hätte den Job irgendwie ganz gern gehabt.«

Alina rollte die Augen. »Seit wann bist du unter die Masochisten gegangen?«

»Gar nicht«, protestierte Feline. »Aber das Büro ist nicht nur sehr bekannt, ich hätte dort wirklich ungewöhnliche Sachen machen können. Zukunftsweisende Projekte.«

»Und woanders geht das nicht?«

»Nicht in dem Maße. Das Büro Friedrich beauftragt nur, wer zum einen Geld hat und es zum anderen auch für wirklich hervorstechende Architektur ausgeben will.«

»Verstehe.«

»Aber es sollte eben nicht sein.« Feline hob ihr Glas. »Komm, lass uns drauf trinken, dass …« Ihr Handy fing an zu klingeln. »Schwarz«, meldete sie sich.

»Sie haben mich schwer beeindruckt.«

Feline erkannte die Stimme sofort. »So? Hab ich das?« Sie spannte die Muskeln an.

»Allerdings. Ihr Zündholz-Tesa-Lippenstift-Gebäude steht immer noch auf meinem Tisch. Ich denke, ich werde es behalten.« Er klang ungeheuer vergnügt, als bereitete ihm der Gedanke großen Spaß. »Es wird mich immer daran erinnern, dass das Unmögliche möglich ist. Verraten Sie mir, welche Funktion es hat?«

»Es ist eine Oper«, sagte sie ohne zu zögern. »Und das haben Sie nicht gesehen, Herr Friedrich? Ich bin enttäuscht.«

»Wieso kommen Sie nicht einfach morgen Mittag noch einmal vorbei?«

»Zu welchem Zweck?« Er klang ganz anders, eher so wie gestern bei der Begrüßung. Die Wärme hatte zurück in seine Stimme gefunden und die Überheblichkeit verdrängt, vielleicht sogar vernichtet.

»Wir könnten über Ihr Gehalt verhandeln, Frau Schwarz.«

Für einen Moment stand ihr Herz still. Sollte sie? Feline sah Alina an und dann über die Schulter der Freundin hinweg aus dem Fenster. Die Hochtrasse stand verlassen. Keine U-Bahn weit und breit. »Ich denke nicht, dass das eine gute Idee ist. Sie haben mich nicht überzeugt, Herr Friedrich.« Sie wollte Ja sagen, aber sie konnte nicht, nicht, ohne ihn zu testen.

Für einen langen Moment war es sehr still am anderen Ende der Leitung. »Sie sollten trotzdem vorbeikommen«, sagte er schließlich, »Sie haben meine Kekse nicht probiert.«

Feline musste lachen.

»Kommen Sie, Frau Schwarz, seien Sie nicht nachtragend. Ich bin zwar ein Aas, wenn man mich nicht kennt, und ich habe diese unangenehme Macke, fremde Menschen zu provozieren, bis sie mich hassen, aber wenn man mit mir arbeitet, bin ich ganz okay.«

»Und das soll ich Ihnen glauben?«

»Ja, natürlich. Haben Sie noch nie davon gehört, dass man kein Star sein kann, wenn man nicht eine Legende um sich strickt?«

»Okay.« Feline grinste. »Aber nur wegen der Kekse.«

»Sag bloß?«, fragte Alina, als sie aufgelegt hatte.

Feline zuckte die Schultern. »Gregor Friedrich will, dass ich für ihn arbeite.«

»Aber …?«

Es war ein unglaubliches Gefühl. Eine Prüfung, für die sie nicht gelernt und die sie dennoch mit Bravour gemeistert hatte – so in etwa fühlte es sich an. Die Wut hatte sie beflügelt, es war ihr egal gewesen, was er von ihr dachte oder ob ihm gefiel, was sie tat. War das das Geheimnis ihres Erfolgs?

Sie hatte sich nicht geschlagen geben wollen. Hatte sich seine Frechheit nicht bieten, sich erst recht nicht einschüchtern lassen, nur weil er mit einem großen Namen und einem Sack voller Preise daherkam. Und es hatte funktioniert. All die Jahre an Berufserfahrung, die ihr fehlten, bedeuteten am Ende nichts, wie es schien.

Sie hatte hoch gepokert, wenn auch ohne Vorsatz und ohne Plan. Hoch gepokert, aber nicht geblufft. Und genau das war es gewesen, was Gregor Friedrich offenbar überzeugt hatte.

Sie war keine Angeberin, sie war echt. Und er war kein Irrer, sondern ein gerissener Kerl. Na gut, vielleicht ein ganz kleines bisschen irre.

»Aber was, Alina?«

»Na … also … Ich dachte, du hast dich von ihm total blöd behandelt gefühlt? Willst du dir das antun? Der ist doch bestimmt immer so.«

Feline trat vor Alina und legte ihr die Hände auf die Schultern. »Er hat sich entschuldigt. Auf seine Art. Und hey, ich kann jederzeit kündigen, oder?«

45

Steven rieb sich die Augen, aber das Brennen konnte er so nicht vertreiben. Vor dem Fenster dehnte sich die mondlose Nacht, im Haus die Stille.

Er lehnte sich zurück, verschränkte die Hände hinter dem Kopf und ergab sich der Ratlosigkeit. Egal, wie oft er Feline googelte, er fand nichts über sie heraus. Weder wenn er nur ihren Namen eingab, noch wenn er es mit dem Zusatz Architektin versuchte.

Diese verdammte SMS fiel ihm wieder ein. Der knappe Text, in dem sie ihm gewünscht hatte, dass er seine Miss Right bald fand. Als ob sie gerade mal einen Abend in einer Bar verquatscht hätten, mehr nicht. Er musste nur daran denken, dann könnte er gleich wieder auf die nächstbeste Palme steigen. Er hatte sich so abserviert gefühlt. Deshalb hatte er das Ding auch nicht beantwortet. Um in seiner Wut nicht etwas Blödes zu sagen, was alles nur noch schlimmer gemacht hatte. Und im Grunde war er immer noch sauer. Zumindest darauf wollte er nicht sitzen bleiben.

Seit Tagen hatte er alles Erdenkliche versucht und nichts erreicht. Unglaublich in dieser digitalen, vernetzten Welt, aber nicht zu übersehen.

Als Allererstes hatte Steven Sofía per E-Mail nach Felines Berliner Adresse gefragt. Aber sie hatte auch nur die Mobilnummer, unter der niemand abnahm – jedenfalls nicht, wenn er anrief, und er hatte es sogar mehrfach mit unterdrückter Nummer versucht.

Dann hatte er sie zum ersten Mal gegoogelt und war immerhin darüber gestolpert, dass sie an der Sanierung der Staatsoper gearbeitet hatte. Diese Spur hatte er bis zu ihrem ehemaligen Arbeitgeber verfolgt.

Als das Architekturbüro seine Mails nicht beantwortet hatte, hatte er angerufen. Eine Frau hatte ihm ziemlich schnippisch in schlechtem Englisch erklärt, dass sie keine Daten ehemaliger Angestellte herausgaben.

Als Nächstes hatte Steven die sozialen Netzwerke nach ihr durchforstet. Man mochte es kaum glauben, aber Feline hatte weder einen Facebook-Account noch war sie auf Twitter, Google+, Instagram oder sonst irgendwo präsent. Nicht einmal auf LinkedIn.

Auch die typischen People-Suchseiten ergaben nicht einen einzigen Treffer. Er hatte sogar recherchiert, was für Portale Deutsche benutzten, und war auf StayFriends gestoßen – ohne Erfolg.

Es war wie verhext. Fast war er versucht zu glauben, es gab sie überhaupt nicht. Er hatte sich Feline Schwarz aus Berlin nur eingebildet. Sie war eine Traumgestalt, ein Fabelwesen, eine Elfe, was auch immer. Auf keinen Fall jedoch eine reale Person.

Steven ging in die Küche, um sich ein Glas Wein einzugießen. Die Flasche schon in der Hand, überlegte er es sich anders und nahm stattdessen den Talisker aus dem Schrank. Er brauchte etwas Stärkeres.

Bernsteinfarben schimmerte der Whisky im Tumbler. Er schloss die Augen und atmete den unverkennbaren Geruch ein.

Das Meer, die wilde Landschaft der Isle of Skye, all das steckte in diesem kräftigen Single Malt.

Der erste Schluck rann seine Kehle hinab. Die volle Süße von Trockenfrüchten mischte sich auf der Zunge mit Anklängen von Rauch und Gerstenmalzaromen und ließ eine pfeffrige Note zurück, bevor er ihn wärmte.

Die Intensität des Whiskys tat ihm gut, verdeutlichte, dass all das hier, er, das Haus, die Situation, real war.

Es gab keine Elfen. Feline war eine Frau aus Fleisch und Blut, deren Geruch noch in seiner Nase war, deren weiche Haut er fühlen konnte. Sie war verschwunden, ja, irgendwie gänzlich aus seiner Reichweite, aber das hieß nicht, dass es sie nicht gab.

Er schenkte sich noch einmal nach und trat dann auf die Terrasse, das Glas in der Hand.

Stockfinster war die Nacht, der Himmel verhangen. Ein heftiger Wind fauchte in Böen ums Haus, wechselte die Richtung wie Dirk Nowitzki in seinen besten Spielen. Der Pazifik toste in ohrenbetäubender Stärke.

Steven trat ans Geländer und kniff die Augen gegen den Angriff des Sturms zusammen. Hemd und Hose flatterten ihm um den Körper, und er genoss es, die Gewalt der Natur zu spüren. Alles, einfach alles war besser als die Stille.

Es musste eine Möglichkeit geben, sie zu finden. Es konnte doch nicht sein, dass sie einfach so verschwand. Selbst wenn sie wirklich nichts mehr mit ihm zu tun haben wollte, dann musste er trotzdem wissen, warum. Sonst würde er nie wieder Ruhe finden, da war er sich sicher.

Nein, ihm musste etwas einfallen. Egal, was. Und was es ihn auch kostete. Er musste sie finden.

46

»Jetzt erzähl mir erst mal von deinem neuen Job. Wie ist es so? Macht es Spaß?«

Feline zog eine der beiden Latte macchiato zu sich. »Kein Kuchen, Mama?«

Kathrin schüttelte den Kopf. »Alles ausverkauft. Kein Wunder. Endlich ist es mal warm und sonnig, und das an einem Sonntag, da kommen alle aus ihren Löchern gekrochen.«

Feline kramte in ihrer Tasche und fischte eine angebrochene Packung Kekse heraus. »Dann müssen wir uns eben selbst versorgen.«

Eine Schwanenfamilie glitt langsam über den Lietzensee. Die sieben Kleinen schwammen grau und flauschig zwischen den Eltern.

»Also?« Ihre Mutter nahm einen Keks und sah ihre Tochter erwartungsvoll an.

»Es ist stressig, aber cool.« Feline rückte mit ihrem Stuhl ein bisschen mehr in die Sonne. »Gregor Friedrich ist sehr anspruchsvoll. Er triezt mich ganz schön. Aber andererseits lerne ich unheimlich viel.«

»Du siehst ein bisschen blass aus, finde ich. Überarbeitest du dich auch nicht?«

»Ach Mama, du weißt doch, wie das ist. Wenn man irgendwo neu anfängt, ist es erst mal superstressig. Und man muss sich richtig ins Zeug legen. Ich meine, ich bin in der Probezeit.«

»Das ist mir alles bewusst, ich hoffe nur, du übertreibst es nicht. Es nützt dir nämlich gar nichts, wenn du krank wirst.«

»Mama!« Feline rollte die Augen. »Ich bin schon groß.«

»Ich weiß.« Kathrin grinste. »Aber du bleibst immer mein Kind und ich deine Mutter. Und Mütter müssen sich Sorgen machen.«

»Gut, dann haben wir das jetzt für heute erledigt, oder?«

»Von mir aus.« Kathrin seufzte. »Dann erzähl mir von deinem Projekt. Was planst du Schönes?«

»Ein Theater.« Feline sah den Schwänen hinterher. Sie waren zum anderen Ufer hinübergeschwommen und verschwanden nun unter den ins Wasser hängenden Ästen einer Trauerweide. »Eine wahnsinnige Konstruktion. Fast nur Glas.« Sie wandte den Kopf und sah ihre Mutter an. »Es ist ein Wettbewerb. Für ein Theater, das in Los Angeles gebaut werden soll.«

»Und wenn ihr das gewinnt, heißt das dann, dass du für eine Weile nach Kalifornien gehst?« Kathrin sah ein bisschen so aus, als behagte ihr der Gedanke nicht.

»Nein, keine Bange«, gab Feline Entwarnung und musste daran denken, wie erschrocken sie selbst gewesen war, als Gregor Friedrich ihr eröffnet hatte, dass sie ausgerechnet an diesem Projekt arbeiten sollte. Im ersten Moment hatte sie gleich wieder kündigen wollen. Los Angeles. Das war der letzte Ort, wo sie hinwollte. »Wir machen nur den Entwurf. Bauen würde es dann ein Büro vor Ort. Falls wir überhaupt gewinnen.«

»Aha.« Die Gesichtszüge ihrer Mutter entspannten sich, wurden wieder weich.

»Und oft genug wird am Ende gar nicht der Entwurf gebaut, der gewonnen hat.«

»Nicht?«

»Nein.«

»Das ist ja blöd.«

»Ach, ich glaube, es hat damit zu tun, dass die Jury den Entwurf wählt, der ihr gefällt, und der Bauherr dann feststellt, dass er sich den gar nicht leisten kann.«

»Und gebaut wird dann etwas ganz anderes?«

»Gregor sagt ...«

»Gregor?«

»... dass oft der Zweit- oder Drittplatzierte realisiert wird.«

»Gregor?«

»Wir sind per Sie und Vornamen. Warum fragst du so komisch nach?«

Kathrin zuckte die Schultern. »Ich dachte, ihr versteht euch nicht so gut?«

»Wir hatten einen etwas verunglückten Start«, winkte Feline ab und löffelte den Milchschaum vom Glasrand, »aber jetzt ist alles in Ordnung.«

»Er ist also kein kompletter Irrer?«

»Genie und Wahnsinn?« Feline lachte. »Ein bisschen vielleicht. Aber ich kann damit umgehen.«

»Dann ist es ja gut.«

»Jetzt mal im Ernst, Mama. Bei Gregor kann ich große Ideen haben, verrückte. Er hört sich alles erst einmal an und denkt darüber nach. Und er ermutigt mich dazu, über den Horizont hinauszudenken. Er ist sogar bereit, mich Erfahrungen in der Bauausführung sammeln zu lassen. Er hat mir versprochen, dass ich in der Hinsicht demnächst ein Projekt werde übernehmen können.«

»Aber du versprichst mir, dich nicht völlig zu verausgaben?« Kathrin legte ihre Hand über Felines.

»Mama!«, protestierte sie schwach. Ein wenig rührte es sie schon, dass ihre Mutter sich immer noch solche Sorgen um sie machte. »Die Arbeit macht mir wirklich Spaß. Und sagst du nicht immer, wenn man seinen Job liebt, dann kann man auch viel arbeiten?«

»Schon, aber …« Kathrin drückte Felines Hand und lächelte. »Du hast ja recht. Ich bin überbesorgt.«

»Einsicht ist der erste Schritt zur Besserung.«

»Na ja«, erwiderte Kathrin lachend, »ob das noch was wird auf meine alten Tage? Immerhin bist du mein einziges Kind.«

»Entschuldigung, benötigen Sie den Stuhl oder können wir den entführen?«

Feline sah auf und erschrak. Das jungenhafte Aussehen, die wehenden Haare – für einen Augenblick glaubte sie, Steven stünde vor ihr. »Nein«, stammelte sie gegen ihren fliegenden Herzschlag an, »nein … ich … wir … ich … wir brauchen den nicht.«

»Danke.« Der Mann lächelte und trug den Stuhl zwei Tische weiter.

Feline sah ihm nach und versuchte, sich zu sammeln. Ihr Herz klopfte immer noch wie wild gegen ihren Brustkorb.

»Ist dir nicht gut?«

Sie holte tief Luft. »Nein«, wandte sie sich wieder ihrer Mutter zu und versuchte zu lächeln. Es fühlte sich verunglückt an. »Nein, alles okay.«

»Du schaust drein, als hättest du gerade ein Gespenst gesehen.«

»Nein, wirklich, ich … ähm …« Ihr fiel beim besten Willen keine plausible Erklärung ein.

»Sicher?«

»Ja.« Langsam beruhigte sich ihr Herz. Das Blut floss wieder stetig dahin, keine Stromschnellen mehr. »Der Mann eben, der hat mich nur für einen Moment an jemanden erinnert.«

»So? An wen denn?«

»Kennst du nicht, Mama. Jemand, den ich lange nicht gesehen habe.« Es war nur eine Schrecksekunde gewesen, nicht der

Rede wert. Steven war weit weg. In Los Angeles. Es war mehr als unwahrscheinlich, dass er hier auftauchte, ausgerechnet in Charlottenburg. Absurd. Wie hatte sie nur für einen Atemzug glauben können, dass er es war, der da vor ihr gestanden hatte? »Ein ehemaliger Kommilitone aus der Uni, weißt du.«

»Und das hat dich so erschreckt?« Ihre Mutter schien nicht sonderlich überzeugt von der Story, die sie ihr aufgetischt hatte.

»Ich hatte mal eine unschöne Auseinandersetzung mit ihm in einem Seminar.« Grundgütiger, was für eine Geschichte erfand sie da? Feline konnte sich nicht erinnern, dass sie ihre Mutter jemals so schamlos angelogen hatte. »Nicht weiter wichtig«, versuchte sie das Thema zu beenden. »Wollen wir nicht lieber noch ein Stück spazieren gehen?«

Ihre Mutter neigte den Kopf und musterte sie eingehend, sagte aber nichts.

47

Feline schlenderte zum wiederholten Mal durch die leere Wohnung. Die stuckverzierten Decken und Wände waren frisch gestrichen, das Parkett glänzte, und die Glasarbeiten in den schweren Holztüren funkelten in allen Tönen von Blassgrün bis zu einem tiefen Smaragd. Selbst die alten Messingklinken waren an allen Türen erhalten. Nur das Bad war modern gefliest, mit Badewanne und Dusche ausgestattet.

Feline trat auf den Balkon und sah in den weitläufigen Innenhof. Hier, im hinteren Flügel des Hauses, hörte man nichts vom Straßenlärm des Kurfürstendamms.

»Die ist perfekt«, sagte Alina und verschränkte die Arme vor der Brust. »Wenn ich mir diese Wohnung leisten könnte, ich würde sie sofort nehmen.«

»Ich weiß nicht …« Feline trat zurück in das große lichtdurchflutete Wohnzimmer. »Vielleicht wäre eine Seitenstraße doch besser.«

»Weshalb?«

»Lautstärke? Straßenlärm?«

»Hörst du welchen, Feli? Also ich nicht.«

»Und die Küche ist eine Katastrophe.«

Alina rollte die Augen. »Lässt du halt eine neue einbauen. Wo ist das Problem?«

»Ein bisschen groß für mich allein, findest du nicht?«

Alina seufzte lautstark. »Ich versteh dich nicht. Worum geht es hier wirklich?« Sie begann, auf und ab zu gehen. »Du besichtigst eine Wohnung nach der anderen, und an jeder hast du irgendetwas auszusetzen. Man könnte fast meinen, du willst gar keine Wohnung?« Sie blieb unvermittelt stehen und sah Feline herausfordernd an. »Ist es so?«

»Quatsch. Ich bin nur wählerisch.«

»Du sollst hier keinen Bund für die Ewigkeit eingehen. Es geht nur darum, eine Wohnung zu mieten. *Zu mieten,* verstehst du? Ein Mietvertrag ist etwas, was man jederzeit wieder kündigen kann.«

»*Ich weiß!* Willst du mich unbedingt loswerden, oder was?«

»Was? Wie kommst du denn darauf?«

»Na ja …«

»Ich wundere mich einfach nur. Was ist los mit dir? Wo ist meine Feli, die mir immer erzählt, es sei besser, eine falsche Entscheidung zu treffen als gar keine?«

»Ich weiß es nicht.« Sie klang gereizter, als sie wollte. Es war ihr unangenehm, genau genommen passte ihr das ganze Thema nicht, und so wandte sie sich um und ging in die Diele.

Doch Alina ließ nicht locker. »Bist du nur überarbeitet, oder ist es wegen Steven?«

Feline fühlte sich ertappt. Aber das war Unsinn. Sie war einfach nur müde und gestresst. Mit Steven hatte das alles gar nichts zu tun. Der war Geschichte, nicht mehr als eine Urlaubserinnerung, vielleicht nicht einmal das. »Es ist irgendwie so viel Neues auf einmal«, sagte sie und hörte sich selbst dabei zu. Klang sie überzeugend? Glaubte sie sich etwa selbst nicht? »Das Geld vom Verkauf der Casa, der Job bei Gregor … jetzt auch noch eine neue Wohnung. Ich habe das Gefühl, ich komme selbst nicht mehr hinterher.«

»Meinetwegen musst du jetzt noch nicht ausziehen.« Alina trat auf sie zu und legte ihr die Hände auf die Schultern. »Du bist eh mehr in deinem Büro als zu Hause.«

Es tat gut, das zu hören. Es nahm ihr die Schwere von der Brust, ließ sie wieder freier atmen. »Wirklich?«

»Feli, du bist meine beste Freundin. Selbst wenn du ständig nur zu Hause sitzen und bekloppte Pseudo-Reality-Shows im Fernsehen anschauen und meine Joghurts futtern würdest, glaubst du ernsthaft, ich würde dich rausschmeißen?« Sie schüttelte ungläubig den Kopf. »Natürlich kannst du bleiben, solange du willst.«

»Es ist …« Feline fehlten die Worte. Da war plötzlich so ein Loch in ihrem Innern, schwarz und kalt. Sie wandte den Blick ab, wollte das nicht wissen, da nicht hinsehen. »Ich würde mich im Moment gern voll und ganz auf meine Arbeit konzentrieren. Dafür wäre es glaube ich gut, wenn alles andere irgendwie konstant bliebe.«

Alina sah sehr nachdenklich aus, wie sie dastand. Die Hände in den Hosentaschen, den Kopf leicht geneigt, eine Augenbraue hochgezogen, der ganze Gesichtsausdruck ernst. »Du willst es nicht wahrhaben, Feline, ich weiß, aber ich bin sicher, wenn ich dich mit einem meiner Skalpelle aufschneiden würde, ich fände ein gebrochenes Herz.«

48

Feline hatte die Fenster ihres Büros weit geöffnet und die Schuhe ausgezogen. Die letzten Tage war es heiß gewesen, und jetzt am Abend war endlich eine Brise aufgekommen. Sie trank den letzten Schluck aus der Wasserflasche und sah sich um.

An den Wänden hatte sie all die Zeichnungen zu ihrem Entwurf angebracht, vom ersten Gekritzel bis hin zu den Detailzeichnungen einzelner Elemente. Ihr Schreibtisch war übersät mit verbrauchten Blöcken, Resten von Radiergummis und Bleistiften. Dazwischen standen leere Tassen, eine eingetrocknete schwarzbraune Kaffeepampe am Boden.

Wochenlange Arbeit steckte in all dem. Und jetzt war der Moment, in dem sich entscheiden würde, ob ihr Entwurf oder der von einem der Kollegen zum Wettbewerb eingereicht wurde.

Feline trat an die Wand, an der sie die vier finalen Zeichnungen mit Tesafilm befestigt hatte. Pro Gebäudeseite eine Skizze.

Hätte sie den Balkon etwas größer machen sollen? War das trapezförmige Dach wirklich eine gute Idee? Oder das Entrée …

Sie trat zurück, sah auf die Uhr und mahnte sich zur Ruhe. Die hausinterne Deadline lief in genau drei Minuten ab. Es gab nichts, aber auch gar nichts, was sie jetzt noch ändern konnte.

Es machte also überhaupt keinen Sinn, an ihrem Entwurf zu zweifeln.

»Bin ich froh, wenn dieses ganze Papier abkommt«, sagte Gregor Friedrich und schloss die Tür hinter sich. »Sie bringen mein Konzept vom transparenten Arbeiten durcheinander, Feline. Wozu die Glaswände, wenn Sie sie zuhängen?« Er zwinkerte ihr zu. »Glas hat viele gute Eigenschaften, nicht wahr?«

»Allerdings. Man kann furchtbar gut Zeichnungen mit Tesafilm daran befestigen.« Sie hoffte, er merkte nicht, wie nervös sie war.

»Na, dann schauen wir uns das mal an.«

Feline beobachtete Gregor, wie er langsam von Skizze zu Skizze schritt, alles inwendig betrachtete, dabei jedoch keine Miene verzog. Als er am Ende angekommen war, fing er erneut von vorn an.

Sie folgte ihm mit ihren Blicken, Schritt für Schritt, starrte ihn an und traute sich nicht, auch nur zu blinzeln, um ja keine Regung in seinem Gesicht zu verpassen. Aber da kam nichts, nicht ein einziges Muskelzucken.

»Das hier«, Gregor wies mit der Hand auf eine der Detailzeichnungen, »wie soll ich mir das vorstellen?«

»Der Zuschauerraum wird von der Lobby durch zwei Glaswände abgetrennt, zwischen denen sich ein Hohlraum befindet, der vom Boden aus beleuchtet werden kann.« Feline trat neben ihn. Es tat gut zu reden, etwas an ihrem Entwurf erklären zu können. »In dem Hohlraum läuft die ganze Zeit Wasser über eine Umwälzpumpe, eine Art Wasserfall.« Sie wies auf die Decke. »Sehen Sie die Öffnung entlang der Wand? Von dort können schwarze Vorhänge herabgelassen werden, sodass der Theatersaal verdunkelt ist. Wenn man Molton dafür nimmt, dringt absolut kein Licht mehr hindurch.«

»Und das Dach ist auch aus Glas?«

»Genau. Wenn keine Vorstellung stattfindet, verschmilzt das Haus mit der Natur. Ähnlich wie unser Aquarium. Der Clou aber ist, dass man es natürlich wie ein normales Theater betreiben kann, aber eben auch in all seiner Transparenz.«

»Das Sonnenlicht, das Wetter in die Aufführung einbeziehen? Meinen Sie das?« Gregor wandte sich zu ihr um und sah sie an.

»Das ist die Idee. Aber vielleicht will so etwas überhaupt niemand.« Feline hatte plötzlich das Gefühl, als hatte sie sich kompletten Blödsinn ausgedacht. Ein Hirngespinst der Architektur, weltfremd und unbrauchbar. Auf einmal konnte sie nicht mehr nachvollziehen, wie sie überhaupt jemals auf diese Idee gekommen war. So eine blutige Anfängerin war sie doch gar nicht mehr.

Gregor stellte sich in die Mitte des Büros und strich sich mit Daumen und Zeigefinger übers Kinn. Dabei drehte er sich langsam um die eigene Achse, als musste er die Zeichnungen wieder und wieder ansehen, ehe er etwas dazu sagen konnte.

Vielleicht fragte er sich, wie er sich so in ihr hatte täuschen können. Oder aber er überlegte, wie er sie am schnellsten wieder loswurde. Feline fröstelte auf einmal.

»Und das, obwohl Sie wissen, dass ich Wasser nicht ausstehen kann.« Er begann zu lächeln, und Feline wusste nicht, wie sie das deuten sollte. »Mutig.«

Eher bescheuert, dachte sie, bremste sich jedoch im letzten Moment, es auch zu sagen.

»Ungewöhnlich.« Er trat noch einmal dicht vor die Detailzeichnung der Wasserwand. »Nahezu überwältigend kühn, Feline.«

Was hieß das? Dass sie zu weit gegangen war?

»Wir können nur hoffen, dass die Jury wenigstens halb so modern denkt wie Sie.«

»Heißt das …?« Feline hielt die Luft an. Die Hoffnung war ein Schwarm Vögel, der plötzlich abhob und gen Himmel flatterte.

»Sie haben fünf Tage, um das Modell zu bauen.« Gregor sah ihr fest in die Augen. »Ich gebe Ihnen zwei von den Praktikanten, dann bekommen Sie das hin, oder?«

»Ja …«, antwortete Feline atemlos, »ja!«

»Ich hoffe, Sie haben einen Pass?«

»Pass? Wieso?«

»Na, es ist Ihr Entwurf. Sie fliegen mit mir nach Los Angeles. Das ist doch klar, oder?«

»Aber ich dachte …«

»Was?«

»Na, dass Andreas mitfährt, weil er doch das Hotelprojekt in Malibu … jedenfalls hat er das neulich erwähnt.« Ihr war schwindlig. Los Angeles, das hieß … Nein, daran durfte sie überhaupt nicht denken. Nicht eine Sekunde lang. Das hier war ihr Job und die Zukunft. Steven war und blieb Geschichte.

»Ach so?« Gregor sah sie stirnrunzelnd an. »Und dann wollen Sie Andreas gleich noch das Feld überlassen, auf dem Sie Ihre Lorbeeren angebaut haben?« Er schüttelte den Kopf. »Feline, Feline …«

49

»Du siehst schlecht aus, Steven.« Candice rutschte vom Barstuhl vor dem Küchentresen und schenkte sich Kaffee nach. »Was ist los?«

Er zerteilte Orangen und legte die Hälften nacheinander auf die Saftpresse, drückte den Hebel herunter und sah zu, wie der Saft ins Glas lief. Ein Leben lang hatte er bei Orangen an seine Kindheit in Florida gedacht, und jetzt war auf einmal alles anders. Orangen waren Naranjas und erinnerten ihn an Mallorca, an Gespräche bei Spaziergängen, an beflügelte Gedanken, wenn er vom Joggen zurückkam und Feline auf der Terrasse stehen sah. »Zu viel Arbeit, zu wenig Freizeit«, sagte er lahm.

»Aber du kommst gut voran, oder? Martin ist jedenfalls sehr zufrieden.«

»Ja, alles gut.«

Candice beugte sich ein Stück vor und runzelte die Stirn. »Du siehst weder so aus noch klingst du, als wäre wirklich alles in Ordnung.« Sie rührte gedankenverloren in ihrer Tasse. »Rede mit mir. Was ist los?«

Steven reichte ihr ein Glas Orangensaft und setzte sich auf den Barstuhl, der am äußersten Rand des Tresens stand. Vor der Glasfront lag der Strand im trüben Licht, in dem der Sand dunkel wirkte. Nur wenige Menschen gingen heute dort spazieren. Das Wetter war so ungemütlich wie seine Gemütslage. Ein kalter Wind, ein Himmel voller dunkler Wolken, ein aufgepeitschter Pazifik, auf dem die Hoffnung in einem verrotteten Boot trieb, ohne Kompass, ohne Segel, ohne Steuermann. »Sie ist verschwunden«, sagte er und konnte selbst kaum glauben, wie müde er klang.

»Wer?«

»Feline.«

Candice runzelte die Stirn noch ein wenig mehr. »Die Deutsche?«

Steven nickte nur, und selbst das schien irgendwie anstrengend.

»Ein Glück hat dich das nicht wieder in einen totalen musikalischen Blackout getrieben.«

Er holte tief Luft, hielt so lange an, bis der Druck in seinem Brustkorb unerträglich wurde. Erst dann stieß er sie wortlos wieder aus.

»Tut mir leid.« Candice legte ihre Hand über seine. »Das war blöd von mir.«

»Ist schon okay.« Er schüttelte den Kopf.

»Habt ihr keine Telefonnummern ausgetauscht?«

»Doch, aber sie geht nie an ihr Handy. E-Mails beantwortet sie auch nicht.« Er zuckte die Schultern. »Alles, was ich habe, ist diese letzte SMS von ihr, in der sie mir gesagt hat, es sei alles nur ein Urlaubsflirt gewesen.«

»Und du kannst das nicht akzeptieren?«

Er hob den Kopf und sah ihr in die Augen. »Ich kann's nicht glauben. So irre das auch klingt. Ich kann's nicht glauben.«

»Hm …«

»Kennst du das? Wenn man dieses Gefühl hat, dieses instinktive Wissen, dass man zusammengehört?«

»Ja, aber wie es scheint, fühlt sie nicht dasselbe, Steven.«

»Ich glaube das nicht.«

Sie nippte am Orangensaft und musterte ihn über den Rand des Glases hinweg.

»Ich denke, sie hat irgendetwas missverstanden. Oder … Keine Ahnung was. Aber es ist nicht einfach nur ein Urlaubsflirt gewesen, der nichts bedeutet.«

»Okay, nehmen wir mal an, du hast recht. Was willst du dann tun?«

»Nach Berlin fliegen, sobald ich mit der Filmmusik hier fertig bin.«

Candice fing an zu husten. »Steven«, brachte sie schließlich hervor, »wie viele Einwohner hat Berlin?«

»Keine Ahnung. Wieso?«

»Wie willst du sie dort finden? Ohne Adresse oder irgendeine andere Information?«

»Was soll ich denn sonst machen?« Die Realität war ein Eisberg, hellblau mit messerscharfen Kanten, und er fröstelte plötzlich.

»Dich damit abfinden?«, fragte Candice sanft. »Wir suchen uns nicht aus, wen wir lieben, und manchmal passt es einfach nicht. Oder es ist nicht der richtige Zeitpunkt, der falsche Ort. Warum auch immer sie dich nicht will, du kannst es nicht erzwingen. Und du musst weitergehen, ob du willst oder nicht.«

Er wusste, sie hatte recht, und das Boot mit der Hoffnung verschwand langsam hinter dem Horizont. »Es ist nicht fair.«

»Nein«, gab Candice zu, »das ist es selten im Leben. Leider.«

»Erzähl mir jetzt bloß nicht, andere Mütter hätten auch schöne Töchter oder irgend so einen Quatsch.«

Sie schüttelte langsam den Kopf und sah auf einmal traurig aus.

»Ich hab keine Ahnung, wie ich drüber wegkommen soll. Zum ersten Mal im Leben weiß ich einfach nicht mehr weiter.«

Er seufzte. »Ich kann leben ohne Feline. Klar. Aber ich will es nicht.«

Candice wandte den Blick ab, und es war schwer zu sagen, woran sie wohl dachte.

»Kannst du das überhaupt verstehen? Du bist jetzt wie lange verheiratet?«

»Sechsundzwanzig Jahre«, antwortete sie, ohne ihn anzusehen. »Und natürlich kann ich nachempfinden, wie du dich fühlst«, fuhr sie nach einem Moment fort, »und ich kann schon erst recht verstehen, dass du eine Erklärung von ihr willst, aber ...« Sie ließ den Satz unfertig in der Luft hängen.

»Ich werde nach Berlin fahren, wenn ich mit der Arbeit fertig bin.« Steven hieb mit der flachen Hand auf den Tresen.

»Und was soll das bringen?«

Er zuckte die Schultern. »Google sagt, die Deutsche Architektenkammer kennt 8131 Architekten in Berlin. Davon sind etwas über 4000 als Freischaffende gelistet. Es gibt also, schätze ich, maximal 1000 Architekturbüros in der Stadt.«

»Und die willst du alle abklappern? Im Ernst?«

Steven nickte.

»Oh Mann.« Candice atmete deutlich hörbar aus. »Wenn das nicht Liebe ist ...«

50

»Sobald ich kann, komme ich«, sagte Feline zu Sofía, wechselte das Telefon von einem zum anderen Ohr und sah sich ein wenig verzweifelt in dem Raum um, der eigentlich Alinas Arbeitszimmer war und in dem sie seit Monaten hauste. All der Kram, den sie auf dem Schlafsofa verteilt hatte, passte nie und nimmer in den Koffer. »Ich gehe morgen auf eine Dienstreise.«

»Oh. Hoffentlich etwas Schönes?«

»Das Architekturbüro, für das ich arbeite, hat an einem Wettbewerb teilgenommen. Wir sind in die Endrunde gekommen und präsentieren jetzt den Entwurf.«

»Das klingt aufregend.« Sofía schien ganz aus dem Häuschen zu sein.

»Allerdings. Zumal es mein Entwurf ist.«

»Dann drücke ich dir natürlich ganz fest die Daumen!«

»Danke.« Feline schob einen Stapel T-Shirts zur Seite und setzte sich. »Sobald ich ein paar Tage freinehmen kann, komme ich. Versprochen.«

»Das musst du unbedingt«, sagte Sofía gut gelaunt, »immerhin hast du den Umbau geplant.«

»Wie ist es denn geworden?«

»Sehr schön. Stilvoll und stimmig.«

»Und wie viel ist von meinen Entwürfen übrig geblieben?« Irgendwann würde sie der Realität eh ins Auge blicken müssen. Da war es besser, vorbereitet zu sein und sich darauf einstellen zu können. Schließlich wollte sie dann nicht in Sofías Reich stehen, Enttäuschung zentimeterdick ins Gesicht geschrieben. Das würde Sofía nur unnötig verletzen, die offenkundig stolz darauf war, was die neuen Besitzer aus der Casa del Alma Silenciosa gemacht hatten.

»Fast alles. Das Einzige, das noch nicht umgesetzt ist, ist der Austausch der Fensterläden. Dafür hat das Geld einfach nicht mehr gereicht. Aber das soll spätestens im nächsten Jahr passieren. Na ja, und der Garten ist noch so, wie du ihn kennst. Neue Pflanzen und Sträucher setzen wir wohl doch erst im kommenden Frühjahr.«

»Wirklich?« Feline traute ihren Ohren kaum. Irgendwie hatte sie gedacht, dass die neuen Besitzer ihren Ideen doch nicht folgen, sondern eigene entwickeln würden. »Auch die Bäder?«

»Oh, die sind ein Traum«, schwärmte Sofía. »Ich muss dir unbedingt Fotos davon schicken. Diese grottenmäßigen Duschen mit den bunten Mosaiksteinen, also wirklich, ich hätte nie gedacht, dass das so toll aussieht. Wie hieß die Künstlerin noch, die das erfunden hat?«

»Niki de Saint Phalle.«

»Genau. Den Namen werde ich mir nie merken. Dabei müsste ich das unbedingt.« Sie lachte. »Die Gäste fragen immer wieder danach, und dann stehe ich wie der totale Idiot da.«

»Und wie laufen die Geschäfte?« Feline klemmte das Handy zwischen Ohr und Schulter ein und begann, T-Shirts und Unterwäsche in den Koffer zu packen. Irgendwann musste sie schließlich damit anfangen, und es war schon ziemlich spät. »Die Stammgäste können sich die Zimmer vermutlich nicht mehr leisten, oder?«

»Ein paar wenige schon, aber die sind natürlich die Ausnahme. Dafür hatten wir das Glück, dass Steven wohl von der Casa erzählt hat.«

Feline schloss kurz die Augen. Es war nur ein Name, eine irgendwann verblassende Erinnerung. Und der Stich nur ein Phantom, ein Symptom ihrer sich aufbäumenden Eitelkeit. Mehr konnte, mehr durfte es nicht sein.

»Und irgendwie hat dadurch Drew Barrymore von uns gehört und eine Woche hier verbracht. Ihr hat es so gut gefallen, dass sie die Casa bei ihren Freunden erwähnt hat. Und seitdem bekommen wir immer öfter Anfragen von Leuten aus dem Showbusiness, die von der Idee, eine richtige Auszeit zu nehmen, ganz angetan sind.«

»Aber das klingt doch wunderbar.« Feline öffnete die Schranktüren und schob ratlos Bügel für Bügel zur Seite. Für die Präsentation konnte sie einen der Hosenanzüge mitnehmen, aber für die Preisverleihung hatte sie überhaupt nichts anzuziehen. »Du wirst sehen, die Casa wird noch berühmt.« Sie warf den hellen Hosenanzug auf die Schlafcouch. Es blieb ihr nichts übrig, für die Abschlussveranstaltung würde sie sich in Los Angeles etwas Passendes kaufen müssen.

»Also berühmt werden ist gerade das, was nicht passieren soll«, scherzte Sofía, »sonst steigen uns noch die Paparazzi in die Olivenbäume.«

»Schöne Vorstellung.« Feline musste grinsen. »Wenn ich bedenke, in welchem Zustand die Casa war, als ich vor Monaten bei dir ankam, und jetzt wird sie zur Lieblingsabsteige der Hollywood-Prominenz.«

»Tja, da sieht man mal…«

»Klingt ein bisschen wie der amerikanische Traum, oder?«

»Vom Tellerwäscher zum Millionär?«

»Hm …«

»Es wird eben alles Gold, was du anfasst, Feline.«

»Ach komm, hör auf«, wehrte sie ab. Aber geschmeichelt war sie schon.

»Du wirst sehen, du gewinnst bestimmt den Wettbewerb und im Nullkommanichts bist du eine gefeierte Architektin.«

»Das glaube ich kaum.« Sie sah erneut auf die Uhr. »Nimm's mir nicht übel, Sofía, aber ich muss Schluss machen. Es ist schon nach zehn, und ich hab noch nicht gepackt. Mein Flug geht morgen früh um sieben.«

»Hättest du das doch früher gesagt, dann hätte ich dich nicht so lange aufgehalten!«

»Ich melde mich, sobald ich zurück bin. Lass es dir gut gehen, Sofía.«

»Du auch. Adíos.«

Feline warf das Handy auf das Schlafsofa. »Schluss mit Klamotten hin- und hersortieren«, sagte sie zu sich selbst, »dafür ist jetzt wirklich keine Zeit mehr.«

2.34 Uhr und noch kein Auge zugetan. Feline drehte den Kopf, sodass sie aus dem Fenster sehen konnte. Die Vorhänge hingen leblos in der schwülen Luft. Das fahle Licht der Laterne, das durch das dichte Blattwerk der Kastanie drang, malte Schattenfiguren in die Nacht. Stumme Begleiter ihrer Schlaflosigkeit.

Noch sechsundachtzig Minuten, bis ihr Wecker klingelte. Eine einfache Rechnung. Was in den Tagen danach kam, war hingegen eine Gleichung mit unendlich vielen Unbekannten.

Das erste Mal Amerika. Die erste Dienstreise. Das erste Mal Amerika. Der erste Architekturwettbewerb. Der erste Transatlantikflug … So viele Premieren, so viel Grund zur Freude und sie, sie lag hier wach und wollte nichts davon haben.

Sie sah auf das Display ihres Handys. Zu siebenundneunzig Prozent geladen. Das Ding kam besser durch die Nacht als sie.

Es war keine gute Idee, dennoch öffnete Feline die Nachrichten, tippte auf Stevens Namen, scrollte durch die Reihe von SMS. Keine davon hatte sie beantwortet.

Sollte sie ihm schreiben? Ihm mitteilen, dass sie ein paar Tage in Los Angeles verbringen würde? Vorschlagen, dass sie sich auf einen Kaffee trafen?

Die Idee war ebenso verlockend wie dumm. Was versprach sie sich denn davon?

Ihn noch einmal zu sehen. Vor ihm zu stehen und nicht mehr zu wissen, was sie so sehr an ihm gemocht hatte. Wie wenn man der ersten Liebe nach zwanzig Jahren auf einem Klassentreffen begegnete. Nachdem das Leben so viele Spuren hinterlassen hatte, dass man sich kaum mehr an die erinnern konnte, die man damals gewesen war, die auf der Abiturfeier jenen Gin Tonic zu viel getrunken hatte.

Das war es, was sie sich wünschte. Jetzt, heute, hier.

Was hatte Alina vor Wochen gesagt, als sie in der perfekten Wohnung gestanden hatten, die sie dann doch nicht gemietet hatte? Dass sie ein gebrochenes Herz fand, würde sie ihren Brustkorb öffnen.

Sie hatte das weggelacht und dann weitergemacht. Gearbeitet, als hinge der Fortbestand der Welt davon ab, dass sie, Feline Schwarz, einen umwerfenden Entwurf für ein Theater in Los Angeles kreierte. Geschuftet, als ginge es um ihr Leben. Nicht mehr links und rechts geschaut, oben und unten vergessen. Zu wenig geschlafen, nicht genug gegessen, zu viel Kaffee getrunken. Jeder Tag war überfüllt gewesen, bis die Erschöpfung sie allabendlich in einen kurzen, traumlosen Schlaf sinken ließ.

Und jetzt? Jetzt war sie zu müde, um schlafen zu können.

Eine Läuferin, die jeden Tag einen Marathon bewältigt hatte. Tag für Tag eine Etappe geschafft und doch niemals am

Ziel. Vorwärts. Immer weiter. Atemlos mit Brennen in der Lunge und den Muskeln. Der Schmerz eine willkommene Ablenkung, bestens dafür geschaffen, das Offensichtliche nicht anschauen zu müssen.

Rennen. Hechten. Nur nicht hinsehen. So überwältigt von Erschöpfung und Müdigkeit an jedem einzelnen Tag, dass da kein Platz mehr war, das zu fühlen, was verzweifelt Gehör verlangte und doch nicht laut genug zu schreien vermochte, in all der Aufregung, der Angst vor dem Scheitern, dem Überflügeltwerden von irgendeinem Kollegen.

Das Gefühl, das Wahre, das Wichtige, übertönt von unendlich viel Banalität. Die Unwichtigkeit ein Pfau, der sich aufplusterte und durch ihr Leben stolzierte, ihr den Blick verstellte auf all das, was sie sowieso nicht sehen wollte.

Aber jetzt, auf einmal, da war es still, und all die Distanz, die sie so gekonnt zwischen sich und ihr Herz gebracht hatte, diese weite Ebene war plötzlich hell erleuchtet in der Dunkelheit dieser Nacht.

Das gebrochene Herz lag mittendrin in Scherben vor ihr. Fragmente, in denen sich das Licht brach, und ihr war, als hörte sie die Zikaden ihr endloses Lied singen. Als vernahm sie das Rauschen des Meeres und spürte seinen Atem in jenem sanften Rhythmus über ihre Haut streichen, ruhig und warm.

Feline rollte sich zusammen wie ein Baby, umschlang mit den Armen ihre Beine und fröstelte unter der Decke in dieser schwülwarmen Nacht.

Das Zimmer, die Krone der Kastanie vor dem Fenster, die Stahlkonstruktion der U-Bahn-Trasse, all das verschwamm langsam zu einem unscharfen Bild aus unzähligen Tönen von Grau.

Wenn diese Nacht doch nur endlich vom Tag geschluckt würde und die ersten Sonnenstrahlen die Gedanken wegbrennen könnten. Wenn sie aufstehen und etwas tun könnte, irgendetwas, egal, was. Es würde helfen, die Erinnerungen zurück in ihre Schachtel zu schicken und den Deckel fest zu schließen. Und dann ginge alles ein bisschen leichter. Ganz bestimmt.

Aber im nächsten Moment fürchtete sie nichts mehr, wollte die Nacht festhalten, lieber hier so liegen, schwer und traurig wie Blei. Wollte niemals aufstehen und nach Los Angeles fliegen müssen, war bereit, alles hinzunehmen. Nur nicht das.

51

»Ich muss schon sagen«, bemerkte Gregor, setzte sich wieder und schnallte sich an, »ich beneide Sie, Feline. Hätte ich nicht Ihre Tasche für die Landung zurück ins Gepäckfach tun und sie dafür unter Ihren Füßen wegziehen müssen, Sie würden immer noch süß träumen. Was gäbe ich darum, wenn ich wie Sie von London nach Los Angeles durchschlummern könnte.«

»Ich konnte schon immer am besten schlafen, wenn mich irgendetwas transportiert.« Und sie hatte etwas nachzuholen gehabt, aber dass musste ihr Chef nicht wissen. »Ich fürchte, ich war keine gute Reisebegleitung?«

»Wieso?«

»Na, besonders unterhaltsam war ich wohl kaum.« Feline öffnete den Mund weit, bis es knackte. Für einen kurzen Moment waren ihre Ohren frei, doch dann war der Druck sofort wieder zurück. »Aber diese Plätze am Notausgang sind wirklich super.«

»Auf solch einer langen Strecke das Mindeste.« Gregor gähnte. »Wenn man schon stundenlang festsitzt, sollte man wenigstens die Beine ausstrecken können.«

»Das ist wirklich unglaublich.« Feline sah aus dem Fenster. »Seit Minuten fliegen wir über Häuser. Endlose Reihen von Häusern.«

»Los Angeles ist riesig.« Gregor lehnte sich ein wenig zu ihr herüber, aber nicht so weit, als dass es unangenehm werden konnte. »Und der Flughafen liegt direkt am Pazifik. Schauen Sie mal da rüber.« Er wies mit der Hand auf die rechte Seite des Fensters. »Das ist Downtown. Wenn es nach mir geht, sehen wir das nur von hier oben.«

»Warum?«

»Weil es da nichts Interessantes gibt.« Er sank zurück in seinen Sitz und lehnte den Kopf an. »West Hollywood ist okay. Santa Monica geht. Manhattan Beach ist ganz schön. Malibu sowieso. Aber sonst? Vergessen Sie es.«

»Man könnte meinen, Sie sind kein Fan von Los Angeles.«

»Bin ich auch nicht.« Er zwinkerte ihr zu. »New York City, das ist meine Stadt, aber L.A.?« Er winkte ab.

Feline sah erneut aus dem Fenster. Es war beruhigend, dass diese Stadt so gigantisch groß war. Umso unwahrscheinlicher war es, dass sie Steven begegnete.

Sie hatten Glück. Die Schlange wand sich zwar in Serpentinen entlang der schwarzen Absperrbänder, aber es waren so viele Schalter besetzt, dass sie schnell durch die Immigration kamen.

Feline fand es irgendwie befremdlich, erst die Daumen, dann eine Hand nach der anderen auf diese Glasscheibe zu legen und zu wissen, dass ihre Fingerabdrücke registriert wurden. Fehlte nur noch, dass man sich für das Foto vor eine Wand mit aufgemaltem Maßband stellen musste, und sie hätte sich wie eine Verbrecherin gefühlt. Alles nur, um in die USA einzureisen. The Land of the Free – und dann so misstrauisch jedem Besucher gegenüber. Das schien absurd.

Zumindest war der Immigration Officer freundlich. »Hey, how ya doing?«, fragte er mit einem strahlenden Lächeln und nahm ihren Pass und die Landing Card, die sie im Flugzeug ausgefüllt hatte.

»Fine, thanks, and how are you?«

»You stay at the Malibu Beach Inn? Wow!« Er stempelte etwas in ihren Pass. »Awesome place.«

Feline wusste nicht, was sie dazu sagen sollte. Sie fühlte sich ein bisschen benommen, vermutlich von dem langen Flug.

»Business or leisure?«

»Business.«

»How long will you stay?«

»One week.«

Er schob ihr den Pass und die Landing Card herüber. »Have a nice stay, Lady.«

Als Feline und Gregor am Gepäckband ankamen, kreisten dort schon diverse Koffer, darunter auch der von Gregor. »Ich geh schon mal den Mietwagen abholen, okay?«

»Ja, sicher.«

Er sah auf sein Handy. »Kommen Sie einfach zum Schalter von Budget«, sagte er nach einem Moment, »und sollte es bei mir schneller gehen, warte ich dort auf Sie.«

»Das Licht ist so anders als zu Hause.« Feline hatte das Fenster heruntergelassen und hielt die Nase in den Fahrtwind. »Golden. Und die Luft ist feucht und warm und riecht fremd.«

Gregor wechselte auf die linke Spur und gab Gas. »Wären Sie nicht enttäuscht, wenn alles ganz vertraut wäre?«

»Vermutlich.« Sie schloss die Augen und atmete tief ein. Bildete sie sich das ein oder konnte man das Meer riechen? »Wie weit ist es bis zum Pazifik?«

»Oh, nicht weit. Sie werden ihn früh genug sehen. Aber versprechen Sie sich bloß nicht zu viel davon. Er ist kaum anders als der Atlantik. Nur eben auf der anderen Seite.«

»Na ja, ich schätze, Ozean ist eben Ozean.«

»Oder so ähnlich.« Gregor machte das Radio an.

»Wieso haben Sie ein Hotel in Malibu gebucht? Sind wir da nicht irre weit ab vom Schuss?«

»Glauben Sie mir«, Gregor warf ihr einen schnellen Seitenblick zu, »spätestens in einer Stunde verstehen Sie, warum.«

Er behielt recht.

Feline stand in ihrem geräumigen Zimmer und fühlte sich, als träumte sie. Alles war in warmen Beige- und Brauntönen eingerichtet, selbst das Bad und die Stühle auf dem Balkon mit der gläsernen Balustrade. Es wirkte, als ob der Strand direkt ins Zimmer und weiter bis ins Bad reichte. Nur das Sofa war cremeweiß.

Das Queen-Size-Bett war perfekt. Man konnte dort liegen, sich wie eine Prinzessin fühlen und entweder auf den Pazifik oder zum Fernseher oder gar in den Kamin sehen.

Ein echter Kamin. In ihrem Hotelzimmer. In dem ein richtiges kleines Feuer loderte. Noch nie hatte sie so etwas gesehen, nicht einmal davon gehört. Sie musste das unbedingt fotografieren und sofort Alina mailen.

Und dann diese Handtücher. Dick und flauschig. Alles schien hier darauf ausgerichtet zu sein, dass man sich einfach nur wohlfühlte. Das Leben in Watte gehüllt, beschützt durch eine ganz besondere Gastfreundlichkeit. Wie gut das tat.

Nach einer ausgiebigen Dusche, in den kuscheligen Bademantel gehüllt, trat Feline auf den Balkon. Der Ausblick war eine Szene aus einem Fantasyroman.

Die Sonne versank als riesiger glutroter Ball im blauschwarzen Meer und tauchte den Strand und die Hügel in ein unwirkliches Licht, in dem die Malibu Pier ein schwarzer, hochbeiniger Tausendfüßler mit Lichterkrone auf dem eckigen Haupt war. Ein Segelboot glitt langsam vor dem Horizont entlang, beleuchtet wie ein Weihnachtsbaum.

Die Luft war warm und weich wie Seide und roch nach Salz und Ferne. Eine Möwe schrie einen Kormoran an, der stolz im Sand stand und sie mit Missachtung strafte.

Sanft war dieses Amerika, und damit hätte Feline nie gerechnet. Nicht laut, nicht schrill. Und sie fragte sich, ob es sein konnte, dass sie letzte Nacht beschlossen hatte, es nicht zu mögen. Warum sonst hatte sie felsenfest mit einer aufdringlichen vielfräßigen Raupe gerechnet, die einen überwältigte, verschlang und dann halb verdaut wieder ausspuckte?

Aber so war es nicht, jedenfalls nicht hier. Hier war es still und unaufdringlich und zärtlich. Und es fühlte sich unglaublich gut an.

Leise schüttelte sie den Kopf. Noch letzte Nacht hatte sie ums Verrecken nicht hergewollt, und jetzt fing es so gut an. Sie ging zurück ins Zimmer, um sich für das Abendessen umzuziehen. Was für ein Glück, dass sie hier war.

52

»Ich muss schon sagen, wenn ich das so sehe, verstehe ich, warum du genau hier wohnst.« Candice stand in der Terrassentür, das fast leere Weinglas in der Hand, und blickte auf den Pazifik. »Geht die Sonne jeden Abend so glühend unter?«

»Manchmal geht sie auch so auf.« Steven klappte den Geschirrspüler zu. »Wir sollten einen Verdauungsspaziergang machen.«

»Klar, wieso nicht.« Candice nahm ihren Pulli, den sie achtlos auf die Couch geworfen hatte, und legte ihn sich über die Schultern. »Muss ich sonst irgendetwas mitnehmen?«

»Nicht, falls du mal eine Stunde auf dein Handy verzichten kannst.«

»Wird wohl gehen«, sagte sie mit einem Grinsen und trat auf die Terrasse. »Die Luft riecht wie gewaschen.« Sie atmete deutlich hörbar aus und breitete dabei die Arme aus, als wollte sie die Welt umarmen. »An deiner Stelle würde ich jeden Morgen Yoga am Strand machen.«

»Zu gesund.« Steven schloss die Tür und schaltete die Alarmanlage scharf. »Na dann …« Er wies mit großer Geste auf den Strand, eine Einladung an Candice, vor ihm die paar Stufen hinabzugehen.

Sie liefen nebeneinanderher, bis an die Wasserkante und dann in Richtung Malibu Pier.

»Die ersten Jahre, in denen ich hier gewohnt habe, bin ich fast jeden Morgen am Strand joggen gegangen«, erinnerte sich Steven. Es waren unbeschwerte Jahre gewesen, voll des Glücks über den ungeahnten Erfolg als Musiker und die wunderbaren Aufträge, die wie an einer Perlenschnur in sein Leben gerollt waren und es bestimmt hatten.

»Wieso hast du aufgehört?«, wollte Candice wissen.

»Frauen.«

»Was?«

»›Steven, du hast zu wenig Zeit für mich‹«, äffte er frühere Freundinnen nach, »›du verbringst mehr Zeit mit deinem Klavier als mit mir, und wenn du mal frei hast, gehst du joggen …‹« Er zuckte die Schultern. »Irgendwie hatten sie recht, und ich bekam ein schlechtes Gewissen.«

»Und dann hast du gedacht, die halbe Stunde morgens, die wird es richten?«

»So in etwa.« Er bückte sich und hob eine Muschel auf. Die Schale war an einer Seite ausgefranst und besonders scharfkantig. »Hat natürlich nicht funktioniert.« Er ging ein wenig in die Hocke und warf die Muschel ins Meer. Sie tanzte über die Wasseroberfläche, ehe sie versank.

»Du brauchst eine Frau, die einen Beruf hat, den sie liebt«, stellte Candice fest. »Die ebenfalls viel arbeitet, ehrgeizig ist, etwas erreichen will.«

»Damit wir dann gar keine Zeit miteinander verbringen?«

»Damit sie dich versteht. Und du sie.«

»Und ich dachte immer, Gegensätze ziehen sich an.«

»Tun sie ja auch. Bis zu einem gewissen Grad. Aber es braucht mehr Verbindendes als Trennendes, damit es langfristig funktioniert.«

»Ist das so?«

»Na hör mal«, sie hakte sich bei ihm unter, »ich muss es wissen, oder?«

»Na ja, ich gebe zu, du hast da weit mehr Erfahrung als ich.« Feline fiel ihm ein. Sie brannte für ihren Beruf, aber hieß das auch, dass sie ihn verstehen könnte? Er wusste es nicht. Im Grunde wusste er gar nichts über sie. Und alles, was er gedacht hatte zu wissen, schien ein Irrtum. »Wahrscheinlich bin ich in der Hinsicht total bekloppt«, stellte er resigniert fest.

»Wie kommst du jetzt darauf?«

»Die letzte Frau, in die ich mich verliebt habe …«

»Diese Feline?«

»Genau. Ich habe gedacht, ich bedeute ihr etwas. Dass aus uns wirklich etwas werden kann. Alles war so leicht mit ihr, so selbstverständlich. Und dann dieser unerklärliche Kontaktabbruch ihrerseits. Ich verstehe es bis heute nicht.«

»Hast du immer noch vor, sie zu suchen?«

»Ja.«

»Obwohl du glaubst, du hast dich getäuscht und sie will nichts von dir?«

»Ja, schon. Um wenigstens darüber zu reden. Um sie zu fragen, warum sie noch kurz vor meiner Abreise gesagt hat, sie könne mich besuchen, und sich dann überhaupt nicht mehr gemeldet hat.«

»Ich kann das verstehen, Steven, aber ich fürchte, du musst dich damit abfinden, dass sie sich aus deinem Leben davongestohlen hat. Selbst wenn du sie in einem Berliner Büro aufspüren solltest, wenn sie nicht reden will, will sie nicht. Und ich denke, das hat sie dir deutlich zu verstehen gegeben.«

Ein Paar mit einem jungen Hund kam ihnen entgegen. Der Hund hatte riesige Pfoten und ein flauschiges Fell. Er trug stolz einen Ast im Maul, vermutlich Treibgut, das er aufgelesen hatte. Der Ast war so lang, dass er immer wieder über den Sand schleifte und der Hund fast über seine eigenen Pfoten fiel. Das Paar lachte und Steven beneidete sie. Die beiden hatten alles, was er sich wünschte. So sah es jedenfalls aus.

»Der ist ja süß«, sagte Candice zu dem Paar. »Wie alt ist er denn?«

»Erst vier Monate«, antwortete der Mann.

»Und immerzu liest er irgendetwas auf«, ergänzte die Frau lachend. »Wenn er so weitermacht, können wir einen Handel mit Treibgut, alten Badetüchern, vergessenen T-Shirts und verwaisten Schuhen aufmachen.«

»Ist wie mit kleinen Kindern.« Candice tätschelte ihm den Kopf. Der Hund wedelte wie wild mit dem Schwanz. »Einen schönen Abend noch.«

»Ihnen auch.« Die beiden gingen Arm in Arm weiter.

»Siehst du, alle kriegen es hin, nur ich nicht.«

»Ach komm schon, Steven!« Sie zupfte ihn am Ärmel. »Das wird schon noch.«

»Meinst du?«

»Natürlich.« Sie hakte sich wieder bei ihm unter. »Ist das das Malibu Beach Inn?«

Er sah in die Richtung, in die sie wies. »Ja.« Von der Terrasse fiel Licht auf den Strand. Leise Musik wehte herüber. »Sollen wir dort einen Cocktail trinken? Man sitzt da sehr angenehm, und der Barkeeper ist ein netter Typ.«

»Ja, gute Idee, wieso nicht.«

Sie gingen über den Strand ein Stück auf das Hotel zu. »Hast du Geld dabei?« Steven fasste in seine leeren Hosentaschen.

»Nein. Du hast doch gesagt, ich müsste nichts mitnehmen.«

»Mist. Ich hab auch nichts eingesteckt. Tut mir leid, ich schätze, aus den Cocktails wird nichts.«

Sie zuckte die Schultern. »Dann eben ein anderes Mal.«

Feline und Gregor saßen an einem der Tische auf der Terrasse direkt an der Balustrade. Die Sonne war inzwischen fast ganz im Meer versunken, und die Lichter der Malibu Pier zauberten funkelnde Reflexe auf die dunkle Wasseroberfläche.

»Ich hoffe nur, ich bin morgen nicht komplett kaputt«, sagte Feline, gähnte und rührte Zucker in ihren Espresso.

»Wieso sollten Sie das sein?«

»Jetlag.«

»Ach so.« Gregor klang, als wär es für ihn unvorstellbar, dass die Zeitverschiebung einen ernsthaft beeinflussen konnte. »Das lässt sich leicht verhindern.«

»Tatsächlich?«

»Sie dürfen einfach nicht darüber nachdenken, wie viel Uhr es in Berlin ist. Leben Sie hier und jetzt.«

»Und das ist alles?« Feline konnte sich nicht vorstellen, dass es so simpel war. Dann hätte schließlich niemand ein Jetlag-Problem, oder? Und sie hatte schon eine Menge Leute erlebt, die nach einer Fernreise für mindestens eine Woche kaum zu gebrauchen waren, zu den unmöglichsten Uhrzeiten wach lagen und mitten am Tag fast vom Stuhl fielen vor Müdigkeit.

»Probieren Sie es aus.« Gregor sah sich um, als suchte er etwas. »Wenn Sie zum Beispiel heute Nacht irgendwann aufwachen, denken Sie auf keinen Fall, in Berlin ist es jetzt so und so spät, kein Wunder, dass ich wach bin, sondern sehen Sie auf die Uhr, sagen Sie sich, es ist mitten in der Nacht, und dann schlafen Sie weiter.« Er stand auf. »Bitte entschuldigen Sie mich einen Moment. Auch große Jungs müssen mal für kleine Königstiger«, zwinkerte er ihr zu.

Sie drehte sich mit ihrem Stuhl ein wenig mehr zur Balustrade und sah auf den fast leeren Strand. Ein Paar mit einem Hund spazierte auf die Pier zu. Drei schwarze Gestalten im schwindenden Licht. Der Hund tobte herum und trug etwas Langes im Maul. Ein anderes Paar kam ihnen entgegen, die vier blieben stehen und unterhielten sich.

Wie es wohl war, hier zu leben?

Feline erschrak. Wo kam dieser Gedanke plötzlich her? Es musste die lange Reise sein, die ihr in den Knochen steckte. Und dieser magische Ort am Ozean hier. Sie war erschöpft und durcheinander und auch ein bisschen überwältigt von diesem Amerika, das sie sich immer anders vorgestellt hatte. Doch was würde davon übrig bleiben, wenn der erste Zauber verflogen war?

Es war egal, jetzt und hier, dachte sie trotzig und lehnte sich zurück. Heute Abend war sie ein bisschen verliebt in dieses Stück Erde. Das war okay. Wieso sollte sie sich nicht ein bisschen verzaubern, sich ein wenig Glimmer in die Augen streuen lassen? Selbst wenn es vergänglich war, im Moment war es schön. Und es machte sie glücklich.

»Und?«, fragte Gregor und setzte sich wieder ihr gegenüber, »trinken wir zwei noch einen Cocktail?«

»Ich würde einen Gin Tonic nehmen.«

»Gut.« Er grinste und winkte dem Kellner. »Klingt nach einer trefflichen Wahl.«

»Wie sieht eigentlich unser Programm aus?«

»Morgen werde ich persönlich maximal einen Strandspaziergang machen, mir jedoch eher eine Massage gönnen und den Tag am Hotelpool vergehen lassen. Übermorgen hören wir uns mal die Präsentation eines unserer Rivalen an, am Tag danach sind wir dran. Dann heißt es abwarten bis zur Verkündung.«

»Und was mache ich morgen?«

»Was immer Sie mögen, Feline.«

Sie seufzte. »Ich muss mir unbedingt noch ein Kleid für die Schlussveranstaltung kaufen. Vielleicht mache ich das morgen.«

»Also wenn Sie nichts dagegen einzuwenden haben, würde ich vorschlagen, Sie verschieben die Shoppingtour auf einen anderen Tag.«

»Wieso? Ich dachte, ich bringe das lieber hinter mich. Ich bin nämlich nicht normal.« Sie beugte sich ein wenig vor. »So ganz unter uns, ich hasse shoppen.«

»Höchst ungewöhnlich für eine Frau«, lachte Gregor. »Ich finde trotzdem, Sie sollten ein paar Tage warten und mich dann als Berater mitnehmen.«

Feline runzelte die Stirn. Gregor überraschte sie immer wieder. Alles Mögliche hätte sie ihm zugetraut, sicher aber nicht, dass er Spaß daran haben könnte, eine Angestellte beim Kleiderkauf zu begleiten. Schon gar nicht eine, die daran mit absoluter Sicherheit so gar nichts Erfreuliches finden konnte. »Wollen Sie sich das wirklich antun?«

»Sie werden mich nicht fressen, oder?«

»Das nicht, aber Sie ahnen gar nicht, wie schlecht gelaunt ich werden kann.«

»Sehen Sie«, er hob die Hand mit hochgestrecktem Zeigefinger, »Sie müssen mich mitnehmen.«

»Also den Zusammenhang müssen Sie mir jetzt erklären.«

»Na, eine schlecht gelaunte Frau, die sich ein tolles Kleid kaufen soll. Ich bitte Sie, Feline, das kann nur schiefgehen. Es sei denn … ein höchst objektiver Begleiter mit exzellentem Geschmack passt auf, dass sie genau das Kleid nimmt, das ihre Schönheit unterstreicht.«

»Ich wusste gar nicht, dass Sie so ein Schmeichler sind.«

»Ich bin eben voller Überraschungen.« Er hob sein Glas und prostete ihr zu. »Und voller Geheimnisse.«

Feline trank einen Schluck von ihrem Gin Tonic und fürchtete, dass ihr der Alkohol sogleich zu Kopf steigen würde. »Geheimnisse?«

»Ja.« Er stellte sein Glas schwungvoll ab. »Und ich werde Ihnen in den nächsten Wochen und Monaten einige davon anvertrauen.«

»So?«

»Allerdings.« Seine Augen funkelten, und sie konnte nicht sagen, ob es am Licht lag oder aus ihm kam. »Sie haben noch gar nicht verstanden, wie viel Potenzial Sie haben, aber ich werde Ihnen die Augen öffnen.«

Sie wusste nicht, was sie davon halten sollte. Vielleicht war da doch mehr Wahnsinn als Genie?

»Sie glauben mir nicht? Sie halten mich für einen Spinner?«

Konnte er Gedanken lesen? Langsam wurde es unheimlich.

»Jetzt schauen Sie nicht drein wie ein Reh, das gleich in ein Auto rennt. Was denken Sie denn, warum ich seit Jahrzehnten in diesem Haifischbecken ganz oben schwimme? Weil ich so genial bin? Weil ich mich vor ungewöhnlichen Ideen kaum retten kann?« Er lehnte sich vor und legte die Unterarme auf dem Tisch ab. »Feline, ich bitte Sie. Ich habe in all den Jahren ein paar wirklich gute Ideen gehabt, ja. Und ich habe eine Linie gefunden, eine eigene Handschrift, eine architektonische Stimme. Natürlich. Aber wissen Sie was? Und hier kommt das erste und vielleicht wichtigste Geheimnis. All das reicht nicht. Es reicht nicht, wenn man es nicht versteht, einzigartige Talente zu erkennen und um sich zu scharen. Wenn man nicht bereit ist, sich von jungen Köpfen inspirieren zu lassen. Wenn man nicht andere fördert und dadurch den eigenen Horizont in einem fort überschreitet.« Er senkte seine Stimme zu einem Flüstern. »Nur wer seine Grenzen verliert, wird wirklich Großes erschaffen. Merken Sie sich das gut.«

»Darüber muss ich erst mal nachdenken.« Sie fühlte sich ein wenig schwindlig. Überflutet von allen möglichen Reizen. Und sie fragte sich, ob er nicht vielleicht zu viel in ihr sah, zu große Erwartungen hatte.

»Machen Sie sich nicht so viele Sorgen«, sagte Gregor sanft, sanfter, als sie es ihm zugetraut hätte, »ich halte Ihnen diese Predigt notfalls noch ein paar Mal.«

Sie schüttelte den Kopf und musste grinsen. »Ich glaube fast doch, die haben alle recht. Sie sind irre.«

»Selbst wenn …« Er winkte ab.

53

Ein ganzer Tag zur freien Verfügung. Und sie hatte das Auto. Was also konnte man alles schaffen?

Feline saß in dem riesigen SUV, starrte auf das Display des Navigationsgeräts und überlegte, während die Sonne aufs Dach brannte und die Temperatur innen langsam, aber stetig anstieg.

Sie brauchte eine Route, und zwar eine, die sie möglichst geschickt an all die Punkte führen würde, die sie unbedingt sehen wollte. Der Sunset Strip. Die Hollywood Hills. Santa Monica. Manhattan Beach. Beverly Hills. Passten all diese Orte in einen Tag?

Es musste gehen. Wenn die Amis es in den Achtzigerjahren geschafft hatten, ganz Europa in fünf Tagen zu bereisen, dann sollte Los Angeles an einem Tag für sie doch wohl nicht zu einem Problem werden, oder?

Sie gab ihren Standort als Start- und Endpunkt und die anderen Orte als Zwischenstopps in das Navigationssystem ein. Es spuckte eine Strecke von insgesamt 105 Meilen aus und gab als Fahrzeit drei Stunden und fünfundzwanzig Minuten an – ohne Verkehr. Das klang nicht nur machbar, sondern ließ auch genügend Zeit, um zwischendurch auszusteigen, ein wenig herumzulaufen und etwas essen zu gehen.

Der erste Teil der Strecke führte sie durch eine atemberaubende Landschaft. Rechts lag der Pazifik, links erhoben sich Berge. Nach nur wenigen Meilen verließ sie den Pacific Coast Highway und bog in die Malibu Canyon Road ab, eine relativ wenig befahrene Straße, die sie mitten durchs Gebirge führte.

Meilenweit kein Haus, nicht einmal eine Hütte. Nichts als grün bewachsene Berge mit teils schroffen Kanten. Zum ersten Mal dämmerte ihr, wie riesig dieses Land war. Wenn nur wenige Minuten von einer Großstadt wie Los Angeles entfernt nicht ein einziger Mensch mehr anzutreffen war, so konnte dies nichts anderes bedeuten, als dass es so unendlich viel Platz gab, dass man ihn mit allen Einwohnern nicht füllen konnte. Unvorstellbar für eine Europäerin.

Irgendwo mitten im Canyon auf einer hoch gelegenen Stelle hielt sie an und stieg aus. Die Luft roch würzig, und von hier hatte man einen phänomenalen Blick über die Berge bis zum Meer. Hätte Feline mehr Zeit, so würde sie in dieser Gegend gern einmal wandern gehen, den höchsten Gipfel besteigen, um diesem weiten Himmel näher zu sein und die menschenleere Landschaft in ihrer Gänze zu überblicken.

War es das, was die Amerikaner von den Europäern unterschied? Dieses Platzhaben, sich ausbreiten können? Das musste doch etwas anstellen mit den Menschen. Selbst sie konnte in diesem Augenblick spüren, wie es sich leichter atmete. Man konnte wachsen, alles werden, was man wollte, musste sich nicht vorsehen, nicht Platz machen, anderen aus dem Weg gehen wie im überfüllten Europa, wo man kaum mehr ein stilles Fleckchen fand. Nein, man konnte die eigenen Grenzen sprengen – ein unglaubliches Gefühl.

Und was man wohl alles bauen konnte in diesem Land? Mit so viel Raum und solch überwältigender Natur. Wenn einem hier keine Bauten gelangen, die Natur und Mensch,

Wildnis und Moderne in sich vereinten und zu einer völlig neuen Perspektive führten, wo dann?

Feline stand noch einen Moment still, ehe sie wieder ins Auto stieg. Eine Hand auf dem Dach, die andere auf dem Türrahmen hielt sie sich fest in diesem Taumel, in dem atemlosen Augenblick, in dem sich eine fremde Zukunft auf einmal vor ihr aufwarf. Eine Vision aus Stein, Stahl, Wasser und Glas inmitten lebendigem Grün. Eine Hoffnung, etwas Besonderes erschaffen zu können, etwas, was bleiben würde, lange, nachdem sie diese Welt verlassen hatte. Mehr als eine Idee. Etwas, das tief in ihr Wurzeln schlug und ihr Herz ruhiger schlagen ließ.

Und während sie so dastand und verwundert der Stimme ihrer Seele lauschte, fragte sie sich, ob es vielleicht das war, was Gregor Friedrich gemeint hatte, als er davon sprach, die eigene Handschrift zu finden.

Es war bereits dunkel, als Feline den SUV wieder auf dem Parkplatz des Malibu Beach Inn abstellte. Eine frische Brise kam vom Meer, und sie fröstelte ein wenig.

»Und, wie war Ihr Tag?«, fragte Gregor, als er ihr in der Lobby entgegenkam. Er sah frisch und erholt aus.

»Anstrengend«, sagte Feline ehrlich, »so viele Eindrücke, ich bin bis unter die Schädeldecke voll davon.«

»Haben Sie schon gegessen?«

»Ja, am Santa Monica Beach.«

»Wie wäre es dann mit einem Gin Tonic an der Bar?«

»In zehn Minuten?« Sie sah auf die Uhr. »Ich ziehe mir nur etwas anderes an.«

In der Bar brannte ein heimeliges Feuer im Kamin. Nur wenige Gäste saßen in den bequemen Sesseln und unterhielten sich leise. Draußen auf der Terrasse war es wie leer gefegt, sodass

Feline von ihrem Platz aus einen ungehinderten Blick aus dem Fenster auf die Pier hatte.

»Abgesehen von dieser umwerfenden Natur im Malibu Canyon und in den Hollywood Hills hat mir Manhattan Beach wirklich gut gefallen«, beendete sie ihren Bericht über ihren aufregenden Tag. »Waren Sie mal dort?«

Gregor nickte. »Vor ein paar Jahren.«

»Die vielen kleinen Geschäfte, die Künstler, das mochte ich total gern.«

»Ich bin beeindruckt.« Gregor griff in die Schale mit den Nüssen, warf eine in die Luft und fing sie mit dem Mund. »Sie haben ganz L.A. an einem Tag erledigt. Sie müssen müde sein. Ich an Ihrer Stelle wäre völlig am Ende.«

Feline zuckte die Schultern und rührte mit dem Strohhalm in ihrem Gin Tonic. Sie mochte dieses leise Klimpern von Eis, das gegen Glas stieß. »Ich bin eher völlig aufgedreht.« Einen Moment lang überlegte sie, ob sie ihm von ihrer Vision erzählen sollte, ließ es dann aber bleiben. Es war noch so fremd, ein so unbekanntes Terrain. Dünnes Eis über schwarzem Wasser, auf dem sie sich auf Zehenspitzen vorantastete und auf jedes Knacken horchte. Immer in der Angst, es könnte unter ihr brechen. »Und Sie«, wechselte sie geschickt das Thema, »haben Sie die Präsentation für übermorgen vorbereitet?«

Er lehnte sich zurück und grinste.

»Übermorgen ist doch der große Tag, oder?« Sie konnte nicht genau sagen, warum, aber irgendwie fühlte sie sich verunsichert.

»In der Tat.« Sein Grinsen wurde breiter.

»Wieso habe ich das Gefühl, irgendetwas ist im Busch?«

Er zuckte die Schultern und wirkte ausgesprochen vergnügt.

»Spannen Sie mich nicht so auf die Folter, Gregor. Das ist gemein.«

»Na gut.« Er lehnte sich vor. In seinen Augen leuchtete ein schelmisches Vergnügen. »Ich habe nichts vorbereitet.«

Feline stockte der Atem. »Aber …«

Um seine Mundwinkel herum zuckte es. »Muss ich auch nicht.« Seine Augen wurden eine Spur größer, runder.

»Ich fürchte, ich verstehe nicht …« Feline war verloren. Irgendwo zwischen ihrer Frage und seinem Vorlehnen war sie nicht mehr mitgekommen. So, wie er sie ansah, hatte sie das Gefühl, ihr fehlte das entscheidende Puzzleteil, um das Bild zusammenzusetzen, das er ganz deutlich vor sich sah.

»Weil ich die Präsentation nicht halten werde.« Er hob sein Glas, als wollte er ihr zuprosten.

»Nicht?« Ihr war schwindlig. Luftleere im Kopf. Oder Helium.

»Nein.« Er lehnte sich noch ein Stück über den Tisch und stieß mit seinem Glas gegen ihres. »Weil Sie präsentieren.«

»ICH?« In Felines Ohren rauschte es. Ein gewaltiger Sturm, der alles niederzumähen drohte. Ihr die Luft nahm. »Ich?«, wiederholte sie und wunderte sich über den fremden Klang ihrer Stimme.

»Natürlich.« Gregor tat, als sei nichts selbstverständlicher als das. »Was denken Sie denn? Es ist Ihr Entwurf. Ihr Modell. Wer sonst sollte die Präsentation dazu halten?«

»Aber …« Ihr war schlecht. Dies laue Flattern im Magen, dazu ein leichtes Vibrieren unter der Zunge. Vielleicht sollte sie lieber auf die Toilette gehen und sich übergeben.

»Jetzt schauen Sie nicht wie das Kaninchen vor der Schlange. Sie kennen Ihre Arbeit in- und auswendig. Sie werden alle überzeugen.«

Feline trank den Gin Tonic in vielen kleinen Schlucken. In einem der Romane von Patricia Cornwell, die im Bücherregal ihres Vaters standen, hatte sie gelesen, das helfe gegen Übelkeit. Jetzt würde sich zeigen, ob das stimmte. »Sie sind wahnsinnig«, warf sie Gregor schließlich vor. »Ich hab so etwas überhaupt noch nie gemacht. Ich weiß nicht einmal, was in eine solche Präsentation hineingehört.« Das Flattern im Magen wurde tatsächlich allmählich weniger.

»Ganz einfach. Sie stellen sich neben Ihr Modell, sagen etwas zur Grundidee und erklären Stück für Stück alle Komponenten. Ein Kinderspiel.«

Hatte er jeglichen Realitätssinn verloren? Sie suchte in seinem Gesicht nach einer Regung, die ihr verraten würde, dass er sie auf den Arm nahm. »Das ist eins Ihrer Spielchen, oder?«

Er schüttelte den Kopf.

»Gregor!« Feline konnte es nicht fassen. Er meinte das wirklich ernst. »Wollen Sie diesen Wettbewerb verlieren oder was?«

»Nein. Wieso?« Er sah ehrlich verwundert aus.

»Weil ich keine Ahnung habe. Wenn Sie mich diese Präsentation halten lassen …« Sie hob die Hände in einer Geste der Hilflosigkeit, die ihn nicht zu beeindrucken schien. »Das kann doch nur schiefgehen.«

Gregor lehnte sich zurück, legte die Arme auf den Sessellehnen ab und sah sie mit großer Gelassenheit an. »Zum einen ist es völlig egal, ob wir das Ding gewinnen oder nicht, denn alles, was zählt, ist, dabei gewesen zu sein, wie bei jedem Spiel. Zum anderen verstehe ich wirklich nicht, wieso wir unter Garantie verlieren sollten, wenn Sie Ihre eigene Arbeit vorstellen.«

Es klang so unheimlich plausibel, wie er das sagte, aber in Felines Bauch fühlte es sich trotzdem verkehrt an. »Sie verlangen von mir, dass ich auf einem Pulverfass tanze. Mit brennenden Zündhölzern in den Händen.«

Gregor lachte laut los. »Hollywood ist gleich um die Ecke«, sagte er schließlich, »aber ist das ein Grund, derart zu dramatisieren? Außerdem«, fügte er augenzwinkernd hinzu, »Sie haben mir doch bewiesen, wie gut Sie mit Zündhölzern umgehen können.« Plötzlich wurde er sehr ernst. »Sie haben Schiss. Sie wollen sich nicht zeigen. Aus lauter Angst, durchzufallen.«

»Das stimmt nicht, ich …«

»Und ob«, fiel er ihr ins Wort. »Sie haben sogar eine verdammte Angst vor dieser Jury. Oder vor mir. Oder auch beidem. Und vor einer Niederlage. Aber so kann nichts aus einem werden. Fail often to win sooner. Schon mal gehört?« Er rückte auf dem Sessel ein Stück vor. »Selbst wenn Ihr Entwurf durchfällt, so what? Die Welt wird sich weiterdrehen. Wir beide werden die Niederlage begießen, nach Hause fliegen und uns an das nächste Projekt machen. Und wir werden wieder unser Bestes geben, ohne zu wissen, ob unsere Idee da draußen verstanden werden wird. Es wird Ihnen nicht anders ergehen als mir, als ich ein blutiger Anfänger war. Sie werden so lange scheitern, bis Sie irgendwann gewinnen. Und dann werden Sie wieder scheitern. So lange, bis Sie mal wieder gewinnen. Und so wird es ein ganzes Berufsleben lang gehen. Der einzige Unterschied wird sein, dass Sie sich über kurz oder lang daran gewöhnen werden. Es wird nicht aufhören, Ihnen wehzutun, aber Sie werden eine Strategie finden, damit umzugehen.« Er trank seinen Gin Tonic aus und stand auf. »Wie soll die Welt Sie jemals sehen, wenn Sie sich nicht zeigen? Ich sag's Ihnen, es geht nicht. Und sich zu zeigen heißt, verletzbar zu sein. Aber es kommt nicht darauf an, wie oft die da draußen einem das Fell über die Ohren ziehen. Es kommt darauf an, dass man wieder aufsteht. Also, Feline, Sie werden übermorgen präsentieren. Sie werden Ihr Bestes geben. Sie werden sich in die Hosen scheißen, aber Sie werden fantastisch sein. Denn es ist Ihr Entwurf. Und wenn diese Typen von der Jury den in seiner Großartigkeit nicht verstehen, dann nur, weil die nicht über den Horizont hinausschauen können so wie Sie.« Er klopfte mit den Fingerknöcheln zweimal kurz hintereinander auf den Tisch. »Gute Nacht.«

Feline sah ihm sprachlos nach, wie er die Bar verließ und in Richtung der Fahrstühle um die Ecke bog. Ihr Kopf schwirrte von seiner langen Rede. Ihre Gedanken verrannten sich, stießen gegeneinander, Flipperkugeln, die aus dem Rhythmus geraten waren.

Hatte er etwa recht? War sie zu feige für diesen Beruf?

Ihre Vision einer schillernden Zukunft fiel ihr wieder ein. Wenn das, was Gregor gesagt hatte, zutraf, und sie den Schritt ins Rampenlicht lediglich aus lauter Angst vor dem Scheitern nicht wagte, dann konnte sie das gleich wieder begraben. Dann würde sie enden wie so viele ihrer Zunft. Einfamilienhäuschen entwerfen oder Wohnsilos bis zur Rente. Vielleicht dann und wann mal ein Dachgeschoss ausbauen. Oder, wenn es noch schlimmer kam, ein Leben auf der Galeere der energetischen Sanierungen fristen. Wind- und wetterfest verpackt in Dämmplatten aus Styropor, verputzt mit mineralischem Anstrich. Brandgefährlich unter der reinweißen Oberfläche, ohne dass es die Bewohner je erfuhren.

Sie nahm ihr Glas und trat hinaus auf die menschenleere Terrasse. Der Wind pfiff ihr kühl um die Ohren, griff nach ihrem Haar und trieb ihr Tränen in die Augen. Auf der Malibu Pier gingen die Lichter aus, und Feline prostete dem Pazifik zu.

»Okay«, sagte sie, und der Wind trug ihre Stimme davon, »lieber untergehen, als das Schwimmen gar nicht erst versucht zu haben.«

54

Hatte er je etwas so Schönes und so Trauriges zugleich geschrieben?

Steven verschränkte die Arme hinter dem Kopf und sah den Amplituden zu, die über den Bildschirm zogen, während er die Audiodatei ablaufen ließ.

Je Tonspur eine. Die EKGs eines ganzen Orchesters, Herzfrequenzen im Eiltempo, unterschiedlich und doch synchron, ein schwindlig machender Widerspruch zu dem Adagio, das den Raum füllte. Geigen, Celli, Bässe. Und Bratschen. Die Bratschen das Echo des Ungesagten. Und dann die Klarinette, die Schmerz ausdrückte wie kein anderes Instrument, ohne jemals dramatisch, gar pathetisch zu sein.

In diesem einen Lied war alles. Nie hatte er einen einzigen Song geschrieben, in dem er die Türen zu seiner Seele so weit geöffnet hatte. Und, da war Steven sich sicher, nie hätte er dies vermocht, hätte er Feline nicht getroffen und dann wieder verloren.

Als er die frisch gedrehte Liebesszene zum ersten Mal gesehen hatte, hatte er sofort diese Melodie im Kopf gehabt. Sie war einfach da gewesen, er hatte sie nur niederschreiben müssen. Und es war völlig klar gewesen, dass es die Musik zu diesen Filmminuten war, dass es keine Alternative gab.

Diese eine Szene, in der Held und Heldin sich lieben, bevor sie erschossen wird, würde in die Filmgeschichte eingehen. Sie war so dicht, so intensiv, so intim, dass man kaum hinsehen konnte und es doch tun musste. Ihr wohnte eine Verzweiflung inne, die von großer Leidenschaftlichkeit unterstrichen zu leuchten schien.

Es war schlicht unglaublich, was Scorsese da geschaffen hatte. Und seine, Stevens, Musik war das Ton gewordene Gefühl, das der große Regisseur aus seinen Schauspielern hervorgezerrt hatte. Wenn er sich vorstellte, das auf einer großen Leinwand zu sehen, blieb ihm die Luft weg.

Dieses eine Lied, das musste zugleich der Schluss-Song werden. Es musste das sein, was am Ende hängen blieb, womit man das Kino verließ, zurückstolperte in die reale Welt. Den Text dafür hatte er bereits geschrieben. Alles, was ihm noch fehlte, war die richtige Sängerin.

Der letzte Ton verklang langsam, der über die Amplituden voranrückende schmale Balken blieb stehen. Stille breitete sich aus. Ein Vakuum, in dem die Verzweiflung überlebte. Das war es, genau das hatte Steven gewollt.

Zufrieden stand er auf und löschte das Licht.

Er brauchte eine besondere Stimme für diesen Song. Eine mit Kraft, die dennoch zart war. Die etwas Zerbrechliches hatte. P!nk. P!nk wäre perfekt.

Steven fand das Telefon in der Küche. Er nahm sich ein Bier aus dem Kühlschrank und lauschte dem Klingeln.

»Steven«, meldete sich Candice, »was gibt es?«

»Kannst du mir den Kontakt zu P!nk herstellen?«, fragte er ohne Umschweife.

»Sicher.« Sie klang abgelenkt. »Wieso?«

»Ich möchte sie fragen, ob sie einen Song für den Film einsingen würde.« Am anderen Ende der Leitung war es sehr still. »DEN Song«, fügte er an, nicht sicher, ob Candice ihm wirklich zuhörte.

»Ich kenne ihren Manager«, sagte Candice schließlich zögerlich, »aber …«

»Lass den Rest meine Sorge sein«, fiel Steven ihr ins Wort, »wenn sie den Song hört, bin ich sicher, sie ist im Boot.«

»Okay, ich … ich kann es versuchen.«

»Prima. Ich schick dir und Martin nachher gleich die Audiodatei. Hör einfach mal rein.«

»Das ist der Song für die große Liebesszene?«

»Genau.«

»Aber Martin will dafür nur einen Instrumentaltitel. Das hat er mehr als deutlich gesagt.«

»Ist es ja auch, Candice. Aber wenn du den Song hörst, wirst du mich verstehen. Ich hab bereits einen Text dafür.«

»Als Titelsong?«

»Nein. Für den Schluss.«

»Hm …«

Im Hintergrund machte Steven Stimmen aus. »Störe ich dich gerade?«

»Nein, wieso?«

»Du klingst, als wärst du nicht ganz bei der Sache.«

»Doch, doch.«

»Und was sind das für Leute da bei dir?«

»Unser Nachbar ist auf einen Drink rübergekommen. Du, sag mal …«

Steven wartete, aber da kam nichts mehr. »Sag mal was?«, fragte er schließlich.

»Ist deine kleine Deutsche nicht Architektin?«

»Ja, wieso?«

»Ich seh gerade die Lokalnachrichten auf Fox. Die berichten von einem Architekturwettbewerb. Hier in L.A. Und da steht so eine junge Frau im Bild, die erinnert mich an die, die du mir auf den Fotos gezeigt hast.«

»Was?« Steven knallte die Bierflasche auf den Tresen. Nach drei großen Schritten war er bei der Couch, griff nach der Fernbedienung und presste den Knopf so heftig, dass das Gummi eingedrückt hängen blieb.

Der Bildschirm erwachte zum Leben. Eine Art großer Ausstellungsraum war zu sehen, in dem mehrere Tische aufgebaut waren. Auf jedem davon stand ein anderes Modell eines Gebäudes. Es waren eine Menge Leute in dem Raum. Teilweise standen sie in Grüppchen herum, teilweise liefen sie langsam von Tisch zu Tisch.

Steven versuchte an der Moderatorin vorbei die einzelnen Gesichter auszumachen. »Wo, Candice? Wo steht sie?« Er schrie fast.

»Der Tisch hinten links. Die Frau in dem hellen Hosenanzug.«

Da waren lauter helle Anzüge. Hektisch sah er in jedes Gesicht. Und dann erkannte er sie.

Die Fernbedienung fiel ihm aus der Hand. Die Welt stand still. Feline. Seine Feline. Hier. In seiner Stadt. Auf seinem Kontinent. In seiner Zeitzone.

»Ist sie das, Steven?«

Candices Stimme schien weit weg.

»Jetzt sag schon.«

Er musste etwas tun, aber er konnte nicht, war wie gelähmt. Feline, seine Feline.

»Also so wie du schweigst, muss sie das sein.« Candice kicherte. »Lebst du noch, Steven?«

»Ja«, brachte er heraus, und das Wort kratzte im Hals.

»Okay, Steven, du solltest etwas unternehmen. Das ist dir klar, oder?«

Er konnte nur weiter auf den Fernseher starren.

»Steven?« Candice klang auf einmal dringlich. »Noch vor ein paar Tagen wolltest du ihretwegen am liebsten völlig planlos nach Berlin fliegen. Jetzt ist sie hier und du glotzt nur auf den Bildschirm?«

Plötzlich war wieder das Moderatorenpaar im Studio zu sehen. »Shit«, wachte Steven aus seiner Lethargie auf. »Hast du mitbekommen, wo genau diese Veranstaltung stattfindet?«

»Puh.« Candice atmete geräuschvoll aus. »Ich dachte schon, du hast deine Stimme für immer verloren oder bist sonst irgendwie erstarrt.«

»Hast du oder hast du nicht?«

»Es war irgendein Hotel, soweit ich weiß. Genau hab ich das leider auch nicht mitbekommen. Ich hab die Nachrichten nicht von Anfang an gesehen.«

»Shit«, wiederholte er und fuhr sich mit der Hand durch die Haare. »Ich muss sie irgendwie finden. Wie viele Hotels gibt es in L.A.?«

»Zu viele«, stellte Candice nüchtern fest. »Aber es muss eines mit Veranstaltungszentrum sein.«

»Google wird es mir verraten.«

Keine fünf Minuten später hatte Steven eine junge Dame am Telefon, die sich ausgesprochen charmant meldete. »Hyatt Regency Century Plaza. Melissa, guten Abend, was kann ich für Sie tun?«

»Steven Taylor, hallo Melissa, wie geht es Ihnen?«

»Ausgezeichnet, danke. Und Ihnen?«

»Sagen Sie, Melissa, findet bei Ihnen der Architekturwettbewerb für das neue Theater in West Hollywood statt?«, fragte er und legte dabei so viel Charme in seine Stimme wie nur irgend möglich.

»Ja, Sir.«

»Fantastisch. Sagen Sie, die Veranstaltung, läuft die noch?«

»Nein. Die war bereits am frühen Nachmittag.«

»Und die Teilnehmer, wohnen die bei Ihnen im Hotel?«

»Zum größten Teil. Wieso?« Ihre Stimme bekam einen gewissen Unterton, als war sie auf der Hut.

Steven atmete tief durch. »Können Sie mir vielleicht sagen, ob eine Feline Schwarz aus Deutschland bei Ihnen abgestiegen ist?«

»Könnten Sie den Namen bitte buchstabieren, Sir?«

Steven sagte ihr langsam Buchstaben für Buchstaben. Sein Herz raste. Bis vor ein paar Minuten noch hatte er Feline für immer verloren geglaubt, und jetzt war er so nah dran, sie zu sprechen, wie seit Wochen nicht.

»Nein, Sir, tut mir leid, eine Miss Schwarz hat bei uns nicht eingecheckt.«

»Danke, Melissa. Einen schönen Abend noch.« Geschlagen legte er auf.

Wie wahrscheinlich war es, dass man nicht in dem Hotel abstieg, in dem die Veranstaltung stattfand, deretwegen man um die halbe Welt gereist war? Das konnte doch nicht wahr sein. Das war nicht fair, dass sie ihm schon wieder einfach so entkam.

Steven nahm sein Bier und trat auf die Terrasse hinaus. In der Ferne funkelten die Lichter der Häuser, die den Strand säumten. Das Malibu Beach Inn stach mit seiner warmen Beleuchtung hervor. Er mochte es, dieses Hotel, hatte schon so manchen Abend bis tief in die Nacht an der Bar gesessen, Erfolge gefeiert und Niederlagen ersäuft. Und für einen Moment war er versucht, einfach hinüberzugehen und so viele Gin Tonics zu trinken, bis er vergaß, dass es Feline gab.

»Reiß dich zusammen, Steven Taylor«, sagte er zu sich selbst. »Du wirst sie finden, und wenn du sämtliche Hotels durchtelefonieren musst, die es in Los Angeles gibt.«

Feline lag erschöpft und erschreckend wach zugleich in ihrem Bett. Sie hatte präsentiert, und es war ganz gut gelaufen. Auch wenn sie vor Angst fast gestorben wäre.

Sie war schon als Kind nicht erpicht darauf gewesen, auf eine Bühne zu gehen, hatte sich erfolgreich vor Theater AG und Chor gedrückt. Und auch während des Studiums hatte sie sich fast in die Hose gemacht, wenn sie ein Referat halten musste. Aber das hier, das war der Albtraum gewesen.

Sie, Feline, die blutige Anfängerin, inmitten einer Horde gestandener Architekten mit einem Entwurf, der alle Konventionen brach. Grundgütiger, hatte sie die Blicke gespürt. Vor allem, als es um die beleuchteten Wände mit dem Wasser ging. Lauter Messer, jedes einzelne auf Rücken und Bauch gerichtet.

Wie sie sich am Ende alle angelächelt und versichert hatten, wie gut ihnen der Entwurf des jeweils anderen gefiel. Verlogener konnte man sich gar nicht aufführen. Neid und Missgunst hatten wie Elektrizität in der Luft geflirrt. Und mittendrin hatte sie gestanden und gelächelt, als wäre sie nicht der kleinste Fisch im Becken. Feline hoffte nur, niemand hatte gesehen, wie sehr ihr die Knie geschlottert hatten.

Aber es war vorbei. Sie hatte es überstanden und war von keinem gefressen worden. Gregor hatte sogar gesagt, sie habe das richtig gut gemacht. Trotzdem, so schnell brauchte sie keine Wiederholung.

Und jetzt hieß es warten. Morgen würde die Jury hinter verschlossenen Türen debattieren und schließlich abstimmen. Und dann wurde der Siegerentwurf am folgenden Abend gekürt.

Warten war schlimmer als alles andere.

Feline setzte sich auf. Eine kühle Brise strich über ihre Haut. Sie hatte die Tür zum Balkon offen gelassen, und der Wind blähte die Vorhänge. Im Mondlicht konnte man meinen, es waren blasse Geister, die animalische Tänze aufführten.

Der Pazifik rauschte, und sie konnte nicht anders, sie musste daran denken, dass sie den Gesang der Zikaden vermisste.

Nein, sie sollte ehrlich sein, zumindest in der Einsamkeit der Nacht. Es ging nicht um die Zikaden, es ging um ihn.

Es wäre so einfach. Sie müsste ihn nur anrufen, beiläufig erzählen, dass sie in Los Angeles war, beruflich, und dann ganz nebenbei fragen, ob er nicht Lust auf ein Treffen hatte.

Feline zog die Decke unter das Kinn. Sie sollte ihn vergessen. In ein paar Tagen war sie wieder weg hier, und außerdem hatte er eine Frau oder Freundin, nämlich eine, der er teure Ohrringe mitbrachte.

Sie seufzte und schloss die Augen. Vielleicht konnte sie den Schlaf erzwingen. Oder wenigstens bezirzen. Notfalls erpressen.

Feline schlug die Augen wieder auf. Schatten tanzten an der Decke.

Sie wollte hier nicht weg.

Der Gedanke kam so überraschend, dass sie für einen Moment das Atmen vergaß. Sie wollte hier nicht weg?

Der Malibu Canyon. Die Vision von Gebäuden aus Glas, Stein, Wasser und Stahl. Die Symbiose von Wildnis und Haus. Der Platz, der Raum für Ideen und Neues und … der Platz für sie, für alles, was sie sein wollte und konnte.

Minuten lang lag sie nur da und spürte diesem Gedanken hinterher. War es lediglich ein Hirngespinst? Ein Gespenst in dieser schlaflosen Nacht, das sie neckte?

Abrupt setzte sie sich auf und schlug die Decke zurück. Ihr war plötzlich heiß, und es kribbelte, als musste sie dringend sofort aus ihrer Haut. Sie schwang die Beine aus dem Bett und ging hinaus auf den Balkon.

Vielleicht war es nichts als eine fixe Idee, geboren aus der Reizüberflutung der letzten Tage. Vielleicht. Aber es fühlte sich so verdammt richtig an, hier zu sein. Angekommen, ja, sie war angekommen – wo auch immer. Und vielleicht war das auch alles Quatsch, aber sie würde es sich nie verzeihen, wenn sie es nicht herausfand. Und dafür musste sie hierbleiben.

Aber wie sollte das gehen? Nein, es war eine versponnene Idee. Geboren aus der Unruhe dieser Nacht. Morgen früh sah alles ganz anders aus. Bestimmt.

55

Steven stand minutenlang reglos unter der Dusche. Das heiße Wasser prasselte auf seine Haut, und ganz langsam erwachten seine Lebensgeister wieder. Nach nicht einmal vier Stunden Schlaf kein leichtes Unterfangen.

Er drehte den Hahn zu und begann sich abzutrocknen.

Er konnte es immer noch nicht fassen. Sämtliche Hotels in Los Angeles hatte er abtelefoniert und Feline nicht gefunden. Das konnte unmöglich mit rechten Dingen zugehen. Und so langsam wusste er nicht mehr, was er noch anstellen sollte.

Er wusste so wenig von ihr. Vielleicht hatte sie Freunde oder gar Verwandte hier. Wohnte bei denen. Dann hatte er keine Chance, sie ausfindig zu machen.

In dem Fall gab es nur eine Möglichkeit, sie doch noch zu sehen: Er musste herausfinden, wann genau die Gewinner dieses Wettbewerbs verkündet wurden, und vor der Tür auf sie warten. Nicht gerade eine attraktive Variante, denn das kam einem ziemlichen Überfall gleich, und so etwas ging in den seltensten Fällen gut, aber wenn es denn keine andere Möglichkeit gab, dann musste er wohl oder übel zu dieser Ultima Ratio greifen.

Er schlüpfte in T-Shirt und Jeans und kämpfte erfolgreich die aufkeimende Verzweiflung nieder. Dafür war es zu früh.

Noch war sie irgendwo in seiner Stadt und nichts verloren. Höchstens schwierig, aber nicht verloren. Basta.

In der Küche blickte er in die gähnende Leere der Dose für das Kaffeepulver. Lediglich brauner Staub erinnerte ihn daran, dass er das Lebenselixier beim letzten Besuch im Supermarkt schlicht vergessen hatte.

Steven überlegte nicht lange. Ohne Kaffee war er kein Mensch, schon gar nicht an einem Tag wie diesem. Er griff sich Portemonnaie und Handy, schlüpfte auf der Terrasse in die Flipflops, schaltete die Alarmanlage scharf und machte sich auf den Weg.

»Und wie verbringen wir den Tag des Wartens?« Gregor tupfte sich den Mund ab und legte die Serviette neben seinen Teller. Der Tisch war überfüllt mit so viel leerem Geschirr, dass man meinen konnte, eine ganze Fußballmannschaft hätte hier gefrühstückt.

Feline trank den letzten Schluck des frisch gepressten Orangensafts. »Ich muss unbedingt etwas zum Anziehen für morgen kaufen. Haben Sie einen Tipp, wo ich das am besten erledige?«

»Rodeo Drive.«

»Sicher.« Sie schob sich eine Erdbeere in den Mund. »Das ist dann Ihre subtile Art, mich wissen zu lassen, dass ich eine saftige Gehaltserhöhung bekomme?« Sie grinste und langte nach der letzten Beere. »Und da behaupten immer alle, deutsche Erdbeeren seien das Nonplusultra.« Sie schüttelte den Kopf. Das süße Aroma explodierte auf ihrer Zunge. »Die sind ein Traum.«

»Rodeo Drive«, wiederholte Gregor und schob den Stuhl zurück, »ich bestehe darauf.«

Feline rollte die Augen. »Keine Zeit für Windowshopping.«

»Sie brauchen vor allem jemanden, der aufpasst, dass Sie nicht ein Mauerblümchen-Kostüm kaufen.« Er stand auf und zeigte mit den Zeigefingern beider Hände auf sich, wie eine Comicfigur. »Moi.«

»Von mir aus auch das.« Sie faltete ihre Serviette zusammen. »Aber gewiss nicht auf dem Rodeo Drive.«

»Oh doch. Ich kenne da eine kleine Boutique, oder besser die Inhaberin. Lassen Sie sich überraschen.«

Es hatte keinen Sinn, mit Gregor zu diskutieren, wenn er sich etwas in den Kopf gesetzt hatte. So viel hatte sie in den paar Wochen, in denen sie für ihn arbeitete, bereits gelernt. Es blieb ihr also nur übrig, brav mit ihm mitzugehen und abzuwarten, bis er einsah, dass er sie in ein Geschäft begleiten musste, in dem sie sich die Kleider auch leisten konnte. »Na gut, aber beschweren Sie sich nachher nicht bei mir, wenn Sie meinetwegen kreuz und quer durch die Stadt hetzen müssen.«

»Gewiss nicht!« Er klatschte vergnügt in die Hände. »Sie werden sehen, wir werden uns köstlich amüsieren.«

Im Grunde war es eine gute Idee. Feline war froh, den Tag nicht allein verbringen zu müssen. Sie war nervös wegen des Wettbewerbs, auch wenn das idiotisch war, denn schließlich hatte sie alles getan, was sie konnte. Aber abwarten war eben noch nie ihre Stärke gewesen. »Sie vielleicht«, sagte sie halb im Scherz und folgte Gregor zur Tür, die in die Lobby führte, »aber ich hasse Shopping.«

»In zehn Minuten am Wagen?« Gregor stieß die Tür mit Schwung auf.

»Ja …« Sie stoppte abrupt. Das war eine Fata Morgana. Das war … das war nicht wahr. Sie bildete sich das ein. Der Boden war plötzlich nicht mehr fest. Sie stand in einer Nuss-Schale auf offener See. Und das Atmen fiel schwer. Ihr Herz schlug gegen den Brustkorb, als wollte es um jeden Preis die Rippen durchbrechen, als wollte es fliegen.

»Feline?« Steven sah aus, als musste er sich an der Tür festhalten.

Feline suchte nach Worten und fand keine.

Gregor guckte von einem zum anderen. Seine Augen funkelten vergnügt. »Gregor Friedrich, und Sie sind?« Er streckte Steven seine Hand entgegen.

»Steven Taylor.« Er schien nicht bei der Sache. »Feline?«

»Hallo Steven.« Sie räusperte sich und wünschte, sie könnte sich direkt in Luft auflösen oder zumindest unsichtbar werden. »Gregor ist mein Boss.« Oh Mann, wie das klang. Als musste sie sich dafür rechtfertigen, dass sie mit diesem älteren Mann mit den wirren Haaren und den zu kurzen Cordhosen aus einem Hotelrestaurant kam. »Wir sind beruflich hier.« Sie sollte dringend die Klappe halten. Alles, was sie sagte, machte es nicht besser.

»Ich weiß. Ich hab dich gestern in den Nachrichten gesehen.«

»Sollen wir alle drei vielleicht einen Kaffee trinken? Oder möchtet ihr lieber zu zweit …?«

Bloß das nicht! Felines Magen fuhr Achterbahn ohne sie. »Leider keine Zeit.« Sie schoss Gregor einen vielsagenden Blick zu – zumindest hoffte sie, dass er Bände sprach. »Wir müssen doch unbedingt zu diesem Termin am Rodeo Drive.«

»Vielleicht später?« Steven blickte hoffnungsvoll und flehend zugleich drein. »Ich wohne nur ein Stück den Strand herunter. Ich kann jederzeit hier vorbei…« Er brach mitten im Satz ab.

Sah sie etwa so abweisend aus? »Vielleicht. Ich …« Sie wusste nicht, was sie sagen sollte. Sie wollte ihn eigentlich nicht treffen, hatte seit sie hier war immer wieder darüber nachgedacht und es als unsinnig verworfen, aber so, wie er da vor ihr stand, war sie auf einmal nicht mehr sicher. »Ich hätte mich längst bei dir gemeldet, aber wir haben nichts als Termine, seit wir hier sind.« Notlüge. Er sah so hilflos aus, da wollte sie ihn nicht unnötig verletzen.

»Das verstehe ich. Trotzdem. Falls du eine halbe Stunde Zeit hast, ruf mich doch einfach an, ja?«

»Mach ich.«

»Du hast doch meine Nummer noch?«

»Ja, sicher.« Sie sah auf die Uhr. »Sorry, Steven, aber wir müssen los.«

Als Feline eine Viertelstunde später im Auto neben Gregor saß, konnte sie zwar wieder atmen, aber ihr Herzschlag glich immer noch einer Horde fliehender Pferde. Mit allem hatte sie gerechnet, aber nicht damit, Steven ausgerechnet im Hotel zu begegnen. Und dass er auch noch ganz in der Nähe wohnte, machte alles irgendwie noch schlimmer. Ganz zu schweigen davon, wie es sich angefühlt hatte, ihm auf einmal gegenüberzustehen – so ganz ohne Vorwarnung.

»Jetzt erzählen Sie mal«, sagte Gregor, »wer war denn der junge Mann?«

»Ein Bekannter. Nichts Wichtiges.« Sie wandte den Kopf ab und sah aus dem Fenster.

»So?«

»Woher kennen Sie eigentlich jemanden, der eine Boutique auf dem Rodeo Drive hat?«

»Lenken Sie nicht ab«, sagte Gregor erstaunlich sanft. »Wenn Sie mir die Geschichte, die Sie mit diesem Steven verbindet, nicht erzählen wollen, ist das völlig okay, aber versuchen Sie nicht, mir etwas vorzumachen. Sie hätten sich sehen sollen, als der junge Mann plötzlich aufgetaucht ist.«

Der Pazifik glitzerte in der Sonne. Ein großes Segelboot glitt majestätisch am Horizont entlang. »So offensichtlich?«

»Hm.«

»Er hat mir das Herz gebrochen. Vor ein paar Monaten.« Erstaunlich, wie gut es tat, das zuzugeben. »Ich hab den Kontakt damals einfach abgebrochen.«

»Wie ein professioneller Herzensbrecher sah er gar nicht aus.«

»Sieht man das Männern an?« Sie wagte vorsichtig einen Blick in Gregors Richtung.

»Manchmal.« Er zuckte die Schultern. »Meistens.«

»Vielleicht ist er nicht einer von der professionellen Sorte.« Da war es wieder, das Loch in ihrem Leben, das Steven hinterlassen hatte und das sie immerzu versuchte zu verleugnen. »Aber er hat meins auf jeden Fall in einen Scherbenhaufen verwandelt.«

»So schlimm?«

Gregor wandte ihr kurz das Gesicht zu und der Moment, in dem sich ihre Blicke trafen, hinterließ den Geschmack von Trost auf ihrer trockenen Zunge. »Wir sind uns auf Mallorca begegnet«, begann sie und erzählte ihm die ganze Geschichte bis zu dem Punkt, als Steven abgereist und sie die Rechnung für die Ohrringe gefunden hatte.

»Ich verstehe«, sagte Gregor leise, »das hätte mich an Ihrer Stelle auch unglaublich verletzt.«

»Er hat mir dann noch einige SMS geschickt, auf die ich aber nicht reagiert habe. Irgendwann wurde mir klar, er würde damit nicht aufhören, und da habe ich eine davon beantwortet und ihm geschrieben, dass es eine schöne Zeit war, aber eben nur ein Urlaubsflirt.« In Felines Magen wuchs ein Stein. Schwer und hart. »Und trotzdem, als er da plötzlich vor mir stand, da war alles auf einmal wieder da. Die Verletzung, der Schmerz, aber eben auch die Liebe.«

»Vielleicht sollten Sie darüber nachdenken, sich doch auf einen Kaffee mit ihm zu treffen.« Gregor zog ein Taschentuch aus der Hosentasche und hielt es ihr hin. »Ich weiß nicht, wie das bei Ihnen ist, aber ich komme über solche Dinge nicht hinweg, wenn ich sie nicht mit dem anderen besprochen habe. Nur was geklärt ist, kann ich betrauern. Und nur was ich hinlänglich betrauert habe, kann ich loslassen.«

»Ich weiß nicht.« Das Taschentuch war aus gestärkter Baumwolle und roch zart nach Waschpulver. Sie tupfte sich damit die Tränen weg, vorsichtig, um die Mascara nicht zu verwischen. »Vielleicht hab ich auch in der Hinsicht Schiss, mich zu zeigen.«

»Immerhin.« Er tätschelte kurz väterlich ihre Hand. »Einsicht ist der erste Schritt zur Besserung.«

»Ich denk drüber nach. Über Ihren Vorschlag.«

»Das finde ich gut, Feline. Und wenn Sie zu dem Schluss kommen sollten, meinen Rat nicht zu befolgen, bin ich Ihnen nicht böse.«

»Schon komisch, oder?«, sinnierte sie laut. »Da bin ich eigentlich so sauer auf Steven, aber wenn er dann vor mir steht, schaffe ich es nicht, ihm einfach die kalte Schulter zu zeigen.«

»Aber Sie haben ihn schon abblitzen lassen. Sie hätten genauso gut mit ihm einen Kaffee trinken und unsere Shoppingtour um eine Stunde verschieben können.«

»Ja schon, aber …«

»Sie finden, Sie waren nicht abweisend genug?«

»Vielleicht. Ich hätte schließlich auch sagen können, dass ich mich nicht mit ihm treffen möchte. Oder dass ich gar keine freie Minute habe.«

»Stimmt. Hätten Sie.«

Feline sah Gregor an und wartete darauf, dass es das näher erklärte. Aber er schwieg. »Sie sagen das so, als ob Sie eine Idee dazu hätten?«, bohrte sie nach.

»Na ja, ich denke, so, wie Sie ihn behandelt haben, das zeigt schon etwas.«

»Aha. Und was?«

»Jetzt tun Sie mal nicht ganz so ahnungslos.«

»Ich weiß wirklich nicht, was Sie meinen, Gregor.«

Er hielt an einer roten Ampel und wandte ihr den Blick zu. »Meine liebe Feline. Wenn Sie mit diesem Steven wirklich fertig wären, dann hätten Sie ihn eiskalt abblitzen lassen. Und zwar so, dass er es gar nicht hätte missverstehen können. Haben Sie aber nicht. Ganz im Gegenteil. Sie haben sich ein Türchen offen gelassen.«

Die Ampel schaltete auf Grün, und er fuhr los.

56

Der Rodeo Drive war eine teilweise von Palmen gesäumte und durch einen Grünstreifen geteilte vierspurige Straße, auf der kaum ein Auto unterwegs war. Gregor parkte den Wagen direkt hinter einem pinkfarbenen Bentley. »So etwas sieht man auch nur in Los Angeles«, sagte er mit einem Kopfschütteln und legte das Parkticket auf das Armaturenbrett, »eine Beleidigung für so einen Wagen, wenn Sie mich fragen.« Er zeigte quer über die Straße. »Da hinten befindet sich das berühmte Beverly Wilshire Hotel.«

Feline hakte sich bei ihm ein. »Ist Julia Roberts nicht in ›Pretty Woman‹ hier spazieren gegangen?«

»Allerdings. Die berühmten Hollywood Studios sind ganz um die Ecke. So manche Filmszene wird daher immer noch hier gedreht.«

»Vielleicht sehen wir ja wirklich einen Filmstar?« Sie fühlte sich auf einmal wie ein aufgeregter Teenager.

»Mit ein bisschen Glück. Soweit ich weiß, arrangieren die Privatshopping-Touren.«

»Dann schließt eine Boutique nur für die? Damit die ganz allein dort einkaufen können?«

»Ja. Aber mit ein bisschen Glück sieht man sie aus einer Limousine steigen und in den Laden huschen.«

»Kann man irgendwie auch verstehen, oder?« Feline bestaunte die Auslagen in den Schaufenstern der edlen Designer-Boutiquen. »Sonst könnten die sich vor Fans und Paparazzi wohl kaum retten.«

Gregor lenkte sie mit leichtem Druck zum Eingang einer Boutique. »Da wären wir schon.«

Der Laden war größer, als er von außen wirkte. Vielleicht kam es einem jedoch auch nur so vor, denn die sachlich schlichte Einrichtung und die gekonnte Beleuchtung vermittelten den Eindruck von Raum selbst noch in der hintersten Ecke. Die Kleidung war nach Farben sortiert.

Eine kleine Frau undefinierbaren Alters kam mit ausgebreiteten Armen und einem breiten Lächeln auf sie zu. Der freche Kurzhaarschnitt kontrastierte den eleganten Hosenanzug, den sie trug. »Gregor! What a pleasure!« Die beiden umarmten sich und küssten sich links und rechts auf die Wange.

»Helen«, sagte Gregor und schob Feline ein Stück nach vorn, »darf ich dir Feline vorstellen?«

»Hallo.« Feline reichte der Frau die Hand.

»Es freut mich sehr.« Helens Händedruck war fest. »Sie müssen die junge Lady sein, von der Gregor mir schon so viel Gutes berichtet hat.«

»Hat er?« Feline sah verwirrt von einem zum anderen.

»Oh ja. Und von dem wunderbaren Entwurf, den Sie gemacht haben.« Helen lachte, und es klang wie das Schellen kleiner Glöckchen. »Oder hätte ich das nicht verraten dürfen, Gregor?«

»Du hättest sie präsentieren sehen sollen.« Gregor klang so stolz wie ein Vater, der von den ersten Gehversuchen seines Babys berichtete.

»Na ja …« Feline winkte ab. »Es ging so, würde ich sagen.«

Er schüttelte den Kopf. »Lass dir nichts erzählen, Helen, sie war grandios.«

»Und was führt euch zu mir?«

»Feline braucht etwas zum Anziehen für die Preisverleihung.«

»Verstehe.« Helen trat einen Schritt zurück und musterte Feline. »Nachtblau steht Ihnen mit Sicherheit fantastisch. Es wird Ihre Augen zum Leuchten bringen und Ihre Haut strahlen lassen.«

Gregor setzte sich auf einen der beiden Sessel, die so auf der Seite standen, dass der Gang quer durch die Boutique zum Laufsteg wurde.

»Da hinten ist die Umkleidekabine«, sagte Helen zu Feline, »ich bringe Ihnen gleich ein paar Outfits zum Probieren.«

Umkleidekabine traf es nicht wirklich. Feline trat durch einen Rundbogen und stand in einem Raum, der in etwa so groß war wie das großzügige Badezimmer ihrer Mutter und rundherum verspiegelt. Man musste sich nicht drehen und verrenken, um sich von allen Seiten betrachten zu können, nein, es reichte, wenn man einfach in der Mitte stand.

Gespannt, was für Kleidungsstücke Helen ihr wohl bringen würde, zog sie den schweren Vorhang zu und begann sich auszuziehen.

Feline hängte gerade ihre Jeans an einen der Kleiderhaken, da steckte Helen den Arm durch den Spalt im Vorhang.

»Probieren Sie den hier, der ist perfekt. Und ziehen Sie um Gottes willen nichts darunter außer Unterwäsche.«

Feline schlüpfte in Hose und Jackett. Der Stoff war weich und trotzdem gab ihr der Hosenanzug ein markantes Profil. Kantig über den Schultern, tailliert in der Hüfte und fließend um die Beine.

Ein wenig unsicher betrachtete sie den Schalkragen. Eine falsche Bewegung und der gab garantiert den Blick frei bis zum Südpol. Und darunter sollte sie nichts anziehen?

Zur Probe neigte sie sich ein wenig vor und sah dabei in den Spiegel. Erstaunlicherweise saß das Jackett wie eine zweite Haut.

Feline trat aus der Umkleidekabine.

»Wusste ich's doch«, stellte Helen fest, sah auf Felines nackte Füße und griff in ein Regal hinter sich. »Die sollten passen.« Sie hielt Feline ein paar Pumps hin.

Sie schlüpfte in die Schuhe, sah in den Spiegel und erkannte sich kaum wieder. Das war nicht die Feline, die auf Baustellen herumstapfte oder im Büro die Ärmel hochkrempelte. Das hier war eine elegante Frau.

Helen hielt Felines Haare hoch und befestigte sie mit einer Klemme am Hinterkopf. »Sehen Sie nur nicht so genau hin«, sagte sie lachend, »ich habe kein Talent als Friseurin, aber so sehen Sie einfach professioneller aus.«

»Lassen Sie sich anschauen.« Gregor war von seinem Sessel aufgestanden und kam auf sie zu. Er musterte sie von allen Seiten. »Perfekt«, stellte er fest und wandte sich an Helen, »den nehmen wir, mitsamt den Schuhen.«

»Aber …«, wollte Feline protestieren, kam aber nicht weit.

»Keine Widerrede«, fiel Gregor ihr ins Wort. »Sie wollen doch morgen gut aussehen, oder?«

»Schon, aber ist das nicht ein bisschen … zu viel?« Sie drehte sich ein wenig hin und her und betrachtete kritisch ihr Spiegelbild. »Ich sehe aus wie …«

»… eine Million Dollar?«

»So würde ich es jetzt nicht nennen, aber …« Sie sah Gregor ins Gesicht und vergaß, was sie sagen wollte. Er sah so stolz aus, so glücklich, und ihr war nicht klar, was all das mit ihr zu tun hatte.

Gregor fasste sie am Arm und drehte sie zum Spiegel. »Sie werden morgen Friedrich und Partner repräsentieren und Ihren Entwurf für uns. Ob Sie nun gewinnen oder verlieren, der Spot wird zumindest für eine Minute auf Sie gerichtet sein. Zeigen Sie sich, Feline. In Ihrer ganzen Pracht. Strahlen Sie nicht nur. Funkeln Sie.«

»Macht es Ihnen etwas aus, wenn wir einen Umweg fahren?« Feline stellte die Einkaufstüten auf die Rückbank und stieg in den Wagen.

»Und ich dachte, Sie haben letztens schon ganz Los Angeles gesehen.« Gregor startete den Motor. Sofort strömte kühle Luft aus diversen Düsen. »Wohin soll's denn gehen?«

»Sind Sie schon mal die Malibu Canyon Road gefahren?«

»Nein.«

»Das war der erste Teil meiner Tour. Das war so schön, ich würde das einfach so gern noch einmal sehen.«

»Dann programmieren Sie mal das Navigationssystem.« Er schnallte sich an, setzte den Blinker und fuhr los.

Mehr als eine Stunde später waren sie bereits ein gutes Stück durch den Malibu Canyon hindurchgefahren. Die Straße führte in sanften Kehren aufwärts und Feline entdeckte am Straßenrand ein Schild, das auf einen Parkplatz hinwies. »Können wir dort mal eben anhalten? Ich würde gern ein paar Fotos machen.«

Gregor bog auf den fast leeren Platz und parkte im Schatten einiger hoher Bäume. »Das sind die sogenannten Valley Oaks«, sagte er beim Aussteigen.

»Sind die immer so bräunlich?«

»Ich glaube schon. Vielleicht, weil es in Kalifornien so selten regnet. Aber wer weiß, ich bin kein Botaniker.« Gregor hielt sich die Hand vor die Stirn. »Sollen wir ein Stück da hochwandern?«

»Wieso nicht.« Feline griff ihre Kamera und marschierte los. Der Weg wurde nach wenigen Metern zu einem schmalen Pfad, der auf eine kleine Anhöhe führte.

Oben angekommen, bot sich ein herrlicher Ausblick. Grün bewachsene Berge, aus denen teils schroffe Felskanten aufragten, erstreckten sich so weit das Auge reichte im goldenen Licht. Darunter glitzerte in der Ferne der Pazifik.

»Atemberaubend«, sagte Gregor und trat neben sie.

»Überwältigend, oder?« Angekommen. Da war es wieder, das Gefühl, und für einen Moment hatte Feline den Eindruck, dieses goldene Licht war auch in ihr, durchflutete sie. »Als ich zum ersten Mal hier war, ist mir etwas Komisches passiert. Ich hatte so eine Art Vision. Ich sah Häuser aus Stein und Stahl, Wasser und Glas, ganz viel Glas. Häuser, die mit dieser Natur verschmolzen, die jedes Element aufnahmen und widerspiegelten. Ich …« Warum erzählte sie ihm das?

»Und Sie haben gedacht, Sie müssen das bauen?«

»Ja … irgendwie schon.« Sie drehte sich zu ihm um und war erstaunt über das Lächeln in seinem Gesicht. Es hatte etwas von Gewissheit, aber auch von Wehmut.

»Ich kenne dieses Gefühl.« Gregor schob die Hände in die Hosentaschen. »Ich hatte das auch einmal. Vor vielen Jahren. Als ich zum ersten Mal auf Island war.«

»Deswegen das Glas.« Auf einmal war alles klar. »Wegen des Lichts. Um so viel Licht wie möglich einzufangen.«

»Und um den Blick nicht zu verstellen.«

»Und das Milchglas ist das Eis?«

Gregor nickte.

»Ist es das, was Sie mit Inspiration meinten? Damit, seine eigene Handschrift zu finden?«

»Island war meine«, sagte er. »Das hier ist also Ihre.«

»Ich glaube schon.«

Er neigte den Kopf und sah sie mit sanften Augen an. »Sie glauben nicht, Sie wissen es. Trauen Sie Ihrem Gefühl. Es ist das Einzige, worauf man sich verlassen kann.«

»Und was mache ich jetzt damit?«

»Na, Sie müssen ihr folgen, dieser Stimme, Ihrer Vision. Sie wird Sie eh nicht mehr loslassen.«

Feline ließ den Blick über die Berge und Täler schweifen. Die Stille tat gut. Sie machte Mut, genauso wie die Weite und der schier endlose Himmel über ihnen. »Es ist, als wäre ich angekommen«, wagte sie schließlich, das Unmögliche auszusprechen. »Nirgendwo auf der Welt habe ich mich gefühlt wie hier.«

»Dann sollten Sie hierbleiben.«

Wie er das sagte. Als ob es so einfach wäre. »Wie sollte das gehen? Das ist …«

»Ich hätte da schon eine Idee.« Gregor bekam wieder diesen verschmitzten Gesichtsausdruck.

»So?« Ein bisschen fürchtete sie, was jetzt wohl kommen mochte. Mehr jedoch hoffte sie. Worauf, konnte sie nicht sagen, vielleicht einfach nur auf irgendeinen Strohhalm.

»Eigentlich wollte ich ja Andreas das Projekt übertragen.«

»Andreas?« Feline war nicht klar, was der Kollege jetzt auf einmal mit all dem hier zu tun hatte.

»Na ja, er hat schon einige unserer Projekte bei der Bauausführung begleitet. Allerdings noch nicht international. Dafür wollte ich ihm deshalb Susan aus dem New Yorker Büro an die Seite stellen.« Gregor drehte sich um und ging langsam den Pfad zurück.

»Welches Projekt?«, fragte Feline und stolperte hinter ihm her.

»Aber Sie wollen ja die ganze Chose mit der Bauausführung auch lernen«, fuhr er unbeirrt fort. »Wieso also nicht jetzt damit anfangen? Und wem ich Susan an die Seite stelle, ist ja schließlich auch egal.«

»Welches Projekt, Gregor?« Feline zupfte ihn am Ärmel.

»Das Hotel oberhalb der Latigo Canyon Road.«

»Aber … aber das ist ja hier bei Malibu?« Feline hielt die Luft an. Das meinte er nicht wirklich, oder? Das war ein Missverständnis, mit Sicherheit. Gregor würde doch nie die Leitung eines solch wichtigen Projekts in die Hände einer Anfängerin geben, die bisher nichts als Entwürfe gemacht hatte.

»Trauen Sie sich das zu?« Er blieb stehen und sah ihr fest in die Augen.

»Ich …«

»Sie nicht, ich sehe schon.« Er grinste breit. »Macht nichts. Ich aber.«

»Heißt das …?« Sie sprach es lieber nicht aus. Es war eine Seifenblase, so schillernd wie fragil. Sie wollte sie wenigstens noch einen Moment lang ansehen dürfen, ehe sie zerplatzte.

»Ach Feline«, seufzte er, »nicht auszudenken, wo Sie versauern und Ihr Talent begraben würden, würde ich Sie nicht immer wieder über die Klippe schubsen.« Er legte ihr väterlich den Arm über die Schultern. »Na, ich werde Sie schon noch so weit bekommen, dass Sie von ganz allein springen.«

»Aber ich kenne mich doch hier gar nicht aus. Und Bauausführung habe ich noch nie gemacht, nicht einmal zu Hause.« Sie wusste nicht, ob sie sich freuen oder vor Panik tot umfallen sollte.

»Deshalb bekommen Sie Susan an die Seite. Und ich bin ja auch nicht aus der Welt. Meinen Sie bloß nicht, dass ich nicht ab und zu herfliegen werde, um nach Ihnen zu schauen.«

»Und ich werde die gesamte Bauphase hier sein?«

»Mindestens sechs Monate. Das sollte reichen, um herauszufinden, ob ich Ihretwegen auch noch ein Los Angeles Office gründen muss.«

Feline drehte sich noch einmal um. Die Berge standen stumm und unbeirrt. Der Pazifik lag unbeeindruckt in der Sonne. Der Dunst schillerte golden in der Nachmittagsluft. Sie atmete geräuschvoll aus. »Das geht alles ein bisschen schnell.«

»Nicht schon wieder dramatisieren, Feline. Hollywood hin oder her. Es handelt sich schließlich erst einmal nur um ein halbes Jahr. Und eine Menge Arbeit. Sie werden mich noch hassen für diese Idee.« Gregor gluckste vergnügt. »Aber das halte ich aus.«

»Danke.« Sie fiel ihm um den Hals und drückte ihn.

57

Steven sah zum gefühlt millionsten Mal auf das Display seines Handys. Kein Anruf von Feline, keine Textnachricht.

Die Sonne war im dunklen Meer fast schon erloschen, die Nacht verschlang den Tag. Nur ein tiefroter schmaler Streifen focht noch gegen die Schwärze an, ein vergeblicher Kampf, dem die Luft ausging.

Sicher war sie zu beschäftigt. Hatte Termine mit wem auch immer. Vielleicht Interviews zum Wettbewerb. Oder Geschäftstreffen wegen zukünftiger Projekte. Und ihr Chef hatte sie gewiss in Beschlag genommen.

Steven ließ langsam die Klappe über der Klaviatur herunter, während noch der letzte Ton verklang.

Sie hatte einfach keine Zeit, zu viel im Kopf, zu viel um die Ohren. Bestimmt. Fand keine freie Minute, sich zu melden. Und jetzt am Abend war sie kaputt. Musste garantiert noch zu einem offiziellen Essen, war ins Theater eingeladen, in die Oper …

Er trat ans Fenster und ließ den Blick reisen durch die gefräßige Schwärze der nahenden Nacht. Seine Hoffnung hatte gestutzte Flügel, die Schwingen rostig, der Blick vernebelt.

Was tat er hier?

Er fand Ausreden. Für sie. Das war es. Ausreden, um nicht sehen zu wollen, was sie ihn wissen ließ.

Ein Kormoran landete auf der Balustrade seiner Terrasse. Der große Vogel spreizte die Flügel und hielt sie in den Wind. Wie eine Statue, das Modell eines kleinen prähistorischen Flugsauriers. Blieb unbeirrt von der Welt sitzen, tat, was er für richtig hielt.

Aber so würde er sie nicht einfach davonkommen lassen. Nein. Und wenn es das Letzte war, was er je von ihr hören würde, aber er musste wissen, warum sie ihn einfach abserviert hatte. Warum sie in einer Minute mit der Idee gespielt hatte, ihn hier zu besuchen, und in der nächsten ihre gemeinsame Zeit zu einem Urlaubsflirt degradiert hatte.

Er würde sich nicht damit abfinden, nicht zulassen, dass sie ihn zwang, die Erinnerung schal werden zu lassen. Es musste einen Grund geben, den gab es immer und den musste er wissen.

Steven sah noch einmal auf das Handy und setzte ihr ein Ultimatum. Oder sich, ganz, wie man es sah.

Wenn sie sich bis morgen Abend nicht bei ihm meldete, würde er ins Malibu Beach Inn hinübergehen. Und wenn sie nicht da war, würde er warten – egal, wie lange.

»Und dann stand er plötzlich vor mir. Kannst du dir vorstellen, wie ich mich erschrocken habe?«

Alinas Gesicht füllte fast den ganzen Bildschirm aus. Sie hatte die Augen groß aufgerissen und blickte erwartungsvoll drein.

»Ich wusste gar nicht, was ich sagen soll. Ich meine, überall hätte ich mit Steven gerechnet, aber ausgerechnet in dem Hotel, in dem wir wohnen?«

»Ja, und dann?«

»Nichts dann.«

»Wie?« Alina runzelte die Stirn. »Du hast dich nicht mit ihm getroffen? Aber das machst du noch. Oder?«

»Ich weiß nicht.« Feline kaute auf ihrer Unterlippe herum.

»Feline? Sonst geht's noch?«

»Och, Alina …«

»Nee, oder?« Alina ließ ihre Freundin nicht ausreden. »Das glaub ich jetzt nicht. Seit du aus Mallorca zurück bist, hast du alles versucht, um ihn zu vergessen. Hat aber nicht geklappt. Egal, wie viel du gearbeitet hast.«

»Das stimmt doch gar nicht.«

»Oh doch, tu nicht so scheinheilig. Meinst du wirklich, ich hätte nicht mitbekommen, wie oft du mitten in der Nacht in der Wohnung herumgelaufen bist?«

»Das war wegen der Arbeit«, protestierte Feline schlapp. Alina hatte ja recht, aber es fühlte sich nicht besonders angenehm an, das so vorgehalten zu bekommen.

»Ja, klar, wegen der Arbeit.« Alina schüttelte den Kopf, dass die Haare nur so flogen. »Meine Liebe, du kannst dir von mir aus vormachen, was du willst, aber denk nicht im Traum daran, dass ich auch nur ein Fünkchen von dem ganzen Unsinn glaube.«

»Und was soll ich dann jetzt deiner Meinung nach machen?« Sie hasste es, wie ihre Stimme klang. Eine schier unerträgliche Mischung aus Trotz, Hilflosigkeit und Wut.

»Rede mit ihm. Fühl ihm auf den Zahn. Finde heraus, für wen die Ohrringe waren. Gib zu, dass er dich verletzt hat.«

»Das ist nicht dein Ernst, Alina! Ich soll ihm sagen, wie sehr mich das getroffen hat?«

»Na, immerhin gibst du es jetzt wenigstens mir gegenüber zu.«

Feline atmete tief durch. »Was soll das bringen?«, fragte sie mit einem Stoßseufzer.

»Klarheit?« Alina neigte den Kopf. In ihren Augen schwamm Mitgefühl. »Feline, so gern ich es würde, kein chirurgischer Faden oder Kleber würde mir dabei helfen, dein Herz wieder zusammenzupuzzeln. Aber ich bin sicher, wenn du dir Klarheit verschaffst, nur dann kannst du dich befreien. Und das ist es doch, was du willst, oder?«

Feline sah aus dem Fenster. Am Horizont blinkten die Positionslichter eines Schiffes. Das tat gut, denn die Nacht da draußen war so schwarz, dass man meinen konnte, ganz allein und verloren auf dieser Welt zu sein.

»Oder willst du das etwa nicht?«

Alinas Stimme durchschnitt die Stille. Eine Machete, die Wahrheit von Unwahrheit trennte, eine Schneise schlug, durch die die Gedanken langsam voranschreiten konnten. »Ich … ich bin nicht sicher«, gab Feline schließlich kleinlaut zu.

»Oh …«

»Du hast ja recht. Ich kann ihn nicht vergessen. Und als er heute da so vor mir stand, ich … ich wäre ihm am liebsten um den Hals gefallen. Aber …« Ihre Stimme brach, die Worte waren verloren. All das wollte sie nicht von sich wissen und kam doch nicht umhin, es einzusehen. »Meine Welt hat ein Loch, seit ich diese Quittung gefunden habe. Und egal, was ich tue, ich kann es nicht stopfen.«

»Aber Feline, dann musst du erst recht mit ihm sprechen.« Alina klang nicht nur verzweifelt, sie sah auch so aus. »Vielleicht ist es ja alles doch nur ein großes Missverständnis?«

»Ich weiß nicht. Vielleicht.« Feline wischte sich die Tränen aus den Augen. Nicht nur ihre Welt hatte ein Loch, auch in ihrem Bauch, in ihrer Seele, überall war diese hohle Leere. Und immerzu fühlte es sich an, als ob sie fiel. Bodenlos. »Aber im Moment kann ich das einfach nicht.« Allein die Vorstellung einer solchen Begegnung mit Steven war unerträglich. Eine große Kälte breitete sich in ihr aus, presste ihr Herz, ihre Lungen zusammen, sodass jeder Atemzug schmerzte. »Morgen ist die Verkündung der Siegerentwürfe. Das wird ein anstrengender Tag, auch emotional.«

»Das verstehe ich. Aber danach vielleicht?«

»Keine Ahnung. Wenn wir gewinnen sollten, was ich ja nicht glaube, dann feiern wir bestimmt. Und wenn wir verlieren, wer weiß, wie es mir dann geht.«

»Und übermorgen?« Alina gab nicht auf.

»Da fliegen wir schon zurück.«

»Ja, aber …?«

»Ich rede mit ihm. Versprochen.«

»Und wann?«

»Wenn ich für das Hotelprojekt hierher zurückkomme, habe ich alle Zeit der Welt dazu. Und hoffentlich fühle ich mich dem unter diesen Voraussetzungen auch eher gewachsen. Immerhin habe ich dann nicht diese Angst wegen des Wettbewerbs.«

»Du hoffst schon zu gewinnen, oder?«

Feline zog eine Augenbraue hoch und deutete ein Nicken an.

58

Feline fröstelte. Sie hätte etwas essen sollen, hatte aber schon beim Frühstück kaum ein einziges von den köstlichen Croissants herunterwürgen können. Mittags war dann überhaupt nicht mehr an Essen zu denken gewesen. Jetzt schwappte Kaffee flau in ihrem Magen herum.

Die getönten bodentiefen Fenster spiegelten den Saal. Die einzelnen Entwürfe, jeder auf einem Tisch für sich präsentiert, wirkten seltsam entrückt. In den Glasscheiben betrachtet, verloren die Modelle an Schärfe, die Konturen verschwammen genauso wie die Farbgebung, und so glichen sie eher Traumbildern, hinter denen die jeweiligen Architektenteams Fabelwesen gleich standen.

Die Tür hinter dem Jurypult war fest verschlossen. Auf dem Pult standen bereits die Preise für die ersten drei bereit. Geschlungene Bänder auf einem dicken Fuß aus Glas, eins aus Gold, eins aus Silber, das dritte aus Bronze. Wer dachte sich nur so etwas aus? Ginge es nur um den Pokal, Feline hätte dankend auf einen Sieg verzichtet.

Sie wandte den Blick und sah sich im Fensterglas neben Gregor stehen. Welch ungleiches Paar. Während er eine seiner zu kurzen Cordhosen und dazu ein buntes Hemd trug, erkannte sie sich selbst kaum wieder. Der Hosenanzug mit den Pumps und die elegant hochgesteckten Haare machten aus ihr eine selbstbewusste Erscheinung, und nichts, aber auch gar nichts ließ vermuten, wie weich ihre Knie waren. Ob wohl die anderen auch so aufgeregt waren wie sie?

Möglichst beiläufig ließ Feline ihren Blick über die Kontrahenten schweifen.

Die Schweizer wirkten extrem gelassen. Kein Wunder, das waren alte Hasen. Soweit sie wusste, machten die bei jedem Wettbewerb einen der vordersten Plätze und gewannen sogar oft. Das Team aus den USA hingegen schien sichtlich nervös. Die junge Frau tänzelte geradezu herum, so unruhig trat sie immerzu von einem Fuß auf den anderen. Ihr Partner, ein Mann mittleren Alters, stand starr daneben, den Blick wie eingefroren auf den eigenen Entwurf gerichtet. Die zwei Teams aus London kannten sich offensichtlich gut. Zumindest standen sie dicht beieinander und unterhielten sich leise. Es sah vertraut aus, vermutlich täuschte jedoch der Schein. Wer würde schon offen zugeben, dass er den anderen am liebsten auf den Mond wünschte? Und das, da war sich Feline ziemlich sicher, dachte hier jeder über jeden.

Die Norweger wirkten so ruhig, dass man meinen konnte, es war ihnen entweder völlig egal, wie es ausging, oder aber sie rechneten sich überhaupt keine Chancen aus. Feline vermutete, dass Letzteres zutraf, denn ihr fiel nicht ein einziges Architekturbüro aus Norwegen ein, das es jemals überhaupt so weit in einem Wettbewerb geschafft hatte.

»Entspannen Sie sich«, raunte Gregor ihr zu und lächelte aufmunternd. »Es ist Ihr erster Wettbewerb. Kein Mensch erwartet, dass Sie das Ding gewinnen.«

»Wieso haben Sie mich dann den Entwurf machen lassen?«

»Weil es der beste war.« Er zuckte die Schultern. »Und weil jeder mal anfangen muss zu verlieren, damit er irgendwann gewinnen kann.«

Feline schüttelte den Kopf. »Ich werde Sie nie verstehen, Gregor. Liegt Ihnen denn gar nichts daran, hier einen der ersten Plätze abzuräumen?«

»Ganz ehrlich?« Er wandte für einen Moment den Blick ab. »Schauen Sie sich die Entwürfe an. Völlig unterschiedlich. Und das in jeder Hinsicht. Sei es der Ansatz, die Idee, die Aussage. Jeder Entwurf geht in eine andere Richtung. Und alle sind auf ihre Weise hervorragend. Wir müssen uns nicht verstecken, und ich bin alt genug, um nicht so tun zu müssen, als sei die Arbeit sämtlicher Kollegen nichts und ich der einzige brillante Architekt auf der Welt. Im Gegenteil, ich habe mir und der Welt bewiesen, was ich kann. Da wird es leicht, anderen zu gratulieren. Abgesehen davon, jeder hier im Raum weiß: Welcher Entwurf am Ende gewinnt, das ist reine Geschmackssache.«

»Schon, aber das beantwortet meine Frage nicht.«

»Natürlich würde ich Sie gern gewinnen sehen.« Er sah ihr fest in die Augen. »Aber für mich, nach all den vielen Preisen, die das Büro Friedrich geholt hat, hat es nicht mehr diese Wichtigkeit. Mit geht es hier um etwas anderes. Ich wollte, dass Sie aus Ihrem eigenen Schatten treten. Und ich denke, das ist mir gelungen. Ich muss Sie wie gesagt vermutlich immer mal wieder schubsen, damit Sie im Licht bleiben, Feline, aber der wichtigste Schritt ist getan. Und jetzt entspannen Sie sich und nehmen Sie den Zirkus nicht so ernst. Das hier wird Ihrer Karriere helfen, egal, wie es ausgeht. Es gibt also gar keinen Grund, nicht einfach ein bisschen Spaß zu haben.«

Feline atmete tief durch. »Wenn ich das nur könnte.«

»Ach, schicken Sie Ihren Ehrgeiz mal kurz zum Teufel. Den brauchen Sie erst wieder, wenn Sie im Büro an Ihrem Schreibtisch sitzen.« Er nickte ihr aufmunternd zu. »Stellen Sie sich mal vor, wir gewinnen. Und dann müssen wir eines von diesen drei hässlichen Dingern mit nach Hause nehmen. Wollen Sie sich das etwa im Büro ins Regal stellen?«

»Auf gar keinen Fall. Um Gottes willen.« Sie kicherte leise.

»Sehen Sie, Sie können sogar noch lachen. So schlimm kann es also alles nicht sein.«

»Na ja …«

In diesem Moment wurde die Tür geöffnet und die Jurymitglieder betraten mit ernster Miene den Saal. Sofort wurde es still, und eine gewisse Elektrizität flirrte in der Luft. Alle nahmen Haltung an. Ein komisches Bild, wie eine ungeschickte Kompanie Soldaten.

Der Vorsitzende der Jury trat an das Pult, die restlichen Mitglieder reihten sich hinter ihm auf.

Feline atmete flach. Jetzt war es so weit. Gleich würde sie wissen, wer gewonnen hatte und wer als Verlierer nach Hause fuhr. Obwohl alles in ihr flatterte, war es irgendwie auch ein gutes Gefühl. So ausfüllend, als spürte man das Leben in jeder Faser, bis auf die Knochen. Und egal, wie es jetzt ausging, in diesem Moment wusste sie, dass sie es wieder tun würde. Jawohl. All die Arbeit, die Deadlines, der Stress, die Angst vorm Versagen, die schlaflosen Nächte, all das war es wert. Und ein bisschen erstaunt über sich selbst war sie jetzt schon. Bis gerade eben hatte sie nicht gewusst, dass sie es mochte, sich mit anderen zu messen.

Der Vorsitzende legte die Unterarme auf dem Pult ab, als sei sein Oberkörper zu schwer für ihn. Er ließ den Blick langsam über alle Anwesenden streifen.

Die Stille war schier unerträglich, und Feline fragte sich, ob er einfach den Moment genoss, in dem nur er und seine Jurymitglieder das Abstimmungsergebnis kannten, oder ob er Spaß daran hatte, alle auf die Folter zu spannen. Auf jeden Fall konnte man den Bogen auch überspannen, bis alle vollkommen genervt waren, und er war auf dem besten Wege dahin.

»Sehr verehrte Teilnehmer und Teilnehmerinnen«, ergriff er endlich das Wort. »Das waren hochinteressante Entwürfe, die Sie alle hier eingereicht und präsentiert haben. Wir, die

Jury, möchten uns noch einmal im Namen der Stadt Los Angeles dafür bedanken. Die Entscheidung ist uns nicht leichtgefallen. Ich will Ihnen das Ergebnis jetzt auch nicht länger vorenthalten.«

Ein Glück, dachte Feline. Das Letzte, was sie jetzt brauchte, war ein ellenlanger Vortrag auf den leeren Magen, in dem lediglich Kaffee brannte.

Der Vorsitzende räusperte sich und entfaltete ein Blatt Papier. »Der dritte Platz geht an das Architekturbüro Snøhetta. Herzlichen Glückwunsch.«

»Wer hätte das gedacht«, raunte Gregor ihr über den Applaus hinweg zu, »die Norweger.«

»Obwohl ich finde, deren Entwurf würde hier gar nicht herpassen«, entgegnete Feline leise, während Kjetil Thorsen den bronzenen Preis entgegennahm und dabei sichtlich erstaunt dreinblickte, »viel zu viel Granit.«

»Der zweite Platz«, hob der Vorsitzende an, als der Applaus verebbt war, »geht an das Büro Friedrich und Partner.«

Feline traute ihren Ohren kaum. Der zweite Platz? Sie hatte wirklich den zweiten Platz gemacht?

»Na los«, Gregor gab ihr einen kleinen Schubser, »lassen Sie sich das hässliche Ding in die Hand drücken.«

»Ich?«

»Wer sonst?« Er strahlte bis über beide Ohren.

»Aber es ist Ihr Büro.«

»Und Ihr Entwurf. Also …«

Feline straffte die Schultern und ging nach vorn.

»Herzlichen Glückwunsch.« Der Vorsitzende überreichte ihr den silbernen Pokal. »Wirklich beeindruckende Arbeit, Frau Schwarz. Vor allem die Idee mit der Wasserwand hat uns sehr beeindruckt.«

Feline bedankte sich wie in Trance. Sie konnte es überhaupt nicht fassen. Gehofft hatte sie, ja, aber so gar nicht damit gerechnet. Auch nicht mit all der Anerkennung, die sie in den Gesichtern der Mitbewerber lesen konnte. Es war ein unglaubliches Gefühl. Jetzt gehörte sie wirklich dazu. Sie war eine Architektin, deren Namen man auf einmal kannte. Da war es fast schon Nebensache, dass es nur der zweite Platz geworden war.

»Na sehen Sie«, sagte Gregor, als sie wieder neben ihm stand, »Sie haben sich ganz umsonst so viele Sorgen gemacht.«

»Ich hätte das wirklich nie für möglich gehalten.« Sie war ein bisschen außer Atem vor lauter Aufregung.

»Kommen Sie bloß nicht auf die Idee, das Ding im Aquarium aufzustellen.« Er grinste breit.

»Wo sonst? Denken Sie etwa, ich nehme das mit nach Hause?«, fragte sie mit gespielter Entrüstung.

»Kommen wir nun zu unserem Siegerentwurf«, fuhr der Vorsitzende fort, und sofort senkte sich Stille über den Saal. »Der erste Platz geht an Marcel Meili vom Architekturbüro Meili und Peter.«

»Die Schweizer mal wieder«, seufzte Gregor.

»Enttäuscht?«, fragte Feline und stellte ihren Preis auf dem Boden ab, um die Gewinner beklatschen zu können.

»Nein. Ehrlich gesagt bin ich ganz froh, dass wir dieses Theater nicht bauen müssen.«

»Wieso das?«

»Wir hätten echte Kapazitätsprobleme. Ich wüsste nicht, wie wir das personell bewerkstelligen sollten, das Hotel und das Theater hier zu bauen und unsere Projekte in New York und Deutschland gleichzeitig durchzuziehen.«

»Aber wenn wir gewonnen hätten, was wäre denn dann gewesen?«

Er zuckte die Schultern und zwinkerte ihr zu.

59

Steven sah auf die Uhr. Okay, das Ultimatum war abgelaufen. Er würde nicht länger hier sitzen und tatenlos zusehen, wie Feline ihn abblitzen ließ. So billig kam sie ihm nicht davon. Zumindest einen Grund musste sie liefern, selbst wenn der noch so hirnrissig sein sollte. Alles, einfach alles war ihm lieber als diese Ungewissheit. Und vielleicht konnte er ja auch noch etwas retten. Einen Versuch war es allemal wert.

Entschlossen zog er seine beste Jeans und ein frisches weißes Hemd an. Dann verteilte er etwas Gel in seinen Haaren, rasierte sich, holte das teure Jackett aus dem Schrank, das er letztes Jahr in Mailand gekauft hatte, und machte sich auf den Weg.

Im Malibu Beach Inn angekommen, trat er an die Rezeption. Die Lobby war leer, nur ein junges Paar saß auf einem der Sofas, die Koffer neben sich.

»Guten Abend, Sir, was kann ich für Sie tun?« Die Concierge musste neu sein, zumindest hatte Steven sie noch nie gesehen.

»Ich bin auf der Suche nach Miss Schwarz. Ist sie im Haus?«

Die Concierge tippte etwas auf der Tastatur und schüttelte den Kopf. »Bedaure, Sir«, antwortete sie und sah auf, »Miss Schwarz ist noch nicht zurück. Möchten Sie eine Nachricht für sie hinterlassen?«

»Nein danke.« Steven schüttelte den Kopf. »Ich werde einfach hier auf sie warten. Würden Sie mir bitte einen Gin Tonic aus der Bar bringen lassen?«

»Sehr gern.«

Steven suchte sich einen Platz aus, von dem er den Hoteleingang bestens im Blick hatte. Hier würde er sitzen bleiben und auf sie warten. Im Notfall bis morgen früh.

»Und was sind Ihre Pläne für diesen letzten Abend in Los Angeles?«, fragte Gregor und hielt Feline die Wagentür auf.

»Pläne?« Sie glitt auf den Beifahrersitz und warf den Pokal auf die Rückbank. »Packen und dann schlafen. Und Sie?«

Gregor fuhr los. »Ich werde mir noch einen oder auch zwei Drinks genehmigen und die Aussicht auf den Pazifik genießen. Sie haben das ja bald für mindestens ein halbes Jahr.«

»Und ich dachte, Sie mögen kein Wasser.«

»Mit Ihnen im Team muss ich mich wohl oder übel damit anfreunden.« Er schaltete das Radio an. »Wie ich Sie kenne, werden Sie mir in den Ohren liegen, eine Wasserwand in jedes neue Gebäude einzubauen.«

»In jedes wohl kaum«, lachte Feline, »aber in dem ein oder anderen vielleicht?«

Auf den Straßen von Los Angeles herrschte dichter Verkehr, obwohl es bereits nach zehn Uhr abends war. Die Scheinwerfer und Rücklichter der Autos strahlten mit den Leuchtreklamen um die Wette. Mitten in dem bunten Lichtermeer reckten sich hohe Palmen gen Himmel. Feline versuchte zu begreifen, dass all das in nicht allzu weiter Ferne für mindestens sechs Monate ihr Zuhause sein würde. Es gelang ihr nicht.

»Was ist mit dem netten jungen Mann?«

Gregor hatte wirklich ein Händchen dafür, einen unvorbereitet an Dinge zu erinnern, die man gerade so herrlich verdrängt hatte. »Steven?«

»Mhm.«

»Fangen Sie nicht wieder damit an. Bitte.« Vielleicht war es eine dumme Idee, hier zu arbeiten. Sie würde ihm so nahe sein. Wie sollte sie ihn dann vergessen? Obgleich, bisher hatte sie es in Berlin auch nicht geschafft, über ihn hinwegzukommen.

»Er tat mir halt leid.«

»Wieso?«

»Er hat Sie so verzweifelt angeschaut.«

»Was soll das denn jetzt werden?« Feline schüttelte den Kopf. »Die berühmte Männersolidarität?«

»Vielleicht.« Gregor bog auf eine breite Straße ab, die zum Pazifik führte. Mit jeder Meile wurde der Verkehr etwas weniger. »Er sah mir so gar nicht wie ein Hallodri aus.«

»Psychopathen sind angeblich auch charmant. Bis sie einen umbringen.« Feline verschränkte die Arme unter der Brust.

»Sie übertreiben.« Gregor warf ihr einen Seitenblick zu.

»Von mir aus auch das.« Sie wandte den Kopf und blickte aus dem Fenster.

»Sie haben Angst vor Verletzung. Kann ich verstehen. Aber es ist bereits passiert, Feline, er hat Sie schon verletzt. Und glauben Sie einem alten Mann, diese Wunde wird nur heilen, wenn Sie die Sache mit ihm klären.«

»Wieso wollen mich eigentlich alle dazu bringen, dass ich mit Steven rede?«, brauste sie auf. Die Wut war plötzlich da, ein Feuerball, der in ihrem Innern zischte und fauchte. »Wieso meinen alle, sie wüssten, was gut und richtig für mich wäre? Meine Mutter, Alina, Sofía und jetzt auch noch Sie. Ich bin erwachsen, verdammt.« Die Tränen waren genauso plötzlich da wie die Wut. Heiß rannen sie über ihre Wange. Was war nur los mit ihr?

Minutenlang fuhren sie, zwei Schweigende, die so taten, als sei der andere nicht da. Vorbei an Häusern, in denen das Licht ausging, und Geschäften, über denen nur die Leuchtreklame den Gehweg beschien. Gregor verzog keine Miene, und Feline kaute auf Gewissensbissen.

Sie hätte ihn nicht so anfahren dürfen. Es war einfach aus ihr herausgeplatzt, und jetzt tat es ihr leid. Sie warf einen vorsichtigen Blick auf ihn, aber er blickte nur auf die Fahrbahn. »Sorry, Gregor, ich wollte Sie nicht anschreien.«

»Ist schon gut. Ich hätte Sie nicht darauf ansprechen sollen.« Er hielt an einer roten Ampel und sah sie an. »Sie haben ja recht, es geht mich nichts an.«

»Trotzdem … Ich glaube, ich bin heute einfach durch den Wind.«

»Machen Sie sich keine Sorgen, Feline. Das war ein anstrengender Tag für Sie. Und ich bin nicht sonderlich empfindlich.«

»Ich werde mit Steven sprechen. Aber nicht heute. Ich weiß, ich muss es tun. Ich hätte vermutlich längst etwas sagen sollen. Gleich, nachdem ich die Rechnung für die Ohrringe gefunden hatte. Aber irgendwie habe ich gedacht, er bedeutet mir gar nicht viel, und dass es nur mein verletzter Stolz war. Irrtum. Das weiß ich jetzt auch.«

»Was wünschen Sie sich?«

»Ich weiß nicht. Wieso? Kommt es darauf überhaupt an?«

»Ich denke schon.«

Sie dachte eine Weile nach, während der Verkehr sich immer mehr lichtete. »Im Grunde möchte ich nur, dass es nicht mehr wehtut«, sagte sie schließlich, »aber dahin ist es anscheinend noch ein weiter Weg.«

»Leisten Sie mir noch auf einen Drink Gesellschaft?« Gregor warf den Autoschlüssel dem Boy zu und ging auf den Eingang zu.

»Na gut. Aber nur einen.« Feline trat durch die automatische Tür in die Lobby. »Ich habe noch gar nichts …« Abrupt blieb sie stehen. Alles stand still, die Luft, ihr Blut, die Welt.

»Ich glaube, ich nehme meinen Drink doch allein«, hörte sie Gregor durch dichte Nebelschwaden sagen. »Und denken Sie daran, es ist schon passiert, Feline.«

Sie klammerte sich an dem hässlichen Pokal fest, als konnte dieser ihr Halt geben auf schwankendem Grund. Sah Steven langsam aufstehen und auf sie zukommen und konnte sich nicht wappnen gegen die Welle der Gefühle, die auf sie zubrandete, sie zu überrollen drohte. Aber das musste sie, sonst konnte sie nie einen Schluss-Strich unter all das hier ziehen.

»Ich hab auf dich gewartet. Weil du nicht angerufen hast.« Seine Augen wanderten unruhig hin und her, und er sah unsicher aus, wie er so vor ihr stand. »Ich muss mit dir reden.«

»Ja, das müssen wir wohl, aber nicht jetzt.« Schweiß brach ihr aus, eiskalt, und in ihrem Bauch war ein Loch, in dem es flatterte.

»Okay, wann dann?« Er ließ nicht locker. »Morgen zum Frühstück?«

»Da reise ich ab.« Ihr Herz war ein verzweifeltes Kind, das wild um sich schlug, sich aufbäumte und fliehen wollte. Sie konnte es keinen Moment länger ertragen. »Entschuldige, ich habe noch nicht gepackt«, sagte sie und wandte sich ab.

Doch Steven packte sie am Arm. »Stopp, Feline.«

Sie versuchte, sich loszureißen, aber sein Griff war fest.

»Du wirst mir nicht einfach wieder so davonrennen.«

»Lass mich los, Steven«, fauchte sie ihn an.

»Erst wenn du mir sagst, warum du dich nicht mehr bei mir gemeldet hast.«

»Das habe ich doch. Ich hab dir gesagt, es war ein netter Flirt, mehr nicht.«

»Ich verstehe das nicht.« Sein Griff lockerte sich, und schließlich glitt seine Hand von ihrem Arm, kraftlos, als hätte jemand alle Energie aus ihm herausgeboxt. »Ich hatte gedacht, du … ich … wir …« Er sah auf einmal hilflos aus.

»Komm schon, Steven, ich war ein nettes kleines Abenteuer für dich. Tu jetzt bitte nicht, als wäre unsere Zeit auf Mallorca mehr als eine Affäre gewesen.« Vielleicht wäre das hier der richtige Zeitpunkt, ihm zu sagen, wie sehr er sie verletzt hatte, aber sie konnte nicht. Zu groß war die Angst, dass, wenn sie diese Tür öffnete, er für immer mit ihrem Herzen davonrannte. Dass sie ihn dann nie mehr vergessen konnte und auf ewig in diesem Moment gefangen blieb.

»Wie kannst du so etwas nur denken?« Er ließ den Kopf hängen. »Wenn das wirklich so wäre, hätte ich dir dann SMS um SMS geschickt? E-Mail für E-Mail? Hätte ich x-mal versucht, dich anzurufen?« Steven fuhr sich mit der Hand durch die Haare. Es wirkte ratlos, und er begann ihr leidzutun. »Durch dich konnte ich wieder komponieren. Habe ich mich wieder lebendig gefühlt. Mein ganzes Leben hatte wieder einen Sinn. Und hätte ich nicht wegen des Filmprojekts nach Hause gemusst, ich wäre niemals ohne dich abgereist.« Seine Augen schwammen auf einmal. »Du musst das doch gespürt haben, Feli.«

Sie biss auf ihrer Unterlippe herum. Das war keine Show, oder? Er meinte das alles so, wie er es sagte. Aber es passte nicht. Es passte einfach nicht.

»Für wen waren die Ohrringe?«

Jetzt war es heraus. Sie hatte ihm die Worte wie eine Anklage vor die Füße gespuckt. Das war nicht der Plan gewesen, aber nun nicht mehr zu ändern. Und vielleicht war es ja auch gut so.

»Welche Ohrringe?«

»Tu jetzt bitte nicht so scheinheilig.«

»WELCHE OHRRINGE?«

»Ich habe die Quittung gefunden. In deinem Zimmer. Du hast sie neben den Papierkorb geworfen.«

Einen Moment lang sah er komplett verwirrt aus, doch dann fing er an zu lachen. Erst ein bisschen, dann immer mehr, bis er sich schließlich den Bauch hielt und nach Luft japste.

»Was ist bitte so komisch daran?« Feline wusste nicht, was sie denken sollte.

»Du bist eifersüchtig«, brachte er schließlich um Luft ringend hervor.

»Bin ich nicht!«

»Oh doch.« Er wischte sich mit dem Handrücken die Tränen aus den Augen, die ihm vor Lachen gekommen waren. »Wie süß.«

»Süß, ja?« Sie stemmte die Hände in die Hüften. Noch so ein Wort und er würde kennenlernen, wie »süß« sie sein konnte.

»Dann magst du mich also doch ein bisschen?«

»Steven, ich …«

Er hob abwehrend die Hände. »Du hast gedacht, ich mache da ein bisschen mit dir rum und dann bringe ich meiner Frau ein Schmuckstück mit, oder?«

»So in etwa.«

»Die Ohrringe waren für Candice, meine langjährige Managerin, die im Übrigen seit Jahrhunderten glücklich verheiratet ist. Allerdings nicht mit mir.«

»Und das soll ich jetzt glauben?«

Steven rollte die Augen und griff nach ihrer Hand. »Ich werde es dir beweisen.« Er nahm ihr den Pokal ab und stellte ihn auf den Tresen der Rezeption. »Lassen Sie das bitte auf Miss Schwarz' Zimmer bringen? Danke.« Dann zog er sie mit sich. »Ich wohne nur ein paar Schritte den Strand entlang.«

»Ich will aber nicht zu dir«, protestierte sie.

Doch Steven ließ ihre Hand nicht los. »Das ist mir egal. Du kommst jetzt mit.«

»Du kannst mich nicht einfach hinter dir herziehen wie einen Hund an der Leine«, protestierte sie, während sie hinter ihm die Treppe zum Strand hinunterstolperte. »Das ist Kidnapping!«

»Und wenn schon.« Er ließ sich nicht beirren und zerrte sie weiter vorwärts.

Noch während einiger Schritte schimpfte Feline, doch dann sah sie ein, dass er nicht aufgeben würde. Steven ignorierte einfach alles, was sie ihm an den Kopf warf, und marschierte stur voran, ihre Hand fest im Griff. Es machte keinen Sinn, sich zu wehren.

Ein kurzes Stück hinter der Malibu Pier zog er sie zu einem Haus. Einige Stufen führten auf eine hölzerne Terrasse. Das Zimmer hinter der bodentiefen Glasfront lag dunkel. Es sah nicht aus, als wäre jemand zu Hause. »Und das ist dein Haus?«, fragte sie und sah ihm dabei zu, wie er etwas auf einem Tastenfeld eintippte.

»Allerdings.« Ein Summton ertönte, dann glitt die Terrassentür zur Seite. Steven trat ein und schaltete das Licht an. »Sieh dich um. Und dann erzähl mir, ob du irgendetwas entdeckst, das darauf schließen lässt, dass eine Frau hier wohnt.«

»Das ist lächerlich, Steven.«

Er neigte den Kopf und grinste. »Das sagst du jetzt nur, weil du nicht zugeben kannst, dass du dich geirrt hast.«

Feline rollte die Augen. »Wie du willst.« Sie trat hinter den Tresen, der die offene Küche vom Wohnbereich trennte, und begann, wahllos Schubladen aufzuziehen.

»DAS ist in der Tat lächerlich. Was meinst du, in der Küche zu finden?«

Sie verschränkte die Arme unter der Brust und bedachte ihn mit einem Blick, von dem sie hoffte, dass er gelangweilt wirkte.

»Bad und Schlafzimmer sind oben«, sagte er und ging Richtung Treppe.

Neugierig, aber auch ein bisschen unsicher stieg sie hinter ihm die Stufen hoch. Das Licht ging automatisch an, kurz bevor er den Treppenabsatz erreichte. Von einer kleinen Diele gingen zwei Türen ab. Beide standen offen.

»Das da hinten ist mein Arbeitszimmer«, sagte Steven und wies auf eine der Türen, während er die andere Feline aufhielt. »Das zeige ich dir, wenn wir hier fertig sind. Ich möchte dir nämlich einen Song vorspielen, den ich gerade erst mit P!nk aufgenommen habe.«

Feline trat vorsichtig ins Schlafzimmer und kam sich dabei wie ein Einbrecher vor. Der Raum, in dem man schlief und träumte, war das intimste Zimmer eines Menschen. Darin herumzustöbern kam einem Eindringen in die Seele eines Menschen gleich.

Das Bett stand so, dass man auf den Pazifik blickte. Es lagen nur eine Decke und ein Kopfkissen darauf, was dem Ganzen eine melancholische Note gab. Der Nachttisch war leer bis auf eine Lampe und ein Buch.

Auch das Bad verfügte über eine bodentiefe Glasfront, vor der eine riesige Wanne stand. Betrachtete man das aus einem bestimmten Winkel, sah es so aus, als schwamm die Wanne auf dem Ozean. Still lobte sie in Gedanken den Architekten, der auf diese Idee gekommen war. Neben der Dusche hing ein einsames großes Handtuch. Über dem Waschbecken befand sich eine breite Ablage, auf der eine elektrische Zahnbürste stand. Daneben befanden sich ein Tiegel Haargel, ein Rasierapparat, drei verschiedene Aftershaves, eine Tube Zahnpasta, eine Gesichtscreme für Männer und eine Packung Zahnseide. »Okay, es sieht irgendwie tatsächlich nach einem Männerhaushalt aus.« Sie drehte sich herum, aber Steven war nicht zu sehen. »Steven?« Feline ging zurück ins Schlafzimmer, aber auch dort war er nicht. »Steven?«

»Im Arbeitszimmer.«

Feline ging hinüber und blieb in der offenen Tür stehen. So etwas hatte sie noch nie gesehen. Der große Raum war vollgestopft mit Instrumenten. Auf einer Art Schreibtisch standen gleich drei riesige Monitore nebeneinander. Steven stand davor und bedeutete ihr mit einer Handbewegung, näher zu kommen.

»Hier schreibst du deine Musik?«, fragte sie und trat neben ihn.

»Meistens.« Er klickte rasend schnell mit der Maus, verschiedene Fenster öffneten sich auf den Monitoren. »In all den Monaten habe ich immerzu an dich gedacht.« Er griff nach ihren Händen und hielt sie fest. »Ich wollte sogar nach Berlin reisen und alle Architekturbüros abgrasen, bis ich dich finde. Alles nur, um zu wissen, wieso du den Kontakt zu mir plötzlich abgebrochen hast. Aber erst musste ich meinen Job zu Ende bringen. Und dafür habe ich diesen Song hier geschrieben, der vermutlich das Beste ist, das ich je zustande gebracht habe, und der mir nie eingefallen wäre, wenn ich mich nicht in dich verliebt hätte.« Er ließ sie los und klickte auf den Startbutton. »Das ist das Video dazu. Es wird der Trailer für den Film.«

Feline war froh, dass sie jetzt nichts sagen musste. Er hatte ein Lied für sie geschrieben? Eines, das auch noch eine so wichtige Rolle für einen Film spielen sollte? Unfassbar.

Gebannt starrte sie auf den Monitor, über den Filmszenen liefen, in denen Leonardo DiCaprio und Emma Watson sich auf eine verzweifelte Art liebten, während P!nk dazu in ihrer unvergleichlich kraftvollen, aber zerbrechlichen Stimme eine Ballade sang, die von Sehnsucht und Schmerz handelte. Aber auch von Liebe. Von einer Liebe, die größer war als alles andere auf der Welt. Und das zu Bildern, die intensiv und nah waren, ohne je eine Sekunde obszön zu sein. Großaufnahmen von Händen, die sich ineinander verfingen, Augen voller Leidenschaft. Man war als Zuschauer so nah dran, dass man glaubte, die Wärme der beiden Körper spüren zu können. Und dazu diese Melodie, getragen von Bratschen und Celli.

Nie hatte etwas derart ihr Herz berührt. »Und das hast du wirklich für mich geschrieben?«, flüsterte sie in die Schlussakkorde.

»Nur du hast all diese Gefühle in mir auslösen können«, sagte Steven mit heiserer Stimme und zog sie an sich. »Und selbst wenn ich das nicht sofort gewusst habe, während ich dieses Lied komponiert habe, ist mir in den letzten Wochen alles klar geworden. Feli, ich will nie wieder ohne dich sein.«

Statt einer Antwort hob sie sich auf die Zehenspitzen und küsste ihn. Und für einen Moment war es wieder da, dieses Gefühl, angekommen zu sein. Heiß wie der Kuss und ebenso atemlos.

Doch dann ließ sie sich einfach fortreißen, taumelte in der Brandung der Gefühle. Spürte seinen heißen Atem, die gierigen Hände, die ihre Haut fanden. Jede Berührung voller Elektrizität. Und sie war sicher, dort, wo seine Finger über ihren Körper strichen, folgte ihnen ein blau glühendes Feuer.

Ein Dreivierteljahr später

Feline blickte skeptisch in den Himmel, an dem sich dunkelgraue Wolken auftürmten. Die Luft stand, und die Feuchtigkeit darin stammte nicht nur vom Pazifik. Bald würde es ein Unwetter geben. Ausgerechnet heute. »Vielleicht sollten wir doch lieber drinnen den Tisch decken?«, fragte sie Alina, die mit einem Stapel Teller in den Händen auf die Terrasse trat.

»Wegen des Wetters?« Sie stellte die Teller auf einer Ecke des Tisches ab. »Ach, das wird schon halten.«

»Wie du meinst.« Feline begann, Besteck und Servietten zu verteilen.

»Kommt Gregor auch?«

»Ja, er ist nur noch einmal kurz den Canyon hoch zum Hotel gefahren. Fast könnte man meinen, er ist wegen der Eröffnung genauso nervös wie ich.«

»Und das, obwohl dein Job da doch längst erledigt ist, oder?«

»Das schon.« Feline nahm Weinglas für Weinglas vom Beistelltisch und stellte sie an die jeweiligen Plätze über den

Tellern ab. »Die Bauabnahme war vor zwei Wochen. Aber erst im Betrieb wird sich natürlich zeigen, ob wirklich alles okay ist. Und wie steht es bei dir? Bist du aufgeregt wegen deiner neuen Stelle am Universitätsklinikum Benjamin Franklin ?«

»Schon langsam ja. Aber als im Franklin die Stelle der Stationsärztin in der Chirurgie vakant geworden ist, musste ich meine Chance einfach ergreifen.«

»Es wird also ein richtiger Karriereschritt, hm?«

Alina nickte. »Und du? Weißt du jetzt schon, ob du hierbleiben möchtest?«

»Ich habe dir ja bei unserem letzten Skype-Date erzählt, dass Gregor mir angeboten hat, dass wir ein Büro in Los Angeles eröffnen.« Feline war es auf einmal schwer ums Herz. »Aber du hast mir die letzten Monate oft gefehlt. Ich weiß gar nicht, wie ich es auf Dauer ohne dich aushalten soll.«

»Das wird schon, Feli.« Alina legte ihr den Arm über die Schultern. »Du hast hier so viel erreicht und noch so viel vor dir. Und Steven ist ein super Kerl. Einen wie den findest du nicht noch einmal auf der Welt.«

»Ich weiß. Trotzdem, manchmal fühle ich mich schon ein bisschen entwurzelt.«

»Kann ich mir vorstellen. Aber aus all den Mails, die du mir in den letzten Monaten geschrieben hast, konnte ich immerzu nur eines herauslesen: dass du hier glücklich bist, mit ihm und in diesem Land.« Sie drückte Feline freundschaftlich. »Und wenn es ganz schlimm werden sollte, schickst du mir eine Nachricht, und ich packe Nadeln und Faden ein und komme herübergeflogen, um dich wieder zusammenzuflicken.«

»Oje.« Feline musste lachen.

»Was heckt ihr zwei schon wieder aus?« Felines Mutter trat auf die Terrasse, in einer Hand einen Teller mit rohem Fisch, in der anderen einen mit Fleisch. Beide stellte sie auf dem Tisch neben dem Barbecue ab.

»Man kann die beiden wirklich nicht einen Moment allein lassen«, sagte Steven in seinem lustig zerkauten Deutsch, als er hinter ihr herkam, eine große Schale mit in Alufolie eingewickelten Kartoffeln vor sich hertragend. Er lernte die Sprache schnell, aber sein Akzent war zum Fürchten.

Wenn Feline ihn so sah, waren alle Zweifel verflogen. Hier gehörte sie her. Nicht auszudenken, was gewesen wäre, hätte Gregor sie nicht mitgenommen zu diesem Wettbewerb.

»Wir haben uns nur über das Wetter unterhalten«, flunkerte Alina und grinste breit. »Und anstatt dass mich mal einer lobt, wie professionell ich den Fisch seziert habe, wird mir gleich wieder sonst was unterstellt.«

»Gehst du eigentlich jemals ohne Skalpell aus dem Haus?«, wollte Kathrin wissen.

In dem Moment tauchte Gregor am Fuß der Treppe auf, die Schuhe in der Hand, die Cordhosen zusätzlich ein Stück hochgerollt. »Komme ich gerade richtig oder habt ihr etwa noch gar nichts auf den Grill getan?«

»Ich wollte gerade loslegen«, antwortete Steven und klappte den Deckel des Grills hoch.

»Fehlt eigentlich nur Sofía«, stellte Alina fest und setzte sich. »Schade, dass sie nicht hier sein kann.«

»Sie hat wohl alle Hände voll zu tun mit dem Hotel.« Feline trat neben Steven und schmiegte sich in seinen Arm. »Ich habe gestern erst mit ihr geskypt. Die Casa ist ständig ausgebucht. Sogar im Winter kommen jetzt Gäste. Aber wir haben ausgemacht, dass Steven und ich sie in zwei Monaten besuchen. Schließlich muss ich mir doch unbedingt ansehen, was aus meinen Entwürfen für den Umbau geworden ist.«

»Wieso treffen wir uns nicht alle dort?« Steven legte ein Stück Fleisch auf den letzten freien Platz auf dem Grill und klappte den Deckel wieder zu. »Eine Woche Familienurlaub sozusagen.« Er zog Feline ein Stück näher und küsste sie auf den Kopf. »Guck nicht so«, sagte er an Gregor gewandt, »du gehörst mittlerweile auch dazu.«

»Eigentlich eine schöne Idee.« Kathrin verteilte die Weingläser. »Lasst uns darauf anstoßen.«

Feline sah Steven tief in die Augen.

»Auf uns«, sagte er leise und stieß sein Glas gegen ihres.

Ja, dachte sie, sie war angekommen.

Danke …

… für Begleitung und Rückenstärkung, auch in schweren Zeiten, Birgit Eckert, Renate Grünberger, Angelika Horn, Linda Jackson, Caroline Parent, Dr. Stefanie Sedlacek und last, but never least meinem Agenten Dr. Patrick Baumgärtel.

Druck:
Canon Deutschland Business Services GmbH
im Auftrag der KNV-Gruppe
Ferdinand-Jühlke-Str. 7
99095 Erfurt